明朝小官人

下

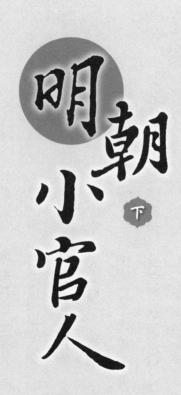

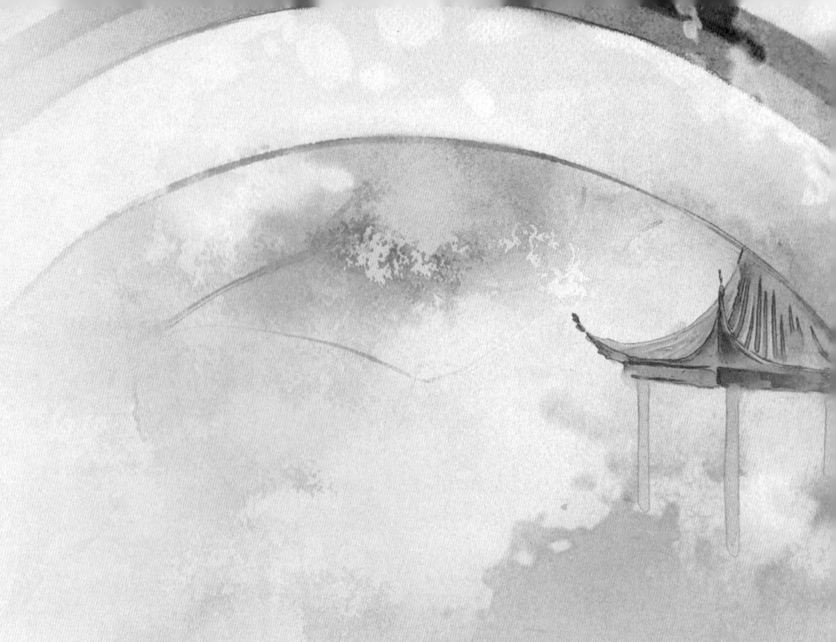

目次

壹之章　姊妹齟齬費思量　5
貳之章　新婚燕爾意飛揚　43
參之章　情敵窺伺起波瀾　85
肆之章　挾恩求報氣難暢　125
伍之章　兒女情事多擾攘　167
陸之章　前塵如夢埋滄桑　207
柒之章　風雲變換訴衷腸　243
終之章　逍遙四海任徜徉　283

壹之章

姊妹齟齬費思量

李乙和周桃姑成親時，李家沒有宴客，只置辦兩桌酒，宴請周桃姑的娘家兄弟，金家卻遣人送來一份厚禮。不止如此，這半年來金家已經往李家送過好幾次節禮了。

李家把禮物送還回去，第二天金家又再次原樣送回來。金家人說了，之前曾多有冒犯之處，金小姐心中有愧，希望能和李家重修舊好。

金家誠意十足，不僅多次送禮，還請來縣裡好幾位有名望的人代為說和，李大伯和李乙自覺臉上有光，早把之前的不愉快忘光了。

只要金薔薇不來糾纏，李綺節不會一直對金家耿耿於懷，但最近從金家打聽來的一些事情，讓她覺得有些古怪。

她的臉色越來越沉，李子恆還以為花慶福信上寫了什麼了不得的難事，惶惶然問道：「是不是出事了？」

「沒有。」李綺節勉強笑了笑，安撫李子恆道：「我一時走岔神了。」

雖是這麼說，她的心裡卻仍舊恍惚，朱棣是什麼時候翹辮子的？

丫頭在桃樹底下曬衣裳，學著婆子的模樣，找了一根拐棍，敲敲打打，拍掉粉塵。聲音悶悶的，在耳畔迴旋。

丫頭抬著一個楠竹細條編的笸籮進來。

李綺節收回心神，視線落在笸籮上，漫不經心道：「這也是剛才孟五娘子送來的？」

「啊？」

丫頭一頭霧水。

寶珠放下針線，走去掀開笸籮上蓋的芭蕉葉子一看，只見裡頭盛了兩個小瓷碗，卻是兩碗晶瑩剔透、清香芬芳的涼粉，一碗碧綠如凍，一碗色澤潔白，透過半透明的涼粉凍，能夠看見碗底繪的一條翹尾紅鯉魚。膠狀的涼粉塊裡摻了一塊塊或紅或白的新鮮果肉，外頭澆了厚厚的淡褐色桂花蜜，還沒吃，嗅一嗅，撲鼻便是一股冰涼的香甜味道，想是拿冰水湃過的，白瓷碗還冒著一絲絲涼氣。

涼粉是薜荔果製成的，把成熟的薜荔果削皮、剖開、曬乾，浸在水中，反覆揉搓，擠出膠汁，凝結成凍狀，拌以糖漿、蜜水、香花，酸甜爽口，滑嫩清甜，是盛夏解暑清涼的上等佳品。每到暑熱時節，街頭巷尾便有貨郎挑擔售賣自家婦人親手製的涼粉。文人們好風雅，還給涼粉起了一個雅名，喚作六月雪。

丫頭送來的兩碗六月雪是齊娘子家的，碗沿印有齊家特有的標記。

李子恆推開覆盆子，笑道：「才剛正說齊娘子家的六月雪呢，這就送來了！誰耳朵這麼靈光？是不是鎮上買的？」

丫頭笑而不答。

李綺節不愛吃甜，六月雪卻爽口嫩滑，甜味也淡，正適合她的口味。她年年夏天都吃六月雪，五六歲的時候，在院子裡打鞦韆玩，但凡聽見外頭巷子裡有叫賣的聲音，便忙喚寶珠拿幾個大錢出去買。偶爾嫌六月雪吃膩了，就喝香薷飲。

只是，今年一直待在鄉下，去鎮上買不方便。廚房又常備著清熱解暑的甘草涼水、香花熟水、沉香熟水，這個夏天涼粉凍吃得格外少。劉婆子她們偶爾會做些涼粉凍，但吃起來滋味不如外邊買的。

李子恆捧著碗，舀了一大塊涼粉凍，塞進嘴裡，「喲，涼絲絲的，瓜瓤又脆又甜，果然還是齊娘子家的最好吃！」

寶珠盛了一碗給李綺節。

李綺節搖搖頭，盯著李子恆扁扁平平的肚子看了半天，只覺得匪夷所思，「剛剛不是才吃過，你怎麼還吃得下？」

李子恆抹一下嘴巴，「齊娘子家的，多少我都能吃得完！」

李綺節撇撇嘴巴，還沒動匙子呢，丫頭笑嘻嘻道：「太太讓三小姐過去說話。」

李子恆伸手把李綺節的那一碗撈到跟前，「正好，妳去吧，我幫妳吃完。」

李綺節來到上房，周氏歪坐在榻上，笑呵呵招呼她，「三娘，桌上有兩盤果子，妳看看合不合妳的胃口。」

李綺節走到落地大屏風後頭，果然看見桌上擺了兩盤點心。

一盤是拳頭大小、色澤金黃的麻雞蛋，一盤是精緻小巧、玲瓏可愛的滴酥鮑螺。

滴酥鮑螺是稀罕物兒，且不必說。那麻雞蛋卻是尋常吃食，只需先將糯米洗淨，清水浸泡一天一夜，再將泡好的糯米磨成細漿，裝袋、吊掛，瀝乾漿水，將所得的粉團揉碎碾成米粉，摻入紅糖、飴糖、麵粉揉勻，團成圓球，裹上芝麻，入油鍋炸熟即可。

炸好的麻雞蛋外殼硬脆，內餡糯柔，糖汁四溢，焦香可口。咬開酥脆外殼，便覺滿口香甜，熱呼呼吃一個麻雞蛋進肚，整個人都暖烘烘的。

大冬日裡若能吃上一兩個，再喝一碗甜絲絲的米酒糟，更是手腳發熱，心頭甜蜜，再不畏懼霜雪嚴寒。瑤江縣本地人家逢年過節時，除了炸糍粑、飲米酒，也會炸麻雞蛋，給家中的小兒甜甜嘴。

麻雞蛋還有一個雅名，叫歡喜團，取的自然是歡喜團圓之意。

卻不知眼前這盤不符合時節的麻雞蛋，喜從何來？

周氏見李綺節一個勁兒地盯著麻雞蛋發愣，與身旁幾個丫頭互望一眼，柔聲催促她：

「三娘，這是孫家送來的，妳快嘗嘗。」

李綺節登時了然，原來六月雪是孫天佑送來的。

也是，孟五娘子囊中羞澀，每次送來的都是些地裡採的瓜果菜蔬，怎麼可能會特意送幾碗涼粉凍？

再說，也只有孫天佑會特意打聽她的口味喜好。

孫家這回派來送禮的人仍然是阿滿，他是帶著任務來的——孫天佑邀請兩位舅爺明天去孫府吃酒。

舅爺是李子恆和李南宣。

周氏一口答應下來。

聽說第二天必須去孫天佑家吃酒，李子恆滿心不舒服，非常想把吃進肚子裡的六月雪全部吐出來——早知道是孫九郎送的，他就不吃了！

李南宣也很詫異，「我也要去嗎？」

李大伯和周氏很少讓他出門應酬，他從不飲酒，好端端的，怎會特意要他去孫家吃酒？

結香把孫家送來的筆墨紙硯收進書箱裡，「孫家送來歡喜團，這是要請咱們家過去丈量新房的意思。按這邊的規矩，舅爺要親自上門看新房的布置。三小姐只有一個哥哥，除了大少爺外，三小姐只有少爺您這麼一位堂兄，您當然得去呀！」

她笑了笑，嘖嘖道：「姑爺出手真大方，除了文房四寶，額外送幾位小姐的是一套金釵、金鎖、金釧，給大少爺和您的是玉佩、硯臺，值不少銀子呢！」

她感嘆孫家送來的禮物，一會兒孫少爺，一會兒姑爺，顛來倒去，連話都說不清了。

李南宣卻是聽懂了她的意思。

他放下才翻開兩頁的書本，微微出神，三娘要出嫁了嗎？

李子恆和李南宣要去孫家看新房，周氏特意把兄弟倆叫到跟前，囑咐他們早點睡，免得第二天沒精神，一邊又讓曹氏和寶釵預備回禮。

接著，她對李綺節道：「該回送孫府什麼我幫妳拿主意，妳看看還有什麼要添的？」

李綺節回房想了想，連夜做了一個香包，是葫蘆形狀的，外頭拿五彩絲線繡了一幅魚戲蓮葉圖，底下綴了一串百結珠寶流蘇，裡頭裝了些防蚊的八角、藿香、艾葉、茴香等等。

夜裡毒蟲蚊子多，香包可以帶在身上驅蚊。

裡頭的香料貴重，但香包針腳不細密，圖案不精緻，唯有樣式還算新鮮可愛。

「就送這個啊？」

寶珠臉上訕訕，替李綺節感到難為情，這麼粗劣的針線，送出去萬一被人笑話怎麼辦？

李綺節一攤手，「就它了。我親手做的，他敢嫌棄？」

話是笑著說的，她自己沒發覺，寶珠卻聽出裡頭的情意。她偷偷鬆口氣，看來，孫少爺不是剃頭擔子一頭熱。

翌日，李子恆和李南宣吃過飯，坐船到了縣城，孫府早有人在岸邊等候。

一行人到了孫家，孫天佑親自迎出來，李子恆一看到他，就氣不打一處來，甩了鞭繩，氣沖沖地往裡面走。

孫天佑和李南宣彼此客氣了幾句，兩人都覺得對方有些裝腔作勢，不過面上還是一團和氣，一起進了內院。

孫天佑挑的新房臨著池水，環境清幽。院子修在池子邊，四五間房屋，亭榭廊檻，宛轉迂迴。正堂掛匾披聯，兩邊曲廊相通，跨水接岸，屋子後頭蜿蜒出一座曲折木橋，通往池中綠瓦水榭。水榭四面開窗，四望景致皆不相同：一面是桂叢蓊鬱，一面是水波蕩漾，一面是蓑草枯荷，一面是蔥蘢花木，素雅清新，別有意趣。

正堂中間是明堂，西廂房是寢房和坐臥之處，東廂房是一間書房，倒並未隔斷，只用老紅木彩繪描金折紙花卉十二扇落地大屏風隔開。

曲廊兩邊的耳房、抱廈，是小丫頭們夜裡住的。

西廂房分前後兩間，以一架滿繪水紋屏風隔開，裡間有拔步床、大圈椅、小繡墩、梳妝檯、面盆架、小花几，一應擺設，應有盡有，輕紗帷幔，樣樣精美。外間當中設一張黑漆圓桌、五個繡墩，南邊臨著水的窗戶下邊設了一個美人榻，安了一張琴桌，香几上置了一只熏爐，爐中焚了百合香塊，飄出裊裊青煙，北窗的刺繡美人圖屏風後頭則立著櫃櫥箱籠。

東廂房只有小小一間，文房四寶、桌案俱全，紙糊的牆壁上掛了一幅山水畫，掛瓶中供了一枝豔紅的梅花，書架上擺滿書本，只有一面仍舊空著，擺了幾樣尋常玩器。

李子恆眉頭皺得老高，新房不是應該先空著嗎？家具應該是由新娘子家置辦才對，孫天佑怎麼把家具也包了？

「這些家具是按著單子備下的。」看出李子恆的疑問，孫天佑出聲解釋。

單子說的是李綺節的嫁妝單子，李家分家之時，孫天佑看過李綺節的嫁妝單子。

李子恆用看傻子的表情看向孫天佑：也就是說，房裡的擺設是按著李綺節嫁妝單子裡的家具擺放的？

他是錢鈔多的花不完了嗎？為什麼要按著單子另外置辦一套一模一樣的家具？

孫天佑咧嘴傻笑，「婚禮只有一場，我希望到時候樣樣是最好的，不能出一點差錯。」

他言罷，笑了笑，酒窩裡滿漾喜色，輕聲道：「全是按著三娘的喜好張羅的，要是有遺漏的地方，大表哥提點我一下。」

言下之意，準備這麼多，只是為了提前演練一遍，若是有哪裡不合李綺節的心意，還可以及時更換。

李子恆半天說不出話來，不知道該大罵孫天佑大手大腳，還是誇獎他未雨綢繆。

孫天佑不等李子恆罵出口，帶著他和李南宣前前後後逛了一遍，等著兩位大舅子點評。

李南宣一言不發，目光淡然。

李子恆冷哼一聲，有心想挑出毛病來，想起出發前周氏的叮囑，哼唧半天沒說話。

阿滿領著小丫頭們調派完畢，站在一邊等吩咐。

孫天佑朝他使了個顏色。

阿滿心領神會，笑向李子恆和李南宣道：「這會兒時節不好，外邊池子裡只有枯葉，等到明年開春，岸邊的花都開了，或是夏天的時候，開了南邊窗戶，迎面就是一池子荷花蓮蓬，可好看哩！」

李子恆扯扯嘴角，瞥一眼孫天佑，「你倒是有心。」

心裡再不甘，三娘終歸是要嫁人的。

眾人吃了一頓豐盛的午飯，兄弟倆回到家中，周氏迫不及待地問道：「怎麼樣？尺寸大小都記下了嗎？」

進寶把冊子遞到了寶釵手裡，「按著太太的吩咐，屋角房樑、犄角旮旯，每個地方都量過，請太太過目。」

周氏接過冊子，剛翻開沒兩頁，李子恆拍拍手，說道：「哪裡還需要再丈量地方啊，九郎早就把家具擺放好了。」

且說且笑，把孫天佑新房的布置仔仔細細和周氏講了一遍。在孫天佑面前，他沒有好臉色，其實心裡對這個妹婿還算滿意。

周氏嚇了一跳，怪孫天佑浪費錢鈔，「到底是少年兒郎，不曉得當家的難處，以後等三娘進了門，得好好管管他。」

她又問李子恆：「連拔步床都買了一張一樣的？」

李子恆卻是搖了搖頭，「這倒沒有，他那張是從廣州府買的，大小一樣，木頭、樣式和紋案不一樣。」

李家為李綺節預備的家具主要是蘇氏家具，大部分是酸枝，最貴重的是一套鑲嵌玉石雕刻纏枝牡丹紋的桌椅几案，都是用上等的紫檀木造的，看著古樸素潔，並不打眼，實則俱是從蘇州府買來的上等貨。由運河一路北上，到武昌府時，一對紫檀木的條凳，便要價三十兩銀子，都夠買上十幾個丫頭了。

聽說蘇州府還有最上等的黃花梨木家具，因為造型優美，頗費工藝，又是走水上漕運，運價極高，等送到順天府時，更是價值千金。縱是如此，順天府的達官貴人依舊爭相搶購。一時商人南下採購蘇式家具，蔚然成風。

李大伯眼饞過花梨木的，到底沒捨得買。

周氏又問起孫府其他院子，李子恆當時一心挑新房的錯去了，其他地方不過走馬觀花而已，沒怎麼在意，有些答不上來。

李南宣見狀，在一旁為他補充。他記性好，讀過的書只要偶爾溫習一遍，就能一直記憶如新，今天到孫府走了一遭，他連內院有幾重迴廊，每道迴廊連著哪個院子都記得分明。

周氏細細打聽一遍，沒找到不滿意的地方，點頭道：「既然大小尺寸丈量過了，應該沒什麼大問題，咱們家可以封庫了。」

這一封庫，直到李綺節出嫁頭一天，才是重新開啟的時候。

寶釵想起一事，皺眉道：「太太，金家送來的東西，也封到庫房裡嗎？」

周氏有些犯難。

金家送來的東西不一般：雙鳳龍紋的金花盤、花絲瑪瑙鑲嵌寶石的妝盒匣子、碧青淡綠的聳肩美人瓶、一套赤金鑲珍珠的頭面……

金家是大戶人家，李家惹不得，而且人家也是一片好意，不收不行。

可收了吧，又覺得有些燙手。

周氏想來想去，想得頭昏腦脹的，「算了，記在帳上吧。等金家大小姐出閣，咱們也照樣送上一份重禮就是了。」

秋風漸涼，眨眼又到八月十五，丹桂飄香，銀蟾光滿，玉露生涼。

是夜，瑤江縣家家戶戶都要吃月餅、賞嬋娟、拜月神，飲桂花酒，闔家團圓。

家住李宅的教書先生也向李大伯告了幾日假，帶著妻兒家去和父母兄弟團聚。

李乙和周桃姑從鎮上搬回李宅。

李家今年人口齊全，在後廊擺家宴，李子恆、李南宣陪著李大伯和李乙吃酒，周氏和周桃姑則領著家中幾個小娘子另擺一桌吃月餅。

後廊修在小坡上，三面環水，卸下門板，四面大敞，抬頭便是一輪皎潔銀盤，低頭看池水，也清亮宜人，魚鱗似的水波裡蕩漾著月影，岸邊叢桂怒放，涼風習習，濃香遠溢，清可絕塵，正是賞月的佳處。

猜燈謎、賞桂子、拜月老、焚桂香。

兩位官人、兩位太太、五位小娘子和兩位小郎君，雖說人口單薄了些，但一眾丫頭婆子都在一旁湊趣，又在山坡的桂花樹底下紮了鞦韆，比賽誰的鞦韆盪得最高，誰得的賞錢最多，吆喝叫好聲此起彼伏，後廊前後一時也熱鬧紛繁。

李綺節不愛吃花生仁月餅，寶珠把月餅切成小塊，挑出餅餡裡的冬瓜蜜餞、甜杏仁、瓜子仁、花生仁和紅綠玫瑰絲，她這才肯拿籤子叉上一小塊，抿上幾口。

周桃姑覷準時機，示意李大姐和李二姐向周氏敬酒，姊妹倆捧起酒杯，大著膽子走到周氏跟前，款款下拜。

周氏看二叔李乙的氣色比往日精神許多，正是對周桃姑滿意的時候，又見姊妹倆過來敬酒，不禁笑得合不攏嘴。

李昭節不服氣，也爭著向周氏敬酒。

別人都敬酒了，李綺節當然不能例外。

寶珠替她斟了一盞桂花稠酒，琥珀色的酒液盛在敞口的碧葉白蓮瓷杯裡，光華流動之間泛著隱隱一絲淡綠。

她略微沉吟，手舉酒杯，說了幾句應景的吉祥話。

周氏笑道：「好了，曉得妳們孝順，安生吃飯吧。」

李綺節放下酒杯，正想繼續低頭吃飯，李大姐和李二姐連袂過來找她敬酒，她只得再次放下筷子，一一回敬。

桂花酒是採摘本地秋季盛放的金桂花釀成的，瑤江縣多桂樹，銀桂、月桂、丹桂都不稀罕，唯有一年一開的金桂香氣最為濃郁，釀出來的桂花酒芬芳香醇，甜酸適口，酒質溫和，尋常老少婦孺都能喝，加之今日又逢中秋佳節，她們幾人一連吃了七八盞也沒人來攔。

喝了半肚子的酒水，寶珠盛了一碗滾熱的豬骨蓮子湯放在李綺節跟前，她吃了兩口，心裡總覺得悶悶的。

周桃姑張羅著替李大姐和李二姐夾菜，見李二姐不動筷子，以為她跟前的幾盤菜不合她的口味，便伸長筷子，夾了一塊桂花茭白夾放在她的碟子裡。

周桃姑腕上籠了一對金鑲玉的美人鐲，鐲子內圈大，條桿極細，鬆鬆垮垮套在手腕上，襯得一雙玉手更顯纖細嫵媚。胳膊微微一動，便是一陣環佩叮噹。

徐娘半老，枯木逢春，不止李乙重新煥發活力，周桃姑也陡然多了幾分嬌媚。

宴席過後，供上瓜果香案。

寶珠淨手畢，對著香案，像模像樣地作了個揖，在銅爐裡燃了枝甜香，沐浴在清冷月光中，跪下叩拜，嘴裡念念叨叨道：「願我家三娘貌似嫦娥，面如皓月。」

李綺節很想好好感動一把，但是……面如皓月什麼的，還是算了。

胖子臉招人嫌棄啊！

李綺節回房梳洗，因為夜裡吃了酒，又喝了幾碗湯，怕積食，沒敢立刻睡，在燈下臨了半張帖子，寶珠捧著一個小匣子走進來，笑道：「三娘，您瞧瞧，這玩意兒可真有趣。」

說著打開銅扣，遞到李綺節跟前。

李綺節瞥了一眼，那匣子裡頭裝著的是幾隻兔兒爺。

四隻兔首人身的兔兒爺臉蛋雪白，只拿紅胭脂描出三瓣小嘴，抹了一層清油。一隻兔兒爺神情威武，騎在青黑老虎背上；一隻稚氣乖巧，持杵搗藥；一隻身穿錦衣，手執一把小紙扇；一隻緊閉著三瓣嘴，頭戴金盔，身披甲胄。

李綺節擱下筆，隨手在兔兒爺臉上捏了幾下，觸手冰涼，「哪兒得的？」

「三少爺送的，大姐、二姐和四小姐、五小姐也有。」寶珠笑著道：「外頭的花都謝了，窗前素淨，拿這幾隻兔兒爺擺在架子上，看著也熱鬧些。」

李綺節擺擺手，任憑寶珠折騰，暗暗納罕：李南宣氣質出塵，瞧著就像高山上的一株雪蓮，好看是好看，但拒人於千里之外，沒有一點鮮活氣，竟也會買這些玩意兒來哄她們。

想到李南宣，心思隨即轉到張桂花身上，她忽然一改高冷姿態，和李昭節來往密切，明顯是衝著李南宣來的。

李綺節把字帖一張張理好，心裡猶豫不定，該怎麼提醒李昭節呢？

上次直接把金子當面還回去，張桂花還不肯死心，警告張桂花肯定沒什麼用，只能直接和李昭節挑明，免得她被張桂花利用。

偏偏這個四妹妹最多心，不一定會把她的提醒放在心上。

不過，那也得說，總不能眼睜睜看著李昭節一腳踩進張桂花的陷阱裡。

李綺節遲疑了一晚，第二天找到李昭節，遣走丫頭，斟酌著把張桂花的事和她挑明。

未料李昭節並不詫異，反而淡淡地道：「我早看出來了，三哥那樣出眾的人品，鄉里愛慕他的人不知凡幾，張姊姊沒有對我隱瞞過對三哥的仰慕之情。」

這下子輪到李綺節吃驚了。

不是因為張桂花的執迷不悟而感到詫異，而是忽然發現，不知不覺間，李昭節和李九冬早已經慢慢長大，不再是以前那兩個抱著她的大腿撒嬌的奶娃娃。

十五前後，鎮上照舊請了戲班子來唱戲。

李綺節忙得團團轉，原本沒打算去看戲，這一日孟家卻特意派丫頭過來送帖子，孟春芳親自請她一道去鎮上聽戲。

李綺節聽出孟春芳的丫頭話中有話，似乎另有隱情，思量再三，最終還是放下手頭忙活的事，特意抽出半天功夫，應邀去鎮上，順便把李昭節、李九冬和李大姐、李二姐也帶上。

李家租了一條大船，斜對著江邊的大戲檯子，離得有點遠，好在離岸邊近，比較安全。

在船上坐等右等，孟春芳始終沒來。

李綺節讓進寶划著小船去找人，進寶去了半天，回來時道：「楊家的船停在戲臺子前，我找了半天，沒看見孟七娘。」

楊縣令今晚也在，金氏、楊天嬌、楊表叔、高大姐、楊天保也在船上。楊家的大船位置最好，坐在江心的大船上，又清淨又涼爽，隔著一片清澈的江水，聲音也聽得清楚，不必和岸上的老百姓擠作一堆，也不怕宵小渾水摸魚，或是衝撞女眷。

每年在大戲臺開戲，楊家的大船都占著那個最好的地方。

李綺節眉頭輕蹙，孟春芳暗示今晚有重要的事情要跟她商量，怎麼自己卻沒來？

江上停泊著數百條船隻，有燈籠高懸、威風凜凜的大船，也有只能容兩三人、緊緊挨在一處的烏篷小船。

有幾條銀魚似的小木船，裝了半艙的瓜果零食，穿梭在戲臺下的江面上，售賣糖瓜子、煮花生、炸紅苕、醃杏果之類的點心零嘴，蓮蓬、菱角、酸桃、梅子之類的鮮果。郎君們喜歡吃酒，便有鴨掌、鴨信、臘鴨賣，婦人們喜歡甜口，則有雲片糕、馬蹄糕乾乾淨淨盛在碟子裡，一碟只要四五個大錢。

李昭節和李九冬見有小販撐船從附近水面划過，連忙出聲叫住，吩咐小丫頭道：「問他有沒有煮胡豆賣。」

丫頭走到船頭，那邊撐船的聽見叫他，連忙把船划近了些。

丫頭接過船伕扔過來的笸籮，放了幾枚銅錢。小船上有個戴包頭，穿藍布衫兒，腰上繫裹肚的中年婦人，手腳麻利得很，這邊才算清價錢，那頭她已裝了一大捧煮胡豆，拿新鮮的荷葉裹了，裝在一個小木盆裡。

船伕把小木盆撥到船邊撈起來，揀起裡頭的荷葉包裹，再把小木盆推回去。中年婦人抬頭朝丫頭笑了一笑，她家男人又划著船往別處去尋生意。

李家婆子曹氏今晚陪著姊妹幾個出門，正坐在船艙裡打瞌睡。戲臺上鑼鼓喧天，也沒吵醒她，但一聽見李昭節差人買零嘴，她立時從夢中驚醒，眼睛還沒睜開，嘴裡已經數落道：「船上什麼吃的沒有，又費鈔買那些不乾淨的東西！」

李昭節和李九冬噗哧一笑，依舊吃得香甜，讓人盛一碟子煮胡豆，送到曹氏面前。

曹氏笑了笑，沒再說什麼。

李綺節走到船舷邊，喚來一條划著小船的婦人，買了些蓮蓬、荸薺、金絲黨梅、蜜糖核桃仁，也是用荷葉裹著的。寶珠上前將荷葉打開，分成兩份，一份放在李昭節她們跟前，一份放在李大姐和李二姐的小桌上。

李大姐不用丫頭動手，自家把胡豆倒在桌上已經半空的葵花式小攢盒裡，留了一半叫小丫頭收著，笑道：「胡豆吃多了肚子脹，留一些回家給娘吃，她平時愛吃這個。」

李昭節飛快地瞟一眼李大姐。

李大姐沒有察覺，李二姐卻看到了，臉上頓時漲得通紅，捏起一片桂花糕，斯斯文文咬一口，不接李大姐的話。

江岸沿河十里，竹樓人家都懸了彩燈蠟燭，燒得江上亮堂如白晝。彩燈倒映在水中，五光十色，珠光寶氣，又似河裡有另一個繁華世界。

李大姐無心觀景，記得周桃姑讓她平日裡多討好李綺節，當下想了個由頭，搭訕著道：「三娘，臺上唱什麼戲呢？」

李綺節手裡攥著一把五香瓜子，目光在楊家的大船上梭巡，慢悠悠答道：「正唱《雙救舉》呢，那旦角生了副好嗓子。」

李大姐跟著讚了兩句。

李昭節和李九冬聽見她二人說得熱鬧，湊過來各抒己見。

唯有李二姐一言不發，臉色仍舊紅得像日落時分天邊的雲霞。

《雙救舉》是齣家喻戶曉的戲，說的是馮女假扮男裝考中狀元，被欽點為駙馬的故事。瑤江縣上至耄耋，下至幼童，都能說一個頭頭是道。而這馮女正有一個嫌貧愛富、刻薄至極的後娘，若不是後娘從中作梗，馮女也不會冒名進京。

李二姐偷偷瞥李綺節一眼，暗暗思量：三娘特特點出這齣戲的名目來，莫不是在暗指她母親周桃姑和戲中的馮夫人一般，是個不懷好意的惡毒後母？

江上停泊的船隻，有一半是從十里八鄉撐船趕來鎮上看熱鬧的，路途遙遠，他們又不願意夜裡走水路，大多都要聽上一夜的戲，等天亮再回家。

而李家幾個小娘子不過是出來瞧新鮮的，月亮才爬到頭頂，江上處處是人聲、笑聲、鼓聲、樂聲，李大姐和李二姐只覺眼皮發沉，都忍不住打起哈欠。

忽然一陣敲鑼打鼓，戲臺上一群花臉小相公在翻跟頭，繼而轉出一個紅臉關公來，一把大刀舞得虎虎生風。

李昭節頓時來了精神，忍不住握拳擼袖，坐在椅子上不住拍手。

關公卻只唱了一折子戲，李昭節一臉失望，又聽見樂師們奏起洞簫，江上彷彿也吹起一陣涼風，婆子連忙翻包袱，讓船上的人都加了件衣裳。

眾人都昏昏欲睡，唯有李昭節和李九冬精神頭十足，不願意回家去，一直撐到亥時，婆子又在船頭催促。

曹氏一覺睡醒，見自己還在船上，再容不得兩個小娘子撒嬌發癡，當即便叫婆子划船。別看李昭節和李九冬在船上活蹦亂跳，剛下船，兩人就睡迷糊了，曹氏只得直接抱著她們回房歇下。

李綺節和李大姐、李二姐在迴廊前分別，忽然記起船上那包煮胡豆，轉身吩咐寶珠，讓她拿去給李子恆和李南宣的丫頭。

寶珠跑到大房，喊住結香，把荷葉包裹往她手裡塞，「三娘給少爺們帶的小零嘴。」結香笑了一下，帶著荷葉包裹走進房門，書房的燈還亮著，朦朧的燈光剪出李南宣的半邊側影，線條美得驚人。

也瘦得驚人。

她嘆口氣，把胡豆擱在窗下，轉身去灶房提熱水。看少爺的架勢，估計又得熬到凌晨才睡，她勸不了，只能沏壺熱茶給少爺暖胃。

李綺節應邀去鎮上聽戲，邀請她的孟春芳卻始終沒有現身。

第二天一早起來，她把孟春芳寫的帖子從頭到尾仔細看三遍，確認是對方的筆跡無誤，眉頭越皺越緊，孟春芳不是那種會無故讓人等她一夜的人。

不等吃飯，打發進寶進城去打聽楊家或者孟家最近是不是出了什麼事。

早飯還沒送到院子裡，進寶已經折返，笑嘻嘻道：「三娘，孟家人來咱們家道喜。」

他身後跟著孟家的大丫頭，是從前服侍孟春芳的，後來跟著孟春芳進楊家，名叫素清。

素清先替孟春芳向李綺節賠不是，然後道喜，最後才說出真正來意。

原來昨晚孟春芳診出有孕，高大姐不許她出門，所以她才失約了。她不能出門，又急著想見李綺節，只能請李綺節撥冗到楊家小住幾日，陪她說說話。

李綺節眼皮輕輕一跳，孟春芳昨晚剛失約，今天又再次邀請？

素清似乎看明白李綺節的顧慮，飛快道：「今天大太太、二太太和大小姐出門登山看景去了，要三天之後才回府。」

大太太說的是金氏，二太太是高大姐，大小姐是楊天嬌。

她一口氣說完，等著李綺節回應。

左右不過兩種回答，答應或是婉拒。

李綺節猶豫片刻，含笑道：「妳回去告訴孟姊姊，我明天就去看她。」

等素清一走，李綺節立刻把進寶叫到跟前，「今天你是非得進城不可了。」

素清還要去孟家傳話，進寶出門之後立刻坐船，在楊家下人回城之前趕到縣城，按著李綺節的吩咐，直接找到孫府。

剛巧孫天佑在家，聽說李家僕人上門，讓阿滿出來迎他。

「三小姐要送什麼給我們官人？」

進寶摸摸腦袋，「哪個官人？」話剛說出口，反應過來，嘿嘿一笑，「我今天不是來送禮的，是三娘有話問孫少爺。」

阿滿伸長胳膊，和進寶勾肩搭背，「叫什麼孫少爺，太見外了，直接叫姑爺得了！」

進寶笑得有點矜持，「規矩如此，等年底咱們就能改口啦！」

孫天佑常常要接待生意上往來的夥伴，為了方便待客，特意把西北角的一間院子空出來改建成打毬場。今天的客人約好和他比試捶丸，他這會兒在打毬場練習手感。

阿滿把進寶領到打毬場前。

明明是秋風送爽時節，卻是一輪烈日當頭，曬得人臉熱心慌。好在打毬場四周栽種了不少樹木，蔭涼籠罩，院子裡很涼快。

孫天佑頭戴網巾，身著葡萄青繭綢袍，右手緊握一支長柄木球杖，眼睛緊盯著前方一個黑漆木球，手腕微微往前一推，木杖擊在木球上，木球緩緩滾動，嘩啦一聲，掉進球穴裡，一旁的小廝立刻拔掉插在球穴後面的彩旗。

當著進寶的面，阿滿很給自家少爺面子，使勁鼓掌，「準頭越來越好了！」

孫天佑輕笑一聲，看到進寶，便把球杖往阿滿懷裡拋，眉眼舒展，「三娘讓你來的？」

進寶點點頭，把孟春芳幾次邀請李綺節的事一五一十說給他聽，「三娘拿不定主意，讓我來和九少爺說一聲。這……去楊家沒什麼妨礙吧？」

最後一問是他自己添的。

孫天佑接過小廝送來的手巾，抹去額角的汗珠，沉聲道：「我曉得了。」

他招手喚阿滿，「你先帶進寶去吃飯。」又回頭對進寶道：「別急著回去，我讓人去楊家打聽看看，等得了準信你再回去。」

這邊三言兩語安排完，那頭管家似有要緊事稟報，帶著幾個抬箱籠的僕人在院前等候。

進寶心中暗暗道，平時看九少爺吊兒郎當的，好像整天遊手好閒，沒什麼正經事，原來也是這麼忙啊！

他不敢耽擱孫天佑的正事，低頭和阿滿一起告退。

灶房伺候的下人知道他是李綺節面前得用的跟班，使出渾身解數來討好奉承，好酒好菜備了滿滿一桌不說，還偷偷炒了盤牛肉給他下酒。

一頓飯吃完，孫天佑那邊已經把事情打聽得差不多了。

「楊家那邊沒什麼么蛾子，三娘想去就去，住兩天也使得。」

進寶連聲答應，轉身正要走，孫天佑叫住他，「三娘在家做什麼呢？」

進寶一愣，能做什麼？當然是備嫁啦！

這話卻不好說出口。

他支支吾吾半天，只得囫圇道：「這幾天日頭好，在家曬衣裳。」

孫天佑愣了一下，長眉微微挑起，臉上慢慢漾出一個輕而淺的微笑，「讓她夜裡早點睡，別累著了。」

進寶誒了一聲，不知道為什麼，臉上騰地一紅——被九少爺這種輕柔纏綿，好像和情人私語的語氣給嚇的。

李綺節怕金氏或者楊天嬌假借孟春芳的名義請她去楊家，想對孫天佑不利，所以才讓進寶去找孫天佑討主意。等進寶從城裡回來，直到孫天佑那邊沒查出什麼不對勁的地方，她立刻讓寶珠收拾行李，預備去楊家。

掰著指頭數一數，已經許久沒見過孟春芳了。

轉天到了楊家，卻見楊家大門緊閉，裡外都上了鎖。

不止金氏和高大姐出門去了，楊縣令、楊表叔、楊天保等人也不在家，男主人不在，婆母出門，家中只有新媳婦，因此只留一道側門開著，供人每日清晨來取府中人的便溺。

孟春芳不顧丫頭阻攔，下床親自來迎李綺節。

外邊人都說高大姐嚴苛，對孟春芳這個兒媳婦不太好，但李綺節卻覺得孟春芳明顯比從前未嫁時胖一點，精氣神也格外充沛。

出嫁前的孟春芳，像一朵我見猶憐的芙蓉，顫巍巍的，美則美矣，卻如朝露一樣脆弱，彷彿隨時都會凋零。如今的她，才是沐浴著豔陽熱烈綻放的春花，蘊著潑辣辣的生氣。

「可把妳盼來了。」

孟春芳握住李綺節的手，把她從頭到腳打量個來回，本想開口調笑兩句，想起沒能去鎮上赴約，神色轉黯，一臉歉疚，「前天事出突然，害妳白等一夜，江上風大，沒凍著吧？」

「孟姊姊害我空等一場，我還沒消氣呢！」李綺節下意識扶起孟春芳的胳膊，一邊往裡走，一邊道：「待會兒妳記得讓人多炒兩道好菜，向我賠不是，不然我要掀桌子的。」

孟春芳抿嘴一笑，右手擱在自己的腹部前，「妳也這麼小心，大夫都說不要緊的。」

「真不要緊的話，大夫怎麼不許妳下床走動？」

雖然孟春芳的氣色看起來不錯，可李綺節不敢讓她多勞累，好說歹說，把她送到房裡，按到床邊躺下，「又不是外人，不必和我客氣。妳只管躺著，我陪妳說說話。」

素清帶著丫頭們下去準備飯菜。

多日不見，體己話說了一大堆，都是些居家過日子的瑣碎事情，孟春芳並沒提起前天為什麼要邀請李綺節去看戲。

李綺節以為她要避開人才肯談，於是沒有追問。

直到華燈初上，孟春芳仍然沒說要找李綺節商量什麼事。

夜裡兩人坐在燈下下棋，李綺節支走丫頭，「孟姊姊，妳帖子上說的話是什麼意思？」

孟春芳表情微凝，想開口，又似乎覺得難以啟齒，忽然有人敲門，丫頭走進來道：「少奶奶，小黃鸝闖進正院去了。」

孟春芳眉毛微挑，臉上不見意外神色，「人呢？」

「婆子把她送回房了。」

孟春芳點點頭，「看好大郎。」

這一打岔，李綺節不好接著問，只得起身回房。

寶珠打水服侍李綺節梳洗，一邊嘰嘰喳喳把前院發生的事說給她聽。

楊福生白天養在孟春芳跟前，夜裡跟著高大姐安歇。這兩日高大姐才不在家，小黃鸝見孟春芳忙著招待客人，顧不上楊福生，便蠢蠢欲動起來——她沒死心，想把楊福生抱回自己跟前養。趁著楊表叔和高大姐都不在，偷偷摸到正院抱孩子。好在孟春芳留有後招，早和照顧楊福生的丫頭們打過招呼，才沒讓她得逞。

李綺節搖搖頭，嘆息一聲，孟春芳看起來性子綿軟，一團和氣，真使出心機，也能把人折磨得痛不欲生。她從不正面和小黃鸝爭鋒，只需要把楊福生捏在手心裡，小黃鸝自然就要輸得徹徹底底。

周氏這些日子耳提面命，教了她許多內宅手段，還告訴她，不管是帝王家的三千後宮，還是老百姓的小小院落，都少不了勾心鬥角。

她以後也要和孟春芳一樣，一邊操持內務，努力維持賢慧名聲，一邊兩面三刀，和內宅侍妾鬥法嗎？

不，那不是她想要的。如果孫天佑敢辜負她的信任，她一定會讓他好好見識一下什麼叫做最毒婦人心。

小黃鸝沒能抱走楊福生，但小娃娃還是受了點驚嚇，哭鬧一整夜，第二天早起時，兩隻眼睛紅通通的，可憐極了。

婆子把楊福生抱到孟春芳房裡。

孟春芳神色冷淡，還是把抽噎的楊福生摟進懷裡，低聲安慰他。楊福生委屈得不得了，讓孟春芳哄了一陣，很快喜笑顏開，蹬著小胖腿，努力去搆孟春芳鬢邊戴的堆紗花。

素清怕楊福生餓著，親自去廚房領早飯。到了灶間，見李綺節身旁的大丫頭寶珠正倚在纏了絲瓜騰的籬笆上，手中端著一碟桂花糕，一邊分與小丫頭們吃，一邊和灶間婆子說笑。幾個身穿藍布衣衫、圍著裹肚的婆子一臉笑容，臉上的皺紋差點擠出一朵花來：金氏和高大姐都不是省油的燈，在灶房當差沒有油水，難得來了一個出手闊綽的小娘子，她們當然高興得很。

素清暗暗道：三娘手腳真快，人才剛住下，已經先打點好廚房了。難怪她和楊家關係微妙，卻從沒人說她一句不好。一面又唏噓：小娘子們不管出身如何，只要自家有錢鈔使喚，便不怕別人欺侮，將來嫁了人，在夫家也有臉面。七娘的陪嫁不算少，可和三娘一比，略顯簡薄。高大姐屆時肯定又要發酸。

哼，想討個聽話的媳婦，又眼饞三娘的嫁妝，天下哪有這樣的好事！

李綺節吃過早飯，閒庭信步，分花拂柳，走到孟春芳的院子前，想進去找她說話。到院前時，不巧孟春芳送楊福生回正院，要一刻鐘後才回來。

素清笑道：「大郎和我們小姐最親，小姐不在跟前，他不肯閉眼睏覺。」

寶珠暗暗納罕，背著人和李綺節嘀咕，「七娘真把大郎當自己的孩子養？」

李綺節不置可否，忽然明白孟春芳出嫁前說的那些話是什麼意思。

人各有志，孟春芳不願意向楊天保敞開心扉，只求能和他相敬如賓。婚姻於她而言，更像一種責任和任務，她的目標是做一個孝順的媳婦，一個賢良的主婦，一個完美的楊太太，和楊天保不相干。

她對楊天保沒有一絲情意，所以能夠賢良大度，從容對待小黃鸝和楊福生，不管小黃鸝怎麼上竄下跳，不管楊天保和誰譜寫風流，她都不在乎。

在試探楊天保的真心之前，她直接斬斷自己的所有奢望。

從孟春芳紅潤的臉龐和開朗的笑容看來，她顯然對自己的生活很滿意。

丫鬟在院子裡的榆樹兩邊繫了彩色絲條，鞦韆盪起來時，絲條隨風飄揚，極是好看。

李綺節在棗樹下找了個乾淨的石凳坐下，一邊看丫鬟們打鞦韆，一邊想心事。

孟春芳既然不愛楊天保，那麼煩擾她的事肯定就與小黃鸝無關，如此一來，她到底有什麼事要親口和她說呢？

想來想去，沒有頭緒。

忽然聽得頭頂上一陣嬉笑，抬頭去看，只聽「嘩啦嘩啦」一陣窸窣響動，樹枝猛烈晃動個不停，棗葉、棗子落雨似的砸下來，兜頭兜腦，撒了她一頭、一臉、一衣襟，就連脖子裡都滾了不少棗子進去。

寶珠和素清聽到笑鬧聲，連忙走過來，幫李綺節把沾了細枝碎葉的衣裳撣乾淨。

棗子落進衣服裡，又涼又癢，李綺節心裡生惱，抬頭看一眼樹枝間的兩道黑影，以為是兩個頑皮的小童，用方言問素清道：「哪裡來的兩個苕崽？」

她的聲音壓得很低，還是讓樹上的人聽見了。

樹枝裡的小郎君聽見李綺節說的是瑤江話，雖有一副脆生生的好嗓子，話裡卻分明瞧不起人，不由冷笑一聲，在茂密的枝葉間嘟囔道：「誒，哪家的臭丫頭，怎麼胡亂罵人？」

聲音裡微帶寒意，竟是個少年郎。

李綺節聽出對方年紀和自己相當，有些意外，眉頭輕蹙，沒有答話。

十幾歲的人了，竟然還像小孩子一樣幼稚，估摸著是楊家哪房的紈絝子弟。

棗樹樹皮斑駁，細刺極多，樹上兩個小郎君從隔壁院子的院牆上攀到伸出去的棗樹樹枝上，又向上爬到樹幹頂端，倒也不怕尖刺扎人。

李綺節偷偷撇嘴巴：小子說話不客氣，小心扎破臉皮！

果然聽得樹上的小郎君忽然一連聲呼痛，想必是被樹枝上的粗刺給扎疼了。

聽聲音，像是孟春芳的弟弟孟雲皓。

孟雲皓一嚷嚷，院牆那頭的婆子丫頭都聽見了，跑到院牆底下一看，見舅爺竟然和大官人請來的貴客偷偷爬到樹上去了，都嚇了一跳，一疊聲喊人去搬梯子，架在院牆上。

眾人怕高聲嚇著了兩位郎君，不敢再吱聲，轉頭找來一個手腳靈活的伴當，叫他爬上梯子，好生將孟雲皓和金雪松請下來。

孟雲皓爬樹的時候興高采烈的，等回過神來，才發現手上腳上都被棗樹的尖刺給刺破了一層皮，頓時胸口一涼，趴在樹上是上也上不得，下也下不得。伴當好聲好氣勸了半天，他抱著樹幹，就是不肯撒手，婆子只得又找來一個伴當，兩人合力，一個抱著一個托著，才把嚇破膽的孟雲皓哄下樹。

金雪松不肯爬梯子，自個兒蹬蹬腳，伸伸腿，見爬到一人高的地方了，鬆手一躍而下，又在樹底濃蔭裡蹦了兩下。

院牆那邊的婆子連忙隔著院子道：「公子可傷著沒有？」

同時，心裡暗自嘀咕，這麼冒失，也不怕扭到腳，您是貴人，擔干係的都是我們啊！

「本少爺且好著呢！」金雪松一邊嘟囔，一邊搖頭晃腦，拍拍衣襟，把黏在袍子上的蜘蛛絲撇掉。

伴當捧著乾淨的布巾上前。

他扯過布巾，在臉上隨意擦兩下，雙眼微微瞇起，「隔壁院子是楊家哪房的小姐？」

伴當哎喲一聲，道：「您可莽撞了，那邊是五少爺的院子。」

楊天保已經成婚，他的院子裡住的是內眷。

金雪松眼一橫，「楊天保的娘子？」

他摸摸下巴，沉吟道：「聽聲音不像。」

院牆之內，李綺節聽出對方的身分，怕惹出是非，連忙躲進屋裡。

孟春芳從外頭走進來，「十二郎調皮，沒衝撞你吧？」

李綺節搖搖頭，正要說話，忽然聽得外面丫頭一片吵嚷之聲。

大丫頭素清皺眉走到廊簷底下，正要出聲喝斥，恍惚聽見楊天保的名字，微微一愣，側耳聽了一會兒，再回房時，臉上已堆滿笑容，喜孜孜道：「小姐，官人考中秀才了！」

孟春芳驚喜道：「果真？」

童子試前後有三場，楊天保每次都倒在最後一場考試上，今年只能參加補考。考完之後他自我感覺不錯，不過礙於臉面，不敢打聽消息。楊家人以為他這次還是考不過，一時都把考試結果給忘了。

素清點頭如搗蒜，「丫頭們說，報喜信的差役在前頭吃茶呢，可不是真的？」

闔家歡喜，歡騰一片，巷子裡的人家全都上門來道喜，丫頭、婆子們喜氣盈腮，奔相走告，言語笑聲鼎沸不絕。

連楊家幾個不管事的姨娘老太太們，都趿拉著枹木屐，結伴找孟春芳道喜。

「妳才傳出喜信，五郎又考中秀才了，這才是喜上加喜！」

考取功名是闔族面上有光的大喜事，家下人不敢怠慢，從管家手裡討了幾錠銀子，拿去換成散錢，散給來家恭賀的街坊鄰居，一邊派下人去外頭尋幾位大官人，催他們回家。孟春芳有孕在身，又是婦人，不能出面迎客，家裡得有個男人掌事才行。

孟春芳讓下人整治了一桌好酒好菜，款待報喜的差役。

差役們曉得楊家富貴，不急著走，在楊家吃了一頓好酒飯，接了幾個紅包，袖子都塞得滿滿當當的，這才笑呵呵告辭離去。

眼看孟春芳忙得昏頭轉向，李綺節不好再在楊家耽擱，當下收拾包袱，前去辭別。

孟春芳愧疚不已，「三娘，前天邀妳去聽戲，倒也沒什麼要緊事，就是想找妳說說心裡話而已。妳能來陪我，我心裡正歡喜，沒想到天保能考中，阿公阿婆們又都不在，怠慢妳了。」

李綺節聽出孟春芳似有保留，到底是什麼事說不出口呢？還是事情已經解決了，所以她才不願據實相告？

李綺節不動神色，「雙喜臨門是好事，妳安心招待客人，下回我再來看妳。」

想不通，那就不想了，反正和她本人沒關係，等以後孟春芳想說了，自然會說。

幾天後，楊家為楊天保考中秀才擺酒宴客。

孟家人歡歡喜喜前去吃酒，孟娘子逢人便說，算命的曾經斷定孟春芳將來能戴珠冠，是個富貴夫人命。當然，她還說了一些別的話，大部分是暗諷李綺節有眼不識金鑲玉，配不上前途遠大的楊天保。

這些話並沒傳到李大伯、李乙等人的耳朵裡，因為他們實在太忙了，根本沒空去管孟娘子的酸言酸語。

進寶不服氣，偷偷跟寶珠抱怨：「還不是因為縣裡人知道我們三娘的嫁妝豐厚，取笑楊家錯過金山，孟娘子才故意說那些話來氣咱們！」

寶珠冷笑一聲，「理她呢！我倒要看看五少爺幾時能金榜題名，為官作宰！縱是他當上官老爺又能怎麼樣？三娘從不稀罕那些！」

當事人李綺節沒把孟娘子的幾句暗諷放在心上，孫天佑卻不肯輕易放過口無遮攔的孟娘子。有心想替李綺節出氣，但他一個大男人，不好和一個內宅婦人打照面。想了想，暗中指使阿滿，讓他把孟娘子說楊天保必定能當官的話宣揚出去。

不出半個月，楊天保驕傲自大的形象人盡皆知，縣裡人都知道楊家有個五少爺，幾次三番，費了九牛二虎之力才考中秀才，竟然敢大言不慚，說自己將來肯定能考上狀元。

楊天保終於跨過最後一道門檻，正式跨入士子行列，還沒來得及得意，突然一口黑鍋當頭扣下來，真真是有苦說不出。想替自己分辯，沒人肯信，連素日了解他性情的先生和同窗都上門勸諫，讓他戒驕戒躁，沉下心來用功讀書，別躲在家裡做白日夢。

兒子前腳才考取功名，後腳名聲就被親家給弄臭了，高大姐氣得牙癢癢，再見到孟娘子時，說話夾槍帶棒，很不客氣。

孟娘子不敢多說什麼，忍氣吞聲，任高大姐諷刺。

孟春芳沒有替自己的母親說好話，她心裡也有怨氣。事後她備了一份厚禮，讓素清代自己出面送到李家。

孟春芳突然以厚禮相贈，李綺節不明所以，寶珠把緣由告訴她，她才恍然大悟。

好嘛，每次孟娘子說了什麼不中聽的話，孟春芳就給她送禮，而且一次比一次貴重，光靠這些禮物，她都能發家致富了。

進入臘月，家家繁忙。

李家既要忙著預備過年，又要張羅李綺節出嫁，周氏恨不得多生出幾張嘴，多長幾雙胳膊，才能把一團亂的家務事料理妥當。

丫頭們每天被支使得團團轉，李大伯、李乙、李子恆全被抓了壯丁，幫著採買年貨，填寫請帖……明明事事都安排周祥，臨到頭來，仍是有一堆層出不窮的意外活計。

人人都忙，倒是把離別之情沖淡了許多。李大伯、李乙和周氏每天忙裡忙外，沒時間躲起來淌眼淚。李綺節不用再裝作看不見長輩們紅通通的雙眼，暗地裡鬆口氣。

這天，李家女眷抽出空來，聚在一處切麻糖。

鄉下人家，每到年時，本族婆子媳婦都要帶上自家炒好的米糖、芝麻，結伴去村裡的宗祠攪麻糖。李家沒有宗祠，但周氏仍舊按著鄉下的規矩，妯娌倆領著李綺節、李昭節、李九冬和李大姐、李二姐親自拌米糖。

大房的灶間熬了一大鍋糖稀，爐灶裡燒得通紅，紅糖、白糖、麥芽糖熬出黏性，咕嘟咕嘟直冒泡。這一鍋糖漿要不停攪拌，牽扯出老嫩適宜的拉絲，把備好的米糖、花生、熟芝麻、桂花倒入其中，翻炒、攪拌均勻，整塊鏟起，倒入木盆之中，徒手攤得均勻，再蓋上一層木板，拿一根大木棒，隔著木板來回不停碾壓。等糖塊壓實再倒出來，鋪在乾淨的簟蓆上，切成一塊塊的麻糖。切麻糖要趁著溫熱鬆軟時下刀，經驗老道的婆子拿著蒲刀，沿著麻糖手起刀落，眨眼間已經分出整齊的七八塊。

周氏和周桃姑坐在院子裡看婆子們整治，說是親自拌米糖，也不過是走一個過場，她們無須親自動手，只需趁著翻炒的時候，幫著把熟芝麻撒在大鍋裡就行。不是妯娌兩個不想幫忙，她們沒有婆子的手藝，切出來的麻糖糕容易散開。

滿院子都沉浸在一股強烈而濃厚的甜香之中，丫頭們都在偷偷嚥口水。

李大伯、李乙和李子恆顧不上矜持，特意找了個由頭，結伴跑過來蹭吃的。李子恆趁人不注意，挖起一大塊，轉身跑走，李大伯和李乙替他打掩護。

婆子們哄然大笑，揀鬆軟的麻糖切了一小塊，揉捏一頓，搓成拳頭大小的糖團子，與幾個小娘子甜嘴。

李昭節和李九冬吃的最多，兩人也不餓，不過是覺著好玩，捧著糖團子，一邊啃，一邊笑，比賽誰先吃完、誰吃的多，身後掉了一地的米糖渣子。

李綺節不愛吃甜，規規矩矩坐在周氏身後，面前只放了一盅摻了金橘絲的桂花茶。

周氏和周桃姑見第一鍋切麻糖做好了，都堅持讓李綺節先嘗一塊——這是求個好兆頭的意思，按理該是家中輩分最高的人先吃，她不日就要出閣，當仁不讓。

李綺節推辭不過，接過一塊麻糖慢慢吃完。剛切好的麻糖還是溫熱的，絲絲甜意快要甜到肺腑裡去了。糖漿黏牙，扯開來依然柔韌有絲。她吃完一塊，接連喝了兩盅桂花茶，心口暖而麻——不是因為麻糖太甜，而是因為周氏憐愛又不捨的目光，因為李大伯、李乙和李子恆方才刻意的逗趣。

嫁人的同時，也是離開家人的開始，喜慶的背後，是理不清說不明的酸楚和悵惘。

月初一連幾個晴日頭，曬得院裡的枯樹愈顯蒼勁，皴起的樹皮嗶剝作響。到月中時，天公陡然不作美，一連落了幾場陰雨。

李家賓客少，婚宴只擺兩天，頭天是宴請李家的舅親姨親，第二天是送親，周桃姑的娘家兄弟過來湊席。

周氏怕落雨，讓下人把宴桌移到房裡。

午後吹來一陣暖風，雲層散去，灑下一道道耀眼的光暉。

周氏歡喜道：「可算是天晴了！」

到傍晚時，天色復又變得陰沉起來。

周氏空歡喜一場，臉上也是烏雲密布，忙著抱怨老天爺，竟顧不上為侄女出嫁而傷感。

亂糟糟的一天過去，眾人各自胡亂歇下。

半夜，李大姐起床解手，坐在屏風後頭的馬桶上打瞌睡時，忽然聽見一陣劈里啪啦響，像是什麼東西砸在窗戶上，嚇了一跳。側耳細聽，瓦片上淅淅瀝瀝脆響，原來是在落雪籽。

她抓著草紙，心不在焉地想：「難不成要落雪？」

第二日天色越發陰沉，北風挾裹著凜冽的水氣，穿過前院，嗚嗚作響。

李大姐從溫暖的被窩中探出頭，懶洋洋地伸個懶腰。

周桃姑一指頭點在她額頭上，恨恨地道：「今天是正日子，妳是送嫁娘，要去孫府吃酒，別人都在前堂迎客了，只有妳拖拖拉拉的，像什麼樣？還不快點起來打扮！讓客人曉得，保准要笑話妳是個懶丫頭，懶丫頭誰家都不願娶！」

李大姐唯唯諾諾，洗了臉，坐在窗下梳頭，丫頭把她的衣裳熨好，送到床邊。

李二姐已經裝扮好了，一身簇新襖裙，頭上梳著雙螺髻，簪環別致，乾淨秀氣。

周桃姑道：「妳這也太素了，大房送來的那盒絨花呢？我看那個顏色好，妳戴兩枝。」

李二姐道：「這樣就很好了。」

她看過大房李昭節準備的新衣裳，鮮亮精緻，花樣新鮮，肯定會在婚宴上大出風頭。人家是堂姊妹，不必顧忌，她不是李綺節的親姊妹，還是低調點穩妥些。

周桃姑扯扯衣襟，拍拍袖子，神情有些緊張，抬頭看一眼窗外天色，皺眉道：「前天還是大日頭呢，忽然就變天了，今天還得坐船，要是落雪，轎子可不好走！」

她走到門前，對著天空拜了拜，「菩薩保佑，千萬別落雪啊！」

李二姐扯扯周桃姑的衣袖，「娘，今天是三娘的好日子，您說話小心點。」

周桃姑撇撇嘴巴，「我是為三娘擔心。」

「您是好心，旁人聽見卻不會這麼想。」李二姐對著銅鏡抿抿鬢髮，把喜鵲登梅簪子往右邊撥了撥，「別讓人以為您盼著落雪。」

周桃姑微微一凜，又笑又嘆，「罷了，聽妳的就是。」

等李大姐裝扮好，母女三人轉到李綺節這邊來。走到院門外邊時，聽得裡面窸窸窣窣吵嚷鬧成一片，丫頭、婆子人來人往，鬧騰騰的，房裡連個站腳的空地都沒有。

梳頭娘子在為李綺節梳頭髮，周氏和寶珠在一旁挑選釵環首飾，妝台前妝盒、油缸、梳篦、粉盒胡亂堆在一塊，略顯凌亂。

孟春芳攥著一個折枝蓮花紋蚌盒，從屏風後頭鑽出來，「找著了！」

寶珠懊惱道：「原來放在架子裡，我給忘了！」

李綺節打了兩個哈欠，一雙杏眼淚汪汪的。她昨晚一夜沒睡，恍惚聽到外邊在落雪籽，以為早上起來要落雪，早起時支起窗戶一看，地上濕漉漉一片露水，天邊雲層翻湧，卻是一副將落不落的光景。

丫頭們覺得天色陰沉，很可能要落雪，兆頭不好，怕她不高興，不敢高聲說話。

其實落雪她才高興呢，大雪紛飛的，多浪漫啊！反正坐轎子的人是她，操持婚宴的是李大伯、李乙和周氏，迎親的是孫天佑，她從頭到尾都不用露面，怎麼也累不著、凍不著她，落雪更有趣些。

梳頭娘子為她洗臉潤面，先抹一層色如紅玉的香膏，原本雪白的肌膚越發潤澤剔透，再撲上妝粉，細細勻開。

隨著梳頭娘子和周氏等人的動作，銅鏡中的少女仍然是一張精緻小巧的圓臉，但氣韻陡然一變，稚氣慢慢褪去，眉眼間隱隱透出幾許嫵媚，猶如朝霞映雪，容光攝人。

待雙頰敷上胭脂，畫好眉黛，雙唇點一星暈紅，眸光流轉間，氣度越是不凡，讓房內眾人都有驚鴻一瞥、眼前一亮之感。

周桃姑和孟春芳圍著李綺節不住稱讚。

周氏心中得意，挽起李綺節鬢旁一縷散亂的髮絲，掩在頂簪底下，笑盈盈地道：「三娘果然長大了！」說完話，忽然覺得鼻尖一酸，眼角差點滑下淚來。

曹氏連忙寬慰周氏。

李綺節見周氏傷心，朝寶珠眨眨眼睛。

寶珠會意，故意纏著周氏問一些零碎的小問題，岔開周氏的注意力。

正自忙亂，丫頭在門外道：「金大小姐來了。」

金薔薇不止送了一份貴重的賀禮，添妝禮也沒缺，而且比賀禮更加貴重。土豪的心意沒人能夠抵擋得住，她賠禮的誠意這麼足，李綺節不好怠慢她，便打起精神對她笑了一下。

接著，張桂花也來了，依然是一副高冷冰山姿態，一身嬌豔的春綠襖裙，硬被她穿出幾分寒冬颯颯之意。進了屋之後，就坐在一邊吃茶，不和任何人搭話，李昭節找她說話時，才偶爾應和一兩聲。不像是來賀喜，更像是來發呆的。

陸陸續續來了更多人，有認識的，也有不認識的。

李綺節今天是新嫁娘，萬事不需要她操心，只能坐在鏡臺前任人擺弄，然後供七大姑、八大姨觀賞，時不時露出羞澀的笑容，滿足長輩們調戲新娘子的惡趣味。

院外傳來鞭炮炸響，孫家的接親隊伍馬上就到，周氏連忙讓人去取蓋頭。

女眷們一個個摩拳擦掌，興奮不已，等著給新郎官下馬威。

李綺節頭上蒙著蓋頭，只能聽到外邊的嬉鬧聲，別的一概不知。男男女女的說笑聲匯合在一處，像此起彼伏的海浪，一時大一時小，一時清晰一時模糊，沖刷在耳畔，讓她心裡有些七上八下的，不知身在何方，雙腳像踩在雲端，軟綿綿的，踏不到實處。

等她回過神來時，發現自己已經坐在轎子裡。

偷偷掀開蓋頭一角，入眼淨是厚重的紅色。轎子外的嗩吶聲喜氣洋洋，像千樹萬樹粉豔豔的花同時在眼前綻放。聽著歡快的調子和沿路百姓的道賀聲，她漸漸放鬆下來，不真實的惶恐和緊張感緩緩消退。

送親隊伍坐船過江，繞著縣城走一圈後，來到孫府門前。

孫家賓客盈門，流水席一直擺到臨街巷子口，但是內院竟然沒有觀禮的女眷。新房處處張燈結綵，屋裡卻靜悄悄的，只有侍立的丫頭婆子在等候著。

寶珠惴惴不安，找張嬸子討主意，「怎麼房裡沒人啊？是不是都到前頭搶紅包去了？」

張嬸子是李綺節的陪嫁，年紀和周氏差不多，性子沉穩，很少有急躁的時候，可進了新房之後，她也一頭霧水，滿臉錯愕，「這……不合禮數啊！」

李綺節看不到房裡的情景，但能感受到新房的氣氛似乎有些古怪，心裡暗暗道：總不至於我還沒露面，就霸氣側漏，光憑身材就把一堆等著調侃新娘的女眷給驚豔呆了吧？

左等右等，始終不見女眷進來相看新娘子。

半晌方才傳來一陣急促的腳步聲，丫頭打起簾子，細碎的珠玉碰撞聲中，一道頎長穩健的身影快步踏入內室。

寶珠和張嬸子驚呼一聲，下意識往前一撲，擋在李綺節跟前。

孫天佑愣了一下，腳步一頓，淺笑道：「這是怎麼了？」

他穿一身綠色寧綢袍服，衣裳鮮亮簇新，人也神采奕奕，眸子閃閃發亮，眉梢眼角，溢滿笑意。本就有七分俊俏，今天人逢喜事，眼風掃到之處，像摻了耀眼的日光，燒得身邊的人面頰發燙，不敢和他對視。

寶珠平時膽子大，什麼話都敢說，這會兒被孫天佑掃了一眼，不知為什麼，忽然有點怯懦，吞吞吐吐道：「女、女客們呢？」

孫天佑揚唇微笑，「今天沒外人。」

他掀開袍角，矮身坐到床邊，衣裙簌簌響動。

李綺節聽到他的聲音時，大為詫異，還沒到時候吧？

等感覺旁邊坐了個人時，心裡只剩下無奈：早知道他不會老老實實按著流程走，卻沒想到他為了清靜，竟然不許女客進新房，把人都支走了。

孫天佑伸手握住李綺節藏在袖子裡的手，眉頭陡然皺起，「怎麼這麼涼？」

牆角燃有火盆，四面布簾罩得嚴嚴實實的，門口窗前有屏風遮擋，一點風都透不進來，屋子裡並不冷。不止不冷，還熱得有點喘不過氣。

李綺節的手冷，是因為坐了一路的轎子，身上腳底仍然冰涼，沒有暖過來。外邊雖然沒落雪，可時不時颳一陣雪籽，寒冬臘月的，冷得人手腳發顫，坐在轎子裡也不頂事。

孫天佑低頭對著李綺節冰涼的手哈氣，柔聲道：「早點揭了蓋頭，妳好先睡一會兒，等散席還早著呢！」

李綺節沒吭聲，寶珠搶先道：「還沒到吉時呢，不能睡！」

「怪冷的，難道要乾坐著等到散席？」孫天佑不由分說，揮手讓丫頭捧來喜盤喜杆，「我讓人查過曆書，今天一整天都是吉時。」

寶珠和張嬸子面面相覷，想阻止孫天佑，又怕惹惱他，左顧右看，房裡的丫頭個個老老實實站在原地，顯然已經習慣孫天佑的種種離經叛道，壓根兒沒把他的任性當回事。

一整天正襟危坐，時時刻刻必須保持完美儀態，還得提心吊膽，不能在外人面前出醜，每一步路都要走得小心翼翼，李綺節早就累得渾身酸軟。鳳冠雖然華貴，分量可不輕，在頭上頂了一天，脖子已經麻木。身上的新娘喜服也厚重得很，披掛一身，比幹一天農活還累。孫天佑的舉動固然有些難以理解，可她並不在意，舊式婚禮對新娘來說根本沒有樂趣可言，有的只有疲累和恐懼，能早點卸下簪釵歇息，她高興還來不及呢！

蒙著蓋頭在房裡枯坐，實在是太難熬了。

知道寶珠和張嬸子肯定在為難，蓋頭下的李綺節翹起嘴角，輕聲道：「都聽官人的。」含著笑意的官人喊出來，孫天佑頓覺全身骨頭微顫，骨酥肉軟，胸口發熱。他穿得比李綺節單薄，但因為心裡高興，已好幾天睡不著覺了，從早到晚血氣上湧，精神十足，在外邊迎著大風和賓客談笑時也不覺得冷。

這會兒更是暈暈乎乎，如墜雲霧，彷彿置身於溫暖明媚的三月豔陽天。

蓋頭被挑起，感覺到眼前豁然開朗，李綺節眼角微微上挑，目光四下裡一望，視線故意在房裡梭巡一圈，才落到對面的人身上。

含羞帶惱地睨他一眼，又迅速垂下眼簾，眼睫輕顫，欲語還休。

孫天佑目不轉睛，盯著容顏嬌媚的小娘子看了許久，腦袋裡空空如也，一時竟不知該說些什麼。往昔的種種如流水一般徐徐展開，苦盡甘來，她終究還是屬於他的。

狂喜和激蕩洶湧如潮，呼嘯著捲走他的全部言語，等潮水褪去，只剩下傻笑的新郎官。出神良久，他愣愣地道一聲：「三娘……」

李綺節嫣然微笑，「我明白。」

明白他沒有說出口的那些保證和誓言。

只要他一如往昔，她亦會真心相對。

寶珠看孫天佑和李綺節一起胡鬧，頗為苦惱。三娘從小與眾不同，舉止怪異，如今連姑爺也是個不省心的。

她猶豫半天，乾脆破罐子破摔，聽之任之。

反正蓋頭都掀了，合巹酒也吃了，沒有女客，只能先服侍三娘歇息。

正要幫李綺節取下鳳冠，旁邊忽然伸來一隻骨節分明的手——孫天佑竟然想親自動手！

她輕咳一聲，出聲提醒。

孫天佑不為所動，幫李綺節取下鳳冠，拆開髮髻，又自然而然把手伸到她的胸口……

寶珠差點驚叫起來，孫天佑神色自若，為李綺節解開衣襟，除去外邊穿的袍服。丫頭們面面相覷，想上前幫忙，都被他擋開了。

李綺節渾身上下沒一點力氣，吃合巹酒的時候都是讓孫天佑半擁著的，乾脆老神在在受他服侍，等脫得只剩下裡頭穿的團花襖時，微一欠身，待他掀開被子，便往後靠去，還沒觸到鬆軟的枕頭，眼皮已然開始發沉，「我睡了，你去前頭忙活吧。」

語氣甚是親暱。

孫天佑悶笑一聲，看她合眼睡迷糊了，不由自主地彎下腰，在她額頭上印下一個輕柔的吻，這才起身出去。

張嬸子是經過事的婦人，周氏讓她在新房陪伴李綺節，主要是為了讓她提點李綺節，免得小夫妻兩個太年輕，磕磕碰碰鬧得太尷尬。

然而，她今天完全無用武之地，小夫妻兩個不用人教導，相處時與老夫老妻一樣自然，旁人根本摻和不進去。

不止張嬸子一臉愕然，房裡的丫頭也個個目瞪口呆：知道官人看重太太，早就盼著娶太太進門，卻沒想到官人為如此珍愛重視太太，竟然能放下臉面，親自為太太寬衣解帶。

眾人各有思量，從此對李綺節的態度越發恭敬。

貳之章

新婚燕爾意飛揚

李綺節這一覺睡得格外香甜，等睜開眼時，見房裡已經燃起紅燭，特製的蠟燭，燭火熊熊燃燒，但沒有燭淚淌下，滿室瀰漫著一股濃郁的甜香。

寶珠肩上披著一件厚襖子，歪在踏板上，雙眼微瞇，正在打瞌睡。

張嬸子坐在小圓桌旁，就著燈光，在繡一隻紅花綠葉的鞋墊子。

倒是另一個眼生的丫頭先看見李綺節睡醒，連忙幾步走到床前，扶著她坐起，在她身後塞了兩個大靠枕，問道：「太太醒了，可想要什麼吃的喝的？」

脆嗓子帶著甜甜的笑意。

「太太」的稱呼，讓李綺節半天反應不過來。

一天沒吃東西，在夢中時就覺得腹中飢餓、腸胃空虛。丫頭才一發問，她就覺得肚子傳來一陣接一陣的雷鳴，也顧不上害臊，忙點了點頭。

張嬸子先端來一盅熱茶給李綺節漱口，寶珠坐在床頭服侍她擦臉擦手，挽上頭髮，然後在她身前鋪一張帕子。

方才說話的丫頭端來一個紅木小托盤，上面放著一小碗八寶粥。

張嬸子道：「先別碰葷腥，用些米粥吧。」

丫頭想服侍她吃粥，寶珠沒說話，接過粥碗和匙子，輕飄飄看她一眼。

丫頭臉上一白，悄悄退下。

李綺節點點頭。

臘八粥熬得熟爛，米粒裡的糖蓮子、紅棗、核桃仁、果脯也都熬得很透，還沒用力咬，就先在唇齒間化開了。米粥中拌了桂花醬，滋味綿甜，又帶了一絲淡淡的酸味，可能是添了些山楂糕進去。

李綺節吃完一碗還想吃，張嬸子攔著不讓，只許她再吃幾顆果子。

寶珠掀開燈罩，用銀剪子剪了燭花，屋子裡頓時亮堂幾分。

院牆外遙遙傳來賓客們的呼喝笑鬧聲，丫頭把火盆挪到拔步床前，簾內溫暖如春，木炭滋滋燃燒，偶爾發出一兩聲爆響。

李綺節睡了一覺，精神飽足，當下披上衣裳，在房裡走來走去。

寶珠看她無聊，取來雙陸棋盤和算籌，陪她解悶。

李綺節知道今夜會面臨什麼，心裡難免有點緊張，急需做點什麼來轉移注意力，看到棋桌，頓時來了興致。

丫頭們不會打雙陸，圍在一邊看李綺節和寶珠玩，張嬸子幫她們算籌。

吆五喝六，玩得正熱鬧，李綺節耳邊忽然一熱，有什麼溫軟的東西在她耳垂上輕輕咬了一下，背後響起低笑聲，「好不正經的新娘子，趁著我不在，帶著丫頭們賭錢？」

李綺節手裡抓著骰子，還沒反應過來，已經落進一雙臂膀裡，被人打橫抱起來。

丫頭們頓時作鳥獸散。

寶珠和張嬸子走在最後，關好門窗，在門外看守。

棋盤零落，衣裙散落一地，骰子跌落在床角，啪嗒一聲輕響。

舌尖交纏，喘息間，滾燙的大手順著光潔的脖頸，探進衣襟裡，掀落最後一層束縛。

看到李綺節身上那件緊緊勒在胸前的大紅霞影紗裡衣，孫天佑的呼吸陡然一窒。

他見過肚兜，但從沒看過眼前這種形式怪異的小衫，細細兩條撒花衣帶，吊著一抹朦朧霞色，鏤刻出雙峰渾圓飽滿的優美形狀。紗衣輕透，根本遮不住裡頭的風景。雪白的肌膚，從薄霧般的輕紗中透過來，隱約露出兩點奪人心魄的嫣紅色澤。

幽香透骨，粉融香透。

勾得人心魂欲醉，想親口品嘗她的甜美芬芳。

攬在腰肢上的手臂燙得驚人，像是要在她身上烙下印記才甘休。李綺節不甘示弱，絞住孫天佑的舌頭，用力回吻過去。怎麼說她都是看過不少小黃書的人，得主動一點。

李綺節的雙手也沒閒著，胡亂扯掉孫天佑身上的衣袍，奈何力氣不大，費了半天勁，只脫下最外頭的袍子。

孫天佑眼底黑沉，嘴角噙著一絲笑意，微微放開白白嫩嫩、又香又軟的小娘子，挺直脊背，讓她可以順利地把自己脫得一絲不掛。

兩個滾熱的身體重新貼合在一起，錦被翻捲，大床劇烈搖動，帳前懸掛的如意香包晃來晃去，像枝頭熟透的瓜果，將墜不墜，等人採摘。

密密實實的吻落在額前、臉頰、鼻尖、嘴角。

帶著薄繭的指節劃過胸膛，揉弄一陣，引得李綺節一陣細喘。

指尖在兩隻飽滿的雪嫩前流連，繼而緩緩向下，分開雙腿。

他忍得辛苦，仍然耐住性子輕聲哄她：「別怕。」

濃黑的長髮鋪瀉開來，像一朵華麗的墨色花朵，盛開在大紅錦被上。

「等等……」

她忍不住發出淺吟聲，汗水打濕長髮，身體猛然繃緊。

「三娘……」

喉間一聲粗喘，孫天佑緊緊擁住懷中顫抖的身體，恨不得把人揉進自己的骨子裡。

宴席散後，從李家村坐船回到縣裡，楊家下人在渡口等著接孟春芳回家。

「都是有身子的人了，去湊那個熱鬧做什麼？」

高大姐特意等在院門前，卻不是為了迎接孟春芳，而是當著丫頭們的面指責她：「家裡忙得一團亂，妳還非要出門！又不是親姊妹出嫁，巴巴地湊過去，誰曉得人家領不領情？」

李家沒有送帖子給楊家。

這不是第一次了。楊、李兩家退親之後，因為楊家多番討好，李家便沒有和楊家撕破臉皮，但是李家幾乎沒再主動宴請楊家的親眷，尤其是九郎離開楊家以後，李家更是連面子情都懶得給楊家。

明眼人都看得出來，李家或許一時不敢惹惱楊縣令，但確實和楊家疏遠了。

高大姐不信李家真的敢甩臉色給楊家看，之前李綺節和孟春芳來往密切，她就大言不慚地對楊家妯娌們說：「沒咱們家照應，李家的生意能做得那麼紅火嗎？他們家不敢和咱們家生分，不然三娘怎麼捨得放下身段與我媳婦走動？」

這一次李家發嫁，只請了孟春芳，楊家幾房，不論男女，沒有人受到邀請。

所以，高大姐才會惱羞成怒，刻意給孟春芳難堪。

孟春芳低頭，任高大姐數落一通，等婆婆撒夠氣了，方笑著岔開話：「我把四哥留在老宅的文稿帶回來了。」

楊天保開蒙很早，讀書刻苦歸刻苦，可天分不足，寫的文章沒有絲毫靈氣可言，難以入鴻儒們的眼。楊表叔和高大姐讓兒子楊天保沒事多和大舅子孟雲暉來往，好趁便向孟雲暉討教寫文章的捷徑。孟雲暉是十里八鄉名聲最盛的少年才子，只要他肯認真教導楊天保，後者的學問肯定能更上一層樓。

退後一步說，就算楊天保的學問沒長進，他和才學廣博的大舅子孟雲暉親近，總比和金雪松那樣的紈絝子弟來往強吧？

聽說孟春芳帶回孟雲暉的文稿，高大姐立刻堆起笑，「真的？快送去給五郎！」

應付完婆婆，孟春芳回到自己的院子。高大姐粗俗而簡單，她幾乎沒花什麼心思，就摸準對方的脾性和弱點——不管她怎麼孝順乖巧，做小伏低，高大姐都不會真心接納她，她心裡最看重的始終是兒子楊天保，因此她只要時不時把楊天保推出去敷衍婆婆就行。

一進屋，她脫下繡鞋，把冰涼的雙腳踩進暖腳爐裡，「四哥呢？」

素清蹲在地上，往火盆裡添炭，「舅爺和少爺在書房談論一本什麼詩集，有說有笑的，方才讓人備了鹵鴨、鴨爪下酒吃。」

孟舉人外出訪友，孟娘子回娘家探親，孟雲暉和孟雲皓這一段時間住在楊家。

「四哥最近有沒有出去見過什麼人？」

素清茫然道：「大冷的天，誰還願意出去？四少爺每天都待在房裡沒出過門。」

孟春芳徐徐吐出一口氣，今天三娘和九郎拜堂成親，四哥還有心情和天保吃酒論詩，可見阿爺說的不錯，四哥絕不是那種會耽於兒女情長的人，他拿得起放得下。不管他從前是怎麼想的，過了今天，他肯定能真正放下三娘。

前幾天聽說的那件事，應該只是謠言吧？

腳底暖烘烘的，火盆裡的木炭發出細碎的嗶剝聲響。孟春芳暗暗鬆口氣，幸好她當時猶豫了，沒把事情講給三娘聽，不然三娘一定會為那個謠言提心吊膽。她正值新婚燕爾，不該為任何事情煩憂。

湯婆子早就不知道被踢到哪個角落去了，但身邊依然溫暖，彷彿倚著暖烘烘的大火爐。

夢中感覺有人在替自己掖被角，粗糲的指尖從細滑的綢面劃過，擦出輕微的窸窸聲。

被窩裡暖和而舒適，李綺節淺淺嘟囔一聲，捨不得睜開眼睛，開口喚寶珠：「天亮了？別開窗，讓我再睡會兒。」

半天沒聽到寶珠應答，低垂的紅羅帳裡，響起輕柔的悶笑聲。

這笑聲熟悉而又陌生，李綺節想起前事，猛然驚醒。

昨晚忍不住求饒的時候，那人就是這麼笑著繼續折騰她的。

孫天佑伸長胳膊，把面色泛著微微豔紅的嬌娘子撈到懷裡，雙手不老實地探向半敞的衣領，昨晚他還沒品嘗夠呢！

不過不要緊，懷裡的人從頭到腳都是他的，想什麼時候親近都行。再不必和以前那樣，為了午夜夢迴時的一個惡夢患得患失，輾轉反側。

胸腔裡發出一聲滿足的喟嘆，「接著睡吧，還早著呢！」

不止手，連溫軟的唇也跟著貼了過去，吻在粉膩的肌膚上，只輕輕一個觸碰，就引得對方嬌軟的身子一陣顫慄。

雪白細膩的皮膚，立刻沁出淡淡的嫣紅。

孫天佑盯著散亂的衣衫間若隱若現的風景，眸色變得更深。

李綺節緊咬櫻唇，把差點脫口而出的嚶嚀吞回喉嚨裡，然後扯緊被子，擋在胸前，推開壓過來的腦袋瓜兒，打掉那雙蠢蠢欲動的手，掀開羅帳一角，明亮的光線陡然從縫隙處流瀉進來，差點晃花她的眼睛。

冬日晝短夜長，天亮得晚，日頭都照到床邊來了，怎麼可能還早？

臉皮再厚如她，也不免羞惱道：「你怎麼還不起身？」

如果只是小倆口自己過日子也就罷了，丫頭們還在外面候著呢！

也不知寶珠在外面等多久了。

孫天佑摸摸鼻尖，笑意盈盈道：「外頭怪冷的，起來做什麼？」

李綺節一愣，剛剛只顧著回憶周氏的種種教導，怕惹人笑話，才著急起來，可是孫家和別家不同，孫天佑上頭沒有長輩，她不必早起向公婆敬茶，也不用向哪位故去的長輩上香，好像確實不用急著起床？

她心頭一鬆，重新躺回枕上。

身後一陣窸窸窣窣，火熱的胸膛靠過來，一隻手繞到身前，緊緊箍住她，「再睡會兒。」

羅帳重新放下，日光照不進來，但仍舊將帳內映得雪亮。

李綺節眸光流轉，回頭看向孫天佑。

紅彤彤的霞影中，他以手支頤，含笑望著她，酒窩皺得深深的，錦被只蓋到腰間，露出半截光著的胸膛。兩人的長髮糾纏在一起，繞過彼此的肩腹鋪滿床榻，一時竟分不清你我。

難怪總聽人說結髮夫妻，枕畔髮絲勾連纏繞，彷彿兩人也能與密不可分的髮絲一樣，從此合二為一，相伴走過長長久久的日出日落，跨過悠遠綿長的歲月，直到永久。

發現李綺節在打量自己，孫天佑不動聲色地舒展脊背，腳趾頭很有心機地把錦被往下劃拉幾下，讓自己勁瘦的腰腹一覽無遺。力道控制得很完美，只要再稍稍往下一點，就能看到更多的部分。

睡都睡過了，沒什麼好害羞的。

李綺節昨晚初涉人事，沒顧得上仔細欣賞孫天佑的身體，這會兒渾身酸軟，連抬頭的力氣都沒有。躺在溫暖的衾被中，慵懶舒適，正好給自己男人的身材打分數。

她眉眼微彎，目光在孫天佑身上梭巡，視線落到他肩上時，忽然發現一道淺淺的牙印。

那自然是她咬的。

血氣方剛的少年郎，動情時堪比不受馴服的猛獸，只知道一味衝撞。她都說不要了，孫天佑還興致勃勃，把她翻來覆去地擺弄揉捏。

前兩次她還能跟著他的步調盡情享受，慢慢的心跳越來越快，根本來不及反應，到最後根本潰不成軍，紅的、綠的、黃的、青的，一道道光彩在眼前轟然炸開，什麼花樣，什麼情趣，全都忘了。

捏起粉拳亂揍一頓，對他來說，不痛不癢。

後來她一身黏膩的汗水，頭髮濕答答貼在臉頰邊，前一刻好像痛苦到極點，下一秒又像快樂到極致，兩種感覺來回折磨，氣得她想哭。

被他抱起來時，頓時惡向膽邊生，趁機一口狠狠咬在他汗津津的肩膀上。當時以為自己牙關咬得死緊，能讓他清醒一下，結果事與願違，竟然被他當成撒嬌和催促。

現在再看他的肩膀，齒印消退得差不多，不知道是她力氣太小，還是他的皮肉太結實。

莽撞歸莽撞，事後他抱她到屏風後頭去沐浴，親自為她換上乾爽的裡衣，沒讓丫頭進來服侍，還算貼心周到，勉強原諒他好了。

目光接著向下，李綺節掀唇一笑，伸手在孫天佑的腰上戳了兩下。他平時看起來挺拔清俊，有些偏瘦，沒想到脫了衣裳，還是很有看頭的。

孫天佑臉色驟變，竭力想忍住，但是李綺節越戳越覺得好玩，根本沒有停下來的跡象，他實在忍不住，肩背佝僂，小心翼翼地往後躲閃。

李綺節愣了一下，笑得不懷好意，「官人，原來……你怕撓癢癢？」

故意拖長調子，顯然是在取笑他。

孫天佑臉上一紅，眼底劃過一陣懊惱。

難得看他害臊，李綺節心裡得意，笑得越發開懷。

不等她再開口調戲，孫天佑嘿嘿一笑，霍然翻身，把笑得花枝亂顫的小娘子按在枕上，撕開衣襟，成功把小娘子的笑聲堵回去，「讓妳看看我到底怕不怕。」

李綺節驚叫一聲，掙扎間，衣褲被盡數褪下。

帳內響起一串細細的、長長的、尖尖的嗚咽聲，每一個含糊的音調都像是帶著抓人的鉤子，旖旎婉轉，讓聽的人心癢難耐，抓心撓肺，想一直聽下去，想聽得更清楚。

雕花銅鉤開始晃動，大床重新搖動起來，發出嘎吱嘎吱的聲響。

在屋外等候多時的寶珠面色通紅，揮手把丫頭們趕出院子。三娘臉皮薄，平時不喜歡別人近身伺候，她得替三娘管好內院。

因為臨近新年，天氣又冷，婚禮當夜落了一夜鵝毛大雪，出行不便，兩家商量好，禮成後李綺節不用急著回門，等新年的時候，帶著新女婿孫天佑回李家村小住幾天。

夫妻倆沒歸寧，但回門禮代表新娘子的臉面，絕對不能少。孫天佑親自置辦下的，豬羊牲畜、綢緞布匹、好茶好酒，幾大抬齊整整抬到李家，在渡口卸貨的時候，十個船伕一起上陣才把東西搬完。

周氏送走上門看熱鬧的街坊鄰居，吩咐劉婆子等人預備席面款待孫家僕人，把代替李綺節回家道好的寶珠叫到房裡，細問她孫家婚宴當天的種種。

聽聞孫天佑把女眷們擋在側院，不許她們進新房，周氏哭笑不得，埋怨侄女婿任性。

李大伯卻撫掌大笑，「兩人都古裡古怪的，正好湊一對去了！」

李乙眉頭緊皺，背著對李綺節疼愛有加的大哥李大伯，把寶珠叫到一旁，叮囑她回去以後務必轉告李綺節，要她謹守婦德，好生規勸孫天佑，不能縱著孫天佑胡鬧。

寶珠不想在過年的時候給李綺節添不痛快，傍晚回到孫家，揀了些好聽的話說了，至於李乙再三囑咐她的那些，她一個字都沒提。

對李乙在家裡氣得磨牙一無所知的李綺節，心安理得地繼續逍遙快活。

沒有長輩束縛，兩個本來就屬離經叛道的人越發肆無忌憚，整天吃了睡睡了吃，安安心心躲在房裡貓冬。

外面大雪紛飛，屋裡溫暖如春，趁著年底盤帳，孫天佑把家底全部拿給李綺節過目。

李綺節沒有一點做當家太太的自覺，並不準備插手孫天佑的生意往來。各地掌櫃約齊上門交帳那天，孫天佑特意命人在房裡添了一道屏風，讓她在屏風後面旁聽。她聽是聽了，可從頭到尾沒有吭聲，只是記下各人的名姓，按照今年的收益和往年的規矩，定下該給每個人什麼樣的封賞。等女眷們向她拜年時，還逐一敷衍過去，假裝聽不懂她們的試探和討好。

她不曾對李乙坦白自己私底下的經營，但無須對孫天佑隱瞞，雖然孫天佑恐怕早就知道的差不多了，她仍然挑了個時間，把自己名下的產業如實告訴孫天佑。

他對她推心置腹，論情論理，她都該有所表示，免得留下隱患，徒增煩惱。

孫天佑笑嘻嘻道：「我早曉得花相公是妳的大掌櫃，那些是妳的嫁妝，妳愛怎麼辦就怎麼辦，就是不要太勞累了，我還想託娘子幫我管帳呢！」

李綺節不置可否，她暫時只想專心料理自己的生意。孫天佑知道她的喜好，讓她自由出入內外院，四處搜羅筆記小說供她消遣，給了她最大限度的尊重和理解，她願意投桃報李，不干涉他在外面的生意往來──當然，前提是他沒有任何逾矩行為。

兩人的感情再好，也得給彼此留下私人空間。

雖然男主人和女主人每天蜜裡調油，無心張羅家中內務，可規矩和章程是固定的，又有張嬸子和寶珠幫襯，府裡的各樣事體進行得有條不紊，井井有序。除夕前夜，各樣大菜已經準備妥當，年禮都往各處送過，各院換了門神、桃符，領了寺裡求來的「福」字，丫頭、婆子們從庫中取出積年的金銀器皿，擺在案前，各院各屋都打掃乾淨，裝飾一新。

孫府的僕從不多，除了阿滿是從小服侍孫天佑的，剩下的阿翅等人原本是在市井流連的乞兒，跟隨孫天佑後，也多是幹一些跑腿、打聽消息的活計，府裡略顯冷清。至於丫頭和婆子們，大多是人牙子送進府的，還沒來得及在孫天佑跟前留下什麼深刻印象，李綺節問他怎麼準備安排院子裡的丫頭，他一頭霧水，半天想不起丫頭們的名字。

「府裡的事妳說了算，隨妳調停。」

有了孫天佑這句話，李綺節沒有客氣，趁著過年最忙的時候，藉口內院人手不夠，迅速把自己帶來的陪房安插在幾個最要緊的地方，尤其是門房、灶房和採買幾項。

門房是自己人，她就能掌握府裡所有人，尤其是孫天佑每天的行蹤出入，不用踏出內院一步，輕鬆掌握全府動靜。

灶房和採買油水豐厚，而且涉及各方各面，自然也得由自己人主掌。

在孫府過完年，孫天佑和李綺節立刻收拾行李鋪蓋，回李家陪長輩們鬧正月。等到二月間夫妻倆返回縣城，李綺節已經不動聲色地完成新婦上任三把火的任務。

孫府原先的丫頭、婆子還來不及反應，府裡已經徹底變天。

李綺節以迅雷不及掩耳之勢，把內院裡裡外外把持得宛如鐵桶一般。她不準備管孫天佑外面的事，可內院的所有事情必須聽她調派，容不得一絲輕忽。

李綺節的身分改變，孫天佑擺明了支持她的任何決定，花慶福不必再遮遮掩掩用書信向她請示，頓覺身上的壓力小了不少，時不時到孫府來拜望。

這天，花慶福領著夥計把去年酒坊的一部分盈利送到孫府，順便告訴李綺節，楚王世子要求李子恆他們隨他上京進見萬歲。

李綺節他們怎麼推廣蹴鞠，終究是小打小鬧，世子一出手，才是見真章。

她盼著世子能早日推動朝廷頒下恩旨，但事關以後的整個布局，必須謹慎從事，「各地藩王世子不是不能離開封地嗎？」

花慶福道：「上頭下來旨意，命世子護送貢菜進京。聽金長史說，似是有什麼封賞。」

皇帝都快去地底下和他老爹團聚了，怎麼可能還有心情封賞一個清閒藩王，而且封賞的最佳時機是過年，現在年早就過完了。

李綺節猶豫再三，皺眉道：「想個辦法推了此事，或者尋個由頭拖延進京也行。」

花慶福訝異道：「進京向萬歲爺爺獻藝，不是好事一樁嗎？」

李綺節搖搖頭，越發肯定楚王世子在這時候進京前途叵測，「等過個一兩年再說。」

花慶福沒有多問，轉而道：「金長史說，世子很喜歡咱們酒坊的雪泡酒。」

李綺節冷笑一聲，閻王好見，小鬼難纏，「每個月往金府送的禮物再厚三成，但雪泡酒的配方絕不能給他。」

如今雪泡酒已成為武昌府、瑤江縣兩地百姓的心頭好，是士子們趨之若鶩的待客珍品，配方一旦流傳出去，和那些有家族做後盾的老派士紳打擂臺，李家幾乎沒有任何勝算。

花慶福點點頭，「還好楚王府如今不是金長史一個人說了算，咱們的禮數盡到了，他一時也不能拿咱們怎麼樣。」

李綺節眼皮一跳，「金長史遇到麻煩了？」

花慶福道：「深宅大院多腌臢，何況是藩王府，少不了勾心鬥角。」

楚王老態龍鍾，世子也不年輕，光是世子底下的兒子、孫子、重孫，算起來差不多有幾十個，小小一座藩王府，貴人們各有心思，隨時隨地可能鬧得沸反盈天。

這些事離李綺節很遙遠，但不知怎麼地，她心裡隱隱有種感覺，金長史在藩王府受挫，背後可能有金薔薇的手筆。

金薔薇去年曾有幾筆數量巨大的收購採買，李綺節略微聽到一些風聲，以為她在暗中對付李家，所以特意留心觀察了一段時日，結果發現金薔薇想要對付的不是李家，而是金家。

什麼叫胳膊肘往外拐，金薔薇金大小姐當如是。

縣裡幾乎人人都曉得金薔薇和繼母不和，而她的繼母是金長史的親戚，金薔薇陷害金長史，應該是為了有朝一日能徹底除掉背景深厚的繼母。

知道金薔薇放棄向李家求親，對自己並無加害之意後，李綺節沒再繼續窺探金薔薇。現在李綺節不得不佩服金薔薇心志堅韌，那時候她幾乎花了上萬兩銀子，也沒能起到任何效果，大把大把銀子砸下去，連水花聲都聽不見。金長史在藩王府的地位依舊穩如泰山，根本沒有要倒臺的跡象，沒想到最後還是被她撬開了一絲縫隙，影響到金長史在楚王父子倆心中的地位。

想到這裡，李綺節不由暗自慶幸，還好金薔薇個性十足，一聽說她可能有意中人，立馬收手不再向李家施壓。戾氣太重的人惹不起，只能躲啊！

撇開金長史岌岌可危的王府第一人的名頭不提，兩人又談了些別的事，花慶福說起金長史來年的整壽，和李綺節商量該給金長史送什麼禮物賀壽：不管金長史會不會被對手打倒，他現在仍然是在王府裡說一不二的長史官，不是他們這些平頭百姓們能怠慢的。

窗外一陣腳步聲，丫頭打起簾子，孫天佑踱步進屋，身上的素絨氅衣帶著風雪的痕跡。

今年比往年冷，雨雪格外多，官員們多半開始動員百姓修理溝渠，防止農田被淹。

花慶福連忙起身。

孫天佑向他頷首示意，越過書案，脫下氅衣，走到李綺節身旁，擠在她身邊烤火，「武昌府那邊送來一筐好菜薹，妳不是嫌這幾個月菜太油膩，吃得不香甜嗎？午間讓他們炒一盤菜薹，換換口味。」

武昌府的菜薹？

花慶福心念一動，他剛剛還在和李綺節說貢菜的事呢，孫姑爺竟然能買到一筐貢菜？

李綺節含笑嗔道：「誰說一定想那個吃了？」

夫妻兩個低聲說笑，屋裡的氣氛為之一變，霎時鳥語花香，溫馨甜蜜。

花慶福老臉微紅，瞅準機會，告辭出門。

走到廊簷底下，寶珠從頭來追上來，「外邊雪大，路上泥濘，花相公腳下仔細些。」一雙手捧著一件顏色輕軟的斗篷，「這斗篷是從南洋那邊傳來的，不畏羽雪，水打不濕，三娘讓我拿來給花相公換上。花相公常常在外走動，須得注意保暖，傷風感冒可不是鬧著玩的。」

花慶福連忙推辭，「聽起來就曉得是稀奇東西，我哪敢穿？」

寶珠捂嘴低笑，「您可是三娘最倚重的人，您不敢穿誰敢穿？花相公快別客氣了。」

花慶福半推半就，穿上斗篷，小心翼翼攏著衣角，怕被化雪的泥水弄髒。他回頭望一眼書房的方向，丫頭正好打起簾子出來倒水，孫天佑和李綺節仍舊挨在書案前敘話。一個絮絮叨叨，眉飛色舞，說到高興處，還手舞足蹈起來。另一個神態悠然，一邊打算盤，一邊偶爾插嘴說上兩句，夫妻相得，琴瑟和諧。

花慶福不是沒見過和美的小夫妻，但似乎沒有一對能像孫天佑和李綺節這樣，相處得如此自然融洽。他們倆既像兩小無猜的小兒女，又像無話不談的知己朋友，彼此扶持，就如兩棵並肩而立的樹木，一樣的挺拔俏麗，風姿出眾。

孫天佑和李綺節訂親的時候，花慶福並不意外。

當時為了躲過金家的催逼，李乙急著為李綺節訂親，他頭一個瞧中的是孟雲暉。才識淵博的孟家少爺似乎早就對李綺節暗有情意，所以孟家很快和李乙定下口頭約定。這事是瞞著李綺節談妥的，別人都以為李綺節不知情，可花慶福知道，孟雲暉和李綺節兩人都心知肚明。

孟雲暉年歲越長，城府越深，不知道他對這樁婚約持什麼態度。倒是李綺節沒有猶豫，直接找李大伯求助，暗示自己的拒絕之意。李大伯不點頭，李乙一時有些犯難，加上孟雲暉的先生極力反對，事情最後不了了之。

孟雲暉之後，李乙還相看過其他人家，他甚至還想過要和花慶福結親。花慶福知道自己兒子的斤兩，沒有去李綺節跟前碰釘子。

楊天保自私怯懦，把和花娘廝纏當成理所應當的文人風流；孟雲暉因為先生的反對和擔憂自己的前程而打退堂鼓；李南宣把全部心神放諸在完成父親的遺志上面；長兄李子恆仍然天真懵懂，不懂情愛責任為何物……

李綺節只從這四個小郎君身上，就能認清時下大多數少年兒郎們的本性。

孫天佑沒有楊天保的乾淨出身，沒有孟雲暉的過人才華，沒有李南宣的出塵姿容，但他有勇氣和恆心，他知道自己要的是什麼，懂得在面臨抉擇的時候該怎麼取捨，而且極其果斷俐落，從不把別人的看法放在心上。

花慶福隱隱約約覺得，唯有這樣的人才能打動李綺節。

事實證明他的猜測不錯，李綺節最後果真和孫天佑喜結良緣，而她也沒有看走眼，新婚不過數月，她整個人的氣色和神采都變了許多。

在花慶福看來，以前的李家三娘氣質迥異旁人，可免不了畏手畏腳，不能行動自如，就像一顆蒙了灰塵的寶石，隔了一層灰濛濛的膈膜，一般人難以看出她的與眾不同。現在那層多餘的灰塵正被孫天佑輕輕拂去，現出寶石原有的璀璨光芒。

不得不說，孫天佑給予李綺節的種種愛護和寬容，有些出乎花慶福的意料。

他知道孫天佑對李綺節一往情深，但只把那當作是少年兒郎純粹的嚮往和愛慕，可如今看來，孫天佑的感情遠比他想像中的還要豐沛深厚。

聽說孫天佑的生意夥伴曾故意灌醉他，想套他的話，「幾日不見，當刮目相看。以前誰不知道你孫九郎人憎狗厭，沒人願意搭理？如今呢，縣裡那些小嬌娘們都羨慕弟妹得了個好夫婿，做夢都想嫁給你呢！」

孫天佑半醉半醒，似乎想起在家中等候的李綺節，忽然呆呆地傻笑，「那是因為你們不曉得三娘對我有多好，不然，你們肯定得數落我配不上她。」

狐朋狗友們追問李綺節到底有什麼獨特之處，讓他像偷了金山銀山一樣洋洋得意？

孫天佑醉意朦朧，腦筋仍清楚精明，「我又不是傻子，娘子的好處，我自己知道就夠了，要你們多事？」

不論旁人怎麼用言語諷刺挑撥，或是刻意引導，他只是微笑，再不肯多說了。

自那以後，李家的長輩們對孫天佑的態度軟和了許多，李乙甚至還破天荒地主動關心孫天佑，邀他去武昌府登樓祈福。李子恆向來隨心所欲，感情來得快，去得也快，也很快屏棄對孫天佑的防備，與他稱兄道弟，親熱和睦。

不知道李綺節有沒有發覺，她現在說話行事和先前有些不一樣，笑容更多了，舉止更自然了，而這一切的改變，一半是因為她脫離家庭束縛，自己當家做主，氣度自然而然會發生改變，另外也和孫天佑的默默支持脫不開關係。

花慶福撐著傘離開孫府，臉上也不由自主揚起一絲笑意。若不是確信孫天佑不會多心，李綺節不可能一次次把他叫進孫府商談事情，也不會讓丫頭寶珠直接表達對他的關心呵護。以前他按著李綺節的吩咐辦事時，心裡總有些七上八下，擔心哪天李綺節會扛不住壓力，礙於名聲，放棄苦心經營的所有事業，從此退居閨閣。

現在他不必再為自己的東家是個婦人而覺得羞於啟齒，以後也不用替李綺節提心吊膽。

雪後的菜薹脆嫩鮮甜，光靠著一盤清炒菜薹，李綺節足足吃了兩碗堆得冒尖的白米飯。末了，連菜湯都不放過，一股腦兒倒進青花小瓷碗裡，拌成湯泡飯，把剩下的米飯吃完。

孫天佑看她吃得香甜，自己也跟著胃口大開，吃完一整隻燒鴨，「寺裡的菜薹年年上供，機會不多，我打劫別人的，才搶到一筐，早知道妳這麼愛吃，該多買一點的。」

李綺節吃得太飽，不敢歇午覺，在房裡走來走去消食，「再好吃的東西吃多了也會膩煩，有那一筐足夠了。過幾天等雪停了，地裡肯定有新鮮菜蔬吃。」

她剛吃完飯，走了一會兒，身子漸漸發熱，乾脆脫了外面大衣裳，只著淺藍交領襖、杏黃百褶裙，站在火盆前暖手。別致的墮馬髻低垂在頸邊，鬢邊一支金絞絲燈籠簪子輕輕晃動著，流光閃爍。

孫天佑吃飯的時候，就被燈籠簪子搖曳間映照的光芒吸引，像被貓爪子撓了一下，有些心癢難耐。他洗了手，悄悄走到李綺節身後，忽然一個猛撲，把人擁進懷裡。

李綺節驚呼一聲，捶他的肩膀，「剛吃完飯，給我安生點！」

孫天佑嘿嘿一笑，把人抱進裡間，按倒在層層疊疊的錦被間，伸手替她取下髮髻間的簪釵，挽起一束長髮，繞在指間，細細嗅聞，「好，不鬧妳。今天跑了不少地方，累著了，妳得陪我睡會兒。」

語氣聽起來頗為委屈。

房裡伺候的丫頭是經過寶珠、張嬸子和李綺節一層一層選拔挑選出來的，相貌不突出，嘴巴不甜美，卻絕對聽話老實。她們輕手輕腳地收拾走盤盞碗碟，走得利利索索。

房裡只剩下兩人，呼吸交纏在一起，莫名讓人覺得安心。

孫天佑原是想摟著李綺節好好歪纏一下，剛躺倒在溫軟的錦被上，眼皮陡然發沉，不一會兒竟真的睡著了。

李綺節輕嘆，翻身坐起，把眉眼間隱隱現出幾分疲累的孫天佑搬到自己膝蓋上，小心翼翼取下他頭上的網巾，替他按摩額角和頭皮。

孫天佑在夢中發出舒適的喟嘆聲，迷迷糊糊道：「三娘……」

李綺節輕輕答應一聲。

他皺了皺眉頭，又接著叫，「三娘……」

李綺節俯身，紅唇在他耳邊翕動，吐氣如蘭，柔聲道：「我在這兒呢，哪兒也不去。」

孫天佑咂咂嘴巴，放心沉入夢鄉。

李綺節盼著雪停之後回李家探親，誰知大雪一直沒停，稀稀落落像是要下個沒完。農人們天天發愁，往年這個時候，已經春耕播種了，今年怎麼不見晴日頭？

縣城金家。

金薔薇從外面回來，觀音兜帽和大紅撒花綢面斗篷上落滿雪花。

「大郎一大早去楊家了。」

丫頭荷葉為金薔薇解開繫帶，脫下斗篷，往她手裡塞一個小巧的鏤花手爐，回轉過身，仔細撣掉斗篷上的水珠，細聲細氣道：「說了午飯不回來吃。」

金薔薇眉峰輕蹙，金雪松嫌楊天保無趣，兩人交情一般，可是，天寒地凍的，他近來怎麼總往楊家跑？

荷葉奉上熱茶，道：「表小姐來了。」

話音剛落，丫頭掀開富貴牡丹團花布簾，唐鴿和唐瑾兒攜手進屋，齊聲道：「表姊！」

金薔薇挑起眼簾，淡然道：「妳們來了。」

金薔薇性情乖僻，除了最溺愛的胞弟金雪松和表哥石磊以外，對誰都一副冷冷淡淡的模樣，唐鴿和唐瑾兒早就習慣了。

不顧金薔薇明顯的疏冷之意，兩人湊上前，「表姊，妳是不是和李家三娘很要好？」

金薔薇眉頭輕皺，直接道：「不用吞吞吐吐的，想幹什麼？」

被她冰冷的眼風一掃，唐鴿和唐瑾兒忍不住打了個激靈。

唐瑾兒悄悄打量表姊的房間：房裡只有一張架子床、一張案桌、四把圈椅、兩張板凳、一架屏風，床上衾被單薄，懸著青白床帳，几案上僅一個銅爐，供著金薔薇和金雪松生母的牌位，一應器物都無，猶如雪洞一般，清冷素淨。

這位表姊向來乖戾，說話做事橫衝直撞，直來直往，全憑自己心意，敢指著繼母的鼻子罵她是蛇蠍惡婦，敢和自己的生父當面對質。

生怕金薔薇一怒之下拒絕自己的請求，唐瑾兒不敢再迂迴婉轉，帶著幾分刻意的討好，小聲道：「聽說李三娘有個哥哥，生得俊俏，他最近每天會到縣裡的羅秀才家去讀書……」

話說到一半，她臉上已經緋紅一片。

唐鴿拉拉她的手，替她把剩下的話說完，「表姊，妳家是不是有成衣鋪子在花枝巷？」羅秀才的宅院就在花枝巷，緊鄰金家的成衣鋪子。

唐瑾兒緊張道：「我們就想看一看他，什麼都不做！真的，表姊，妳不信的話，可以讓人看著我們！」

李綺節成親時，金薔薇前去道賀，不過她在內院，沒與在前院迎客的李南宣打照面。李家的賓客交口稱讚李南宣的人品風度，她當時聽了一耳朵，沒怎麼往心裡去。

聽唐瑾兒和唐鴿提起，才想起李家確實有個相貌俊俏的少年郎君。

「我帶妳們過去。」

反正只是兩個剛滿十歲的女娃娃，不用避諱，隨她們胡鬧吧。

唐瑾兒和唐鴿齊聲歡呼，笑得牙不見眼。

金薔薇對唐瑾兒和唐鴿的舉動頗為不屑，長相不過是虛幻的外物，值得為一個皮相不錯的陌生人這麼興師動眾嗎？

然而，等登上二樓，親眼見到在隔壁院子的樹下讀書的李南宣，任是金薔薇早就心有所屬，還是不得不公正地道：眼前這位小郎君，果然生得極標致。

成衣鋪子的二樓堆著滿倉的貨物，只有一間略微寬敞些。店裡的夥計事先搬走幾箱礙事的存貨，還沒來得及打掃，唐瑾兒便把人都趕下去了。

兩位小娘子穿著體面的綢緞衣裳，也不嫌房裡灰塵多，趴在窗沿上，盯著院子裡的李南宣，足足看了一刻鐘。

唐瑾兒含羞帶怯，附在金薔薇耳邊道：「表姊，妳說，他聽得見我們說話嗎？」

金薔薇移開眼神，淡淡一笑，沒有說話。

唐鴿笑嘻嘻道：「我不曉得李郎君聽不聽得見，要不我大聲一點，喊他試試？」

唐瑾兒連忙去捂唐鴿的嘴巴，「哎，別別別，別嚇著他了！」

唐鴿「嗯」了一聲，難得沒有嘲笑唐瑾兒。

唐瑾兒也沒在意，兩手絞著夾襖下面連著的朱紅衣帶，臉頰生暈，「別看他生得頎長，其實年紀不大。」

李南宣確實長得高，因而越發顯得清瘦伶仃。也不曉得他到底是哪裡長得好，明明眉毛是眉毛，眼睛是眼睛，鼻子是鼻子，穿著一身極簡單的茶色袍衫，站在一棵挺拔遒勁的老樹下，手裡捧著一本裝訂成冊的手稿，眉目安然，舉止斯文，便有說不盡的俊俏憂悒。

宛若清朗夜空中虛浮的一點星光，清奇俊秀，英姿蘊藉。

唐瑾兒心口狂跳，握著金薔薇的手，越捏越緊。

金薔薇疼得微微蹙眉，抬頭去看唐瑾兒，等看清她臉上的神情時，一時不由愣住：十歲的小娃娃，不知憂愁滋味，應該不會真的對李南宣心生愛慕吧？

唐鴿沒有發現唐瑾兒的失態，一面含情脈脈注視著樹下的英氣少年，一面伸手推了推唐瑾兒，「他比表哥還生得俊，是不是？」

她說著話，飛快地睨金薔薇一眼，「嘿嘿，表姊別生氣，表哥是咱們縣數一數二的俊，和李南宣的好看不一樣。」

唐瑾兒點點頭，「可不是。」

三人眼見著李南宣合上書本，轉身進房，只留一個孤瘦背影。

唐瑾兒和唐鴿收回戀戀不捨的目光，互望一眼，正要開口說話，卻聽對面一陣窸窣，俄而傳來一陣竊笑聲。

唐瑾兒連忙伸頭去看，原來對面不曉得是哪家閣樓，似乎是酒肆，那正對的軒窗半啟，幾個面色白淨的小娘子正摟在一起，嘰嘰喳喳，品評李南宣的相貌風度。

唐瑾兒不由跌足恨恨道：「了不得，還是叫她們曉得了，李南宣從此不得清靜也！」

唐鴿忽然扯唐瑾兒的衣袖，「李南宣走了，咱們也回吧。」

唐瑾兒不肯走，「等等，我還沒看清對面坐著的都是誰呢……」

唐鴿目光閃爍，惶恐不安，手指微微用力，小聲低喝一句：「小八！」

語氣頗為狠厲。

唐瑾兒嚇了一跳，不明白唐鴿怎麼忽然發脾氣，再看向一旁的金薔薇，也是神情劇變，一副風雨欲來的陰沉模樣。

她不怕唐鴿，但怕金薔薇，當下不敢吱聲，乖乖下樓。

一路無話，返回金家後，金薔薇仍舊沉默不言，徑直回房。

唐瑾兒戰戰兢兢，「表姊生氣了？」

金薔薇雖然對人冷淡，可她從來只與田氏母女為難，對親戚間的表姊妹們很大度，很少朝她們發脾氣，今天是怎麼了？明明去的時候還好好的啊？

唐鴿悄悄嘆口氣，「剛才我看到表哥了，就在對面的酒肆裡。」

「哪個表哥？」

唐鴿伸出指頭，往院子裡一指。最近接連雨雪天氣，院中花木凋零，別說紅花，連枝頭的綠葉都掉光了，唯有牆角堆砌的假山在風雪中傲然挺立，雖是死物，卻彷彿暗藏生機。

石表哥？和表姊訂親的那個？

唐瑾兒張大嘴巴，差點驚呼出聲：唐鴿當時猛然變色，表姊的眼神裡更是盈滿陰鷙，那麼她們肯定不只是單純看到石磊表哥而已。

莫非，石磊表哥……

唐鴿展目四望，確定房前房後沒人，鄭重叮囑唐瑾兒：「這事只有咱們曉得，妳千萬別往外頭渾說去，尤其是不能讓田氏和金晚香發現。」

唐家姊妹是金薔薇生母那邊的親戚，提起田氏時從不以太太稱呼她。

唐瑾兒點頭如搗蒜。

唐鴿心裡七上八下，天下沒有不透風的牆，就算她們倆不說出去，事情早晚會敗露。田氏和金晚香如果知道石磊在外面和一個年輕婦人糾纏，肯定會打著替金薔薇出氣的名頭，把事情鬧大，弄得沸沸揚揚的，讓金薔薇在世人面前丟盡臉面。

「哎，早知道今天就不攛掇表姊和我們一起出門了。」

唐瑾兒後悔不迭，不用唐鴿明說，她已經猜到石磊在酒肆做什麼。她年紀雖小，但從小養在內宅大院，見多了長輩們之間的風流糊塗事，早已經見怪不怪，可她沒有想到，這種事會發生在名聲清正的石磊身上。

石表哥溫文爾雅，潔身自好，從不曾流連煙花之地，長到十七八歲，連個親近的屋裡人都沒有，姊妹們都羨慕金薔薇得了個好夫婿，誰曾想表哥也會偷偷摸摸勾搭市井婦人？

「今年中秋表姊就要過門，現在石表哥背地裡和不正經的人來往，表姊得多傷心呀？」

唐瑾兒越想越覺得愧疚，「都怪我！」

唐鴿冷笑一聲，「石表哥敢做出這樣的事，總有被人撞見的一天。能瞞得了一時，瞞不了一世，表姊早點發現，未嘗不是好事。妳想想，如果不是今天湊巧，表姊豈不是會一直蒙在鼓裡，糊裡糊塗嫁到石家去？」

唐瑾兒氣得跺腳，「那都怪石表哥！」

姊妹倆忐忑不安，不知該怎麼面對金薔薇，接著住下去吧，尷尬彆扭，辭別回家吧，又好像太刻意了。

正左右為難，忽然聽底下丫頭說，大郎派人去石家，請表公子去花枝巷的盈客樓吃酒。

金雪松明明不在家，怎麼會想起來要請石磊吃酒？

而且還偏偏約在花枝巷。

顯然，請客的只可能是金薔薇。

這動作可真夠快的。

姊妹倆面面相覷，不知該驚嘆還是該擔憂。

表姊果然不愧是表姊，說風就是雨，絕不忍氣吞聲！

一大早，盈客樓的掌櫃特意換上一件八成新的春綢棉袍，頭髮梳得一絲不苟，扣一頂灰黑色巾帽，在後街門口翹首盼望。

小夥計們被勒令站成兩排，陪掌櫃一起等著迎接貴客。

等了半天，沒見人來。掌櫃在門前踱來踱去，神思不屬，心事沉沉。

小雀冷得手腳發顫，不停跺腳，悄悄抱怨：「上個月不是才交過帳嗎，不年不節的，東家怎麼又來查帳？」

另一個小夥計低聲回他：「小聲點，沒看到掌櫃不高興嗎？」

他歎口氣，搓搓手掌，嘿嘿笑道：「今天東家帶太太過來，太太在府裡說一不二，連東家都聽太太的，待會兒瞅準機會，把太太服侍好了，少不了咱們的好處。」

小雀眼前一亮，聽說太太年紀小——當然，東家年紀也不大——剛成婚的年輕婦人，面薄心軟，肯定比那些頤指氣使的貴婦人好伺候！

他拿定主意，待會兒等太太到了，一定要頭一個衝上去討好。

然而，真等馬車行到院內，看到頭戴皮帽，身披寶藍錦綢斗篷，被東家孫大官人親自攙扶下馬車的太太時，他連大氣都不敢出，呆呆盯著太太發愣，哪還敢上前賣弄獻殷勤？

其他夥計也不由看呆了。

掌櫃知道今天孫天佑帶李綺節過來，提前清過場，年紀大的夥計在前頭忙活，等在後院的，都是還紮著辮子的小孩子。但是小孩子也懂得美醜，何況李綺節臉頰生暈，眉眼含笑，顧盼間神采飛揚，像從年畫上走出來的仙女，實在引人注目得很。美人當前，小夥計們哪還記得掌櫃的吩咐，一個個目不轉睛地盯著李綺節看，眼睛都不帶眨一下的。

掌櫃在一旁咳嗽好幾聲，沒人理會他。

孫天佑察覺到小夥計們的失態，微微一哂，並不在意，輕輕握住李綺節的手腕，半攙半扶，領著她走進裡屋。

寶珠眉頭皺得死緊：出門的時候她就說該讓三娘戴上帷帽的，偏偏姑爺不答應，說帷帽太悶了不透氣。哼，戴個帷帽罷了，又不是酷暑炎日天，怎麼會悶？

屋裡早備好火盆暖榻，掌櫃把小夥計們趕出去，留下年紀最小的小雀在房裡聽使喚。

李綺節雙手揣在珍珠毛暖袖裡，大大咧咧往暖榻上一坐，寶珠連忙拉她起來，「可別把斗篷壓壞了。」

年前剛做的新斗篷，樣式平常，料子卻是傳說中一寸一金的鴛鴦鳳凰錦。孫天佑偶然得了半匹，原本留著預備送人。那天寶珠她們整理李綺節的嫁妝，無意間翻出舊箱籠裡積壓的錦緞，雖是舊東西，卻光彩鮮明，紋理間隱隱有光華流動。

寶珠知道東西稀罕，不敢隨意處置，親自送到上房。

外面天寒地凍的，孫天佑和李綺節沒出門，小夫妻兩個正擼袖子打雙陸，輸了的人要脫一件衣裳。

明顯李綺節輸的比較多，髮髻鬆鬆散在肩頭，簪子、髮釵斜斜墜在鬢角，香汗淋漓，細喘微微，脫下的褙子、襖衫搭在身後的床欄上，身上只剩下一件緊身番紗小褂子，褂子是圓領的，從衣襟到腋下，一溜金色軟扣子。

孫天佑又贏了一把，丟下骰子，一疊聲催李綺節解褂子。李綺節不肯，扯掉腳上的金花緞繡鞋，耍賴地用鞋子抵押小褂。

孫天佑接過繡鞋，揚唇壞笑，趁李綺節不備，一把將她按在羅漢床上，「娘子是不是沒力氣了？來，為夫替娘子解扣子。」

房門沒鎖，又是大白天，寶珠沒多想，一邊喚人一邊往裡走，等看到緊緊纏在一起的孫天佑和李綺節時，已經來不及躲了。

明明沒看到什麼不該看的場景，寶珠還是鬧了個大紅臉。

寶珠尷尬得渾身發熱，當事人李綺節卻神色自如，拍手輕笑，踢開趁機上下其手的孫天佑，哼哼道：「一邊兒去。」

寶珠進也不是，退也不是，臉頰漲得通紅。

李綺節本來沒覺得有什麼——鬧著玩當消遣而已，又不是白日宣淫。真宣了也不要緊，鎖好門就行，可被寶珠隱含譴責意味的眼風掃到，才後知後覺，覺得有點難為情，當下飛快抓起一件石青色裹衫罩在身上，假裝什麼都沒發生。

那裏衫卻是孫天佑穿的，剛剛他輸了一把，脫下的衣裳正是這件披風。

孫天佑摸摸鼻尖，笑著站起身，看到寶珠懷裡的鴛鴦鳳凰錦，亮出深深的酒窩，「哪裡翻出來的？我正想找它呢！」

他回頭看一眼因為穿著他的衣裳而顯得嬌小可愛、楚楚可憐的李綺節，眸光微微發沉，含笑道：「別收著了，改明兒給妳們太太裁幾件新衣裳穿。」

說是裁衣裳穿，最後攏共只得一件斗篷，餘下的尺頭留下縫被面。畢竟是尋常百姓，不需要去那種必須穿宮綢錦緞的嚴肅場合或是內眷宴會，縱使做了衣裳，也穿不了幾次。

正因為只有李綺節身上穿的這件，寶珠才特別小心，時時刻刻一眼不錯盯著，生怕斗篷在哪裡劃破或是割壞：大官人一直留著沒用的好尺頭，卻捨得給三娘裁衣裳穿，可不能出一點差池，不然大官人會不高興的。三娘粗枝大葉，不在意這些，她得替三娘想在前頭。

李綺節吐吐舌頭，站起身，讓寶珠為她解下斗篷。

孫天佑湊到跟前，輕輕摘下李綺節頭上的皮帽，含笑道：「妳戴這個真有趣。」

皮帽是孫天佑的，時下女子禦寒多戴觀音兜，男子才戴皮帽。

男人的皮帽樣式樸素，戴在頭上，保暖是保暖，但勒得緊緊的，髮簪花釵都快擠掉了，哪裡有趣了？

李綺節眼珠一轉，若有所思地點點頭。芙蓉髻間斜挽的一對梅花簪玲瓏俏麗，鬢邊搖曳的葫蘆耳墜熠熠生輝，襯得她臉龐越發玉潤。她懷疑孫天佑不僅自己有角色扮演的愛好，還喜歡看她打扮成各種模樣，真是惡趣味！

小雀奉上熱茶果碟，目光不小心從李綺節臉上劃過，霎時一愣：剛才在院子裡隔得遠，看不清太太的五官，依稀知道太太是個美人，但不曉得細看是什麼模樣，這會兒離得近，連太太手腕上籠著的翡翠鐲子都看得分明。太太果然年輕貌美，水眸如杏，烏髮濃密，圓圓巴掌臉，透著一股極明豔極活潑的喜慶。

讓他不由得想起一種過年時用來供奉灶王爺的白糖糕，粉粉糯糯的，雪白中透出一抹淡淡朱紅，遠遠看著就讓人覺得心裡甜絲絲、暖洋洋的。

孫天佑目光微沉。

小雀臉色一白，心尖發顫，連忙躬身退下。走到門外邊，心裡還在打鼓：東家的眼神太可怕了，像是要把他活撕了。

案前有個直頸聳肩美人瓶，瓶裡挑著一捧纖長的花枝，半開的花朵緊緊挨挨，簇擁成一團紫色花球，清淡雅致。

天公不作美，往年應該桃李芬芳，百花爭豔，今年卻萬木凋零，連野草都不肯冒頭，掌櫃竟然還能尋來一束含苞待放的鮮花，討好之意再明顯不過。

李綺節笑睨孫天佑一眼，「說吧，特意挑今天帶我出來吃飯，是不是想使壞？」

從下馬車的時候她就覺得不對勁，大掌櫃和幾個帳房那低聲下氣、俯首貼耳的模樣，未免太狗腿了。她是東家娘不假，可時下會點本事的帳房一般都很看重自己的名聲，不會和奴僕一樣做小伏低，可今天掌櫃和帳房就差彎腰替她擦鞋子了。

孫天佑輕嗤一聲，「沒事，吃飯是真，順便敲打敲打他們。」

現在的孫府是李綺節當家，她一頭照管內務，一頭料理自己的酒坊和球場，漸漸放開手腳，把產業放到明處經營。

孫天佑底下那些人見東家娘如此能幹，顯見著是個不好對付的，不免著慌，疑心東家娘安排好自己的人手，接下來會在孫家的各處產業安插親信。

已經不止一撥人試探過李綺節的想法，有的她好好安撫一通，有的她置之不理，有的直接打發回去。她雖然不準備插手孫天佑的生意，但不是真的什麼都不過問，該關心的還是要關心，免得底下人把她當成睜眼瞎糊弄。

盈客樓掌櫃見識過她的本事，今天孫天佑親自陪同她來，說是吃頓家常便飯，樓裡上上幾十號人誰相信？

李綺節自己就不信。

只有寶珠以為李綺節和孫天佑是單純來吃飯的。

「我該怎麼做？」

李綺節摩拳擦掌，清清喉嚨，隨時準備唱白臉。

當壞人什麼的，真是威風啊！

孫天佑笑著拉她的手，掰開粉藕般的指頭，握在掌心裡，朝她眨眨眼睛，「妳什麼都不用做，安心吃飯就成。」

李綺節笑而不語。

吃過茶，掌櫃親自捧來一個果子碟，「這是灶房剛做好的蟹殼黃酥餅，拿菜籽油炒的油酥麵壓的麵卷，貼在大火爐裡烤熟的，咬一口又酥又脆，來店裡吃酒的人十個有九個必點這個下酒，東家和太太嘗嘗。」

一碟十二個蟹殼黃酥餅，擺成團花形狀，聞起來有油香，還有淡淡的焦香，餅面撒了一層芝麻。麵皮看起來厚實，實則分層極多，每一層都薄如蟬翼，吃的時候層層剝落，油香撲鼻，滿齒留香。

孫天佑拿了個紅糖餡的，幫李綺節挑的是梅乾菜餡。

梅乾菜餡的滋潤鹹香，外皮分層薄，一咬就碎。李綺節才剛吃了兩個，小碟子裡已經接了半碟子的麵皮渣。

寶珠也跟著嘗了兩個。

吃過果子才開始上菜，酸醋魚、油煎蝦餅、荷葉粉蒸肉、蔥香白煨肉等，還真是孫天佑說的，全是家常菜。掌櫃果然很用心，連孫天佑和李綺節的口味都打聽得一清二楚。

最後一道是蟹黃蓴菜羹。

蟹黃並不難得，即使不當季，心靈手巧的師傅們仍然能想辦法用其他食物做出味道鮮美的蟹黃，但蓴菜是哪來的？瑤江縣和江南可不近呢！

孫天佑看李綺節盯著蓴菜湯發呆，道：「妳喜歡這個？回頭讓他們送些回家。」

掌櫃在外面聽見，立刻讓小夥計下去安排。

小夫妻倆，你替我夾菜，我為你盛湯，一頓飯吃得和和美美的。

可憐掌櫃在外頭提心吊膽，別人在寒風中瑟瑟發抖，他站在風口裡汗如雨下。

誰都曉得太太手段俐落，最看不慣別人倚老賣老。李家給她當陪嫁的幾間酒坊，原先不過是兩家不起眼的小鋪子，太太接手過去以後，立馬架空幾個食古不化的老人，改釀雪泡酒和一杯倒，如今酒坊的生意越做越大，既有價值千金的佳釀，也有便宜親民的蜜酒，連上供王府的路子都被他們家獨占。武昌府和瑤江縣上到官宦人家，下到平頭百姓，全都對太太家的酒趨之若鶩。

現在府裡傳出風聲，太太要收拾幾個資歷不淺的掌櫃，在人前立威，掌櫃他能不怕嗎？

尤其東家還一副「萬事聽我娘子的」撒手派頭，這些天不知多少人吃不好，睡不好，就怕太太挑中自個兒。

一顆心七上八下，直到把吃飽喝足的孫天佑和李綺節送出後院，掌櫃才有閒心擦去額邊汗珠，徐徐吐氣，對心腹道：「菩薩保佑，看來太太不打算拿咱們作筏子。」

馬車慢慢駛出巷子，忽然停在路口，老馬撅起前蹄，仰脖嘶鳴。

孫天佑掀開車簾一角，「怎麼不走了？」

車伕是阿滿，他神色為難，「楊家的馬車剛剛經過。」

他說得有點含糊，但孫天佑聽明白了，前面的馬車裡頭坐著的是金氏和楊天嬌。

孫天佑冷笑一聲，「接著走，怕什麼？」

李綺節暗暗嘆口氣，柔聲道：「巷子裡是不是有個賣香料的鋪子？我正想買些沉速香和金銀香好配牙粉，你陪我去吧，讓阿滿在這等著。」

即使不怕金氏和楊天嬌，但能不撞見還是不要撞見的好，大街上和一對母女吵起來，吃虧的肯定是孫天佑。

而且，萬一楊縣令也在呢？天佑恨金氏，厭惡楊天嬌，對生父楊縣令的感情則要複雜得多，有失望，有憤恨，有不屑，也有血緣生就的孺慕之情。他可以一直對楊縣令避而不見，可真的面對面時，他能沉得住氣嗎？

孫天佑眼眸低垂，沒說好，也沒說不好。

李綺節不等他開口，掀開簾子，作勢要下去。

孫天佑無奈，搶先跨下馬車，然後轉過身，伸開雙臂。

李綺節權當他在撒嬌，藉著他的懷抱站穩，「買了香，回頭我親手做一個香包給你！」

孫天佑沒想笑，嘴角卻不由自主往上勾起，「娘子的香包……」

他刻意停了一下，「與眾不同。」

李綺節不和他生氣，「醜是醜了點，你不要，我送別人好了。大伯和阿爺，大哥和三哥，一人兩個，再做一個給進寶。」

孫天佑拱手作揖，為自己叫屈，「娘子整天日理萬機，我想求娘子多做幾個都來不及，哪裡還敢嫌棄？」

李綺節輕哼一聲，攏緊斗篷。

看著兩人說說笑笑走開，阿滿鬆了口氣，還是太太的話更管用。

香料鋪子的掌櫃竟是個年輕婦人。

這年頭市井婦人在外操持生意並不稀奇，可櫃檯後著翠藍襖、月白裙，頭梳桃心扁髻、簪絨花的清瘦婦人，舉止端莊，溫柔嫻靜，膚色白皙，一望而知是個嬌生慣養的良家婦，怎麼竟拋頭露面，投身買賣行當？

孫天佑始終目不斜視，陪李綺節挑選香料，沒發現店中聽差的都是十歲上下的小童。

李綺節心有疑問，不自覺多打量婦人幾眼，見對方似乎略有尷尬之色，忙收回眼神。

回到馬車上，她蹙眉若有所思，「總覺得方才那個婦人有些眼熟。」

她側頭問寶珠：「是不是咱們家的遠親？」

家族之間的姻親關係太複雜了，隨便一處村落鄉鎮，往上數三代，基本上家家戶戶沾親帶故，每次在渡口坐船，乘客一大半是熟人。李綺節長到十幾歲，依然沒能記全所有親戚。

寶珠歪頭想了想，「我也覺得她面善，但是不像是咱們的親戚。」

孫天佑這邊是不用想的，他孤身一人，用錢帛換得孫家的庇護，平時並不和孫家往來。至於楊家，李綺節只和孟春芳走動，不怎麼搭理楊家其他親眷。

寶珠對李家的各種遠房姑表親瞭若指掌，李家如果有這麼個文弱嬌美的表嫂子，她不會不記得，看來確實不是親戚。

直到夜裡華燈初上，半躺在羅漢床上看寶珠熨衣服的時候，李綺節才忽然想起：難怪她覺得那藍襖褶裙婦人眼熟，她的眉眼似乎和金薔薇有六分相似。

都是標準的蘿莉長相，不過香料鋪子的婦人明顯年紀大些，眉尖微蹙，眼若秋水，時時刻刻給人弱不勝衣、我見猶憐之感。而金薔薇雙瞳幽黑，沉靜清冷，性情固執，眉宇間透著一股揮之不去的鬱色，鋒芒畢露，讓人不敢直視。

明明是婦人年長些，金薔薇給李綺節的感覺卻更老成，完全不像十幾歲的明豔少女。

心事想到一半，丫頭送來香湯、花露、澡豆，服侍李綺節沐浴。

午後有客人登門，孫天佑在外院應酬，晚飯也是在外邊吃的，席間免不了要陪幾杯酒。知道李綺節不喜歡他帶著酒氣進屋，回內院前，他匆匆梳洗一遍，換了身乾淨的圓領窄袖綢衫，撩開簾子，披著清寒夜色踏進裡間。

珠簾半捲，火盆架子上碼了一圈栗子和橘皮，甜香和清香混雜在一處，房裡寂靜無聲，只有寶珠在簾外聽候使喚。

不知道李綺節在簾後搗鼓什麼，看到孫天佑進門時，寶珠忽然大驚失色，臉頰飛紅，支支吾吾道：「我去看看灶房裡的藕湯煨好了沒有！」

好像身後有什麼東西在追逐她似的，飛也似的鑽出裡間，一溜煙跑遠。

孫天佑莫名其妙，「寶珠怎麼了？」

裡間無人應答，他掀開珠簾，抬頭的那一瞬間，剎時愣住，甚至連呼吸都忘了。

燈籠外面額外罩了一層刺繡妝花紗，燈光透過薄如蟬翼的紗罩，影影幢幢，似霧非霧，籠下一室婀娜繾綣。

朦朧淺淡的光暈中，李綺節散著一頭烏黑長髮，斜靠在暖榻上，三千青絲如水流輕瀉，肩上披著一件錦綢斗篷，散開的衣襟露出線條優美的鎖骨和半截還滾動著晶瑩水滴的雪白酥胸。一雙欺霜賽雪、凝脂潔白的素手從斗篷底下伸出，橫在石榴紅錦緞上。紅的豔紅，白的雪白，交相輝映，襯得橫躺在上面的嬌娘越發誘人。

李綺節眼帶桃花，唇角含笑，雙頰微暈，猶如朝霞映雪，比平時憑添幾分嫵媚。兩條刺繡鑲邊繫帶在纖纖十指間纏繞，只需輕輕一拉，便可見春光外漏。

顯然，她全身上下只著一件斗篷，底下未著寸縷。

這一副活色生香的旖旎情景，彷彿寂靜的夜空中忽然炸響一線雪亮閃電，轟隆隆的雷聲呼嘯而來，捲走孫天佑的所有神智。

他連衣裳都來不及脫，幾步搶上前，抱起桃腮紅透，卻堅持瞪著一雙圓溜溜的大眼睛，惡狠狠瞪著他又故作瀟灑的小娘子，指尖輕輕一挑，單手解開繫帶。

溫香軟玉，霎時滿懷。

他的雙臂像鐵鑄的一般，牢牢把人按在身下，恨不得把她嵌進自己的血肉裡。可她那麼軟，那麼嬌，比雲朵兒輕柔，比花瓣兒鮮嫩，動情時潮濕的肌膚透著細膩的粉色，彷彿隨時能掐出汁水。

於是，狂放的動作漸漸舒緩下來，生怕弄疼她，可又覺得不滿足，心底的慾望叫囂著，想看她徹底拋卻一切，被自己送上極致的巔峰。

一開始，李綺節是樂得看孫天佑失態的，她精心布置一番，不就是為了引他情動嗎？可是，很快她就後悔了。

男人是寵不得的。

她只是靈機一動，想滿足一下他的惡趣味，為他換個裝扮而已，為什麼最後卻變成倚在他的胸膛裡哭泣討饒？

明明她都示弱了，他還是不放過她，把她抱在懷裡揉來蹭去。滾燙的唇在她的額心、眉尖、臉頰、唇上、耳畔流連徘徊，粗野的氣息噴灑在頸邊，像是要把她融化成一汪溫水。

她渾身汗濕，骨筋酥軟，完全靠他的雙臂架著，才沒仰面倒下去。

從榻上換到拔步床裡，李綺節連說話的力氣都沒了，像一團攤開的軟泥，任孫天佑用溫熱的布巾擦洗。

軟榻凌亂不堪，木案、果盤、茶碟、軟枕掉落一地，綢緞錦被一團糟。

李綺節迷迷糊糊間發出幾聲撒嬌的哼哼聲，指使孫天佑去側間收拾軟榻，至少得把不知道什麼時候掉落到地上的斗篷撿起來。

孫天佑聽著她嬌蠻的抱怨聲，眸光微沉。

火熱的胸膛再次俯身壓下。

一夜錦被翻捲，銅鉤搖曳。

可想而知，當寶珠第二天早上進屋收拾，發現被主人隨意丟棄在地上、揉得比醃菜還皺巴的斗篷時，臉色有多難看。

張嬸子是過來人，為李綺節梳頭的時候勸她：「雖然是少年夫妻，但也得注意分寸。」

她心裡悄悄替自家太太慶幸，幸好家裡沒有長輩妯娌，不然小夫妻倆整天蜜裡調油、紅光滿面，容易招人嫉恨，再者如果婆婆嚴苛點，早把李綺節叫過去敲打一番了，怪她不知檢點，有失尊重。

李綺節坐在鏡臺前攬鏡自照，張嬸子今天幫她挽了個家常的倭墮髻，未施釵環，只簪著數朵足以以假亂真的海棠絹花，斜插一支葫蘆形鍍金髮簪，髮鬟往後梳攏，眼角眉梢一抹淡紅，春意未消。

她放下菱花小鏡子，抿嘴一笑，沒有理會張嬸子的勸告。

她知道張嬸子是好心，可新婚燕爾，不抓緊時間培養感情，反而瞻前顧後，為禮節束縛自己，有什麼意思？

「今天天氣不錯，是個大晴天。」

窗外傳來清朗的笑聲，孫天佑掀簾進房，直接走到鏡臺前，望著銅鏡裡肌膚皎潔、眉目如畫的李綺節，微笑道：「等吃了早飯，我帶妳去東山腳下放風箏。」

兩人的視線在鏡中相接，李綺節不由自主地跟著他一起笑，「今天沒有應酬？」

「好不容易才放晴，今天全城老少都要出去踏青，沒人來煩我。」

孫天佑在鏡臺前端詳她片刻，捲起衣袖，從如意紋盒裡拈起一片金花胭脂，在鼻尖下細嗅，指尖抹下一星兒緋紅，輕輕按在李綺節的唇上。

指尖原是冰涼的，但觸到溫軟的唇後，像火燒一樣發燙。

張嬸子面紅耳赤，悄悄退下。

鏡中的女子唇色越發鮮豔，孫天佑退後半步，滿意地點點頭。

李綺節低聲笑罵：「妝都被你弄花了！」

含羞帶惱的目光掃過來，孫天佑頓覺渾身發癢，再按捺不住，抬起李綺節的下巴，俯身親自品嘗櫻唇的甜美滋味。

他磨纏著要為李綺節畫眉，被李綺節斷然拒絕：畫眉可不是簡簡單單的一撇一捺，沒有真功夫，畫出來的眉形不好看不說，還會毀了整副妝容，到時候不得不洗掉脂粉重新裝扮。

她的腰還痠著呢，不想再對著鏡臺枯坐半個時辰。

踏青的人果然很多，出城的時候，光是排隊等守衛檢查就費了不少時間。

等到了郊外，阿滿和寶珠在湖邊挑了塊蔭涼地，鋪設氈蓆，支起椅凳灶臺燒火煮茶。

湖邊沿岸山地是孫天佑名下的產業，佃農們曉得東家來踏青，已經提前收拾打掃過，村子裡選出兩個聽得懂官話的婦人，幫阿滿和寶珠撿拾柴火，打水洗鍋。

方圓一里地之內杳無人煙，孫天佑不知道從哪裡牽出一匹毛色油潤的黑馬，把轡繩遞到李綺節手裡，「三娘，來，我教妳騎馬。」

李綺節眼睛一亮，驚喜地道：「你怎麼知道我想學騎馬？」

孫天佑眨眨眼睛，酒窩亮汪汪的，「我知道的事情多著呢！」

瞅瞅四周沒人，他刻意壓低聲音，語帶促狹地道：「我不僅知道這個，還知道怎麼樣才能讓妳最快活。」

青天白日的，他竟敢說這種私房話，饒是李綺節不太在乎這些，也羞得滿面通紅。

幸好寶珠和阿滿離得遠，不然她這會兒該無地自容了。

黑馬脾性溫和柔順，孫天佑先教李綺節餵黑馬吃食，然後才教她怎麼上馬，期間趁機摸摸捏捏，占了不少便宜。

教的人不認真，學的人只是葉公好龍，玩到天色擦黑，一行人才意猶未盡地打道回府。

李綺節忽然想起，府裡有建騎馬場，孫天佑為什麼要特意帶她去郊外學騎馬？

「只有出人意料才算是驚喜啊！」

孫天佑躺在枕上，翹著二郎腿，得意洋洋。

李綺節不肯讓孫天佑小瞧，每天堅持抽出一個時辰練習馬術，大腿磨破了也咬牙堅持。

孫天佑心疼歸心疼，倒是沒有像寶珠、張嬸子那樣苦口婆心地勸阻她，只是叮囑她別忘了每天擦藥，晚上親自為她按摩痠軟的筋骨。

等清明回李家村掃墓時，李綺節已經可以騎馬走上一段路，不過她沒敢騎馬回娘家，讓李乙看見，少不了一頓數落。

清明之後天氣逐漸轉暖，但雨水依然綿綿不絕，地裡的莊稼淹了不少，李家不靠田地吃飯，李大伯和周氏還是因為災情愁眉不展，長吁短嘆。

端午當天也是個暴雨天。

天邊黑雲翻湧，雨簾高懸，屋內屋外又濕又熱，到處都是飛濺的水珠。枕頭、衾被、衣裳潮而濕，洗乾淨的衣服晾在屋簷下，半個月都晾不乾。夜裡睡在濕氣重的床上，總會夢到在水裡撲騰。

因為雨實在太大了，官府下令取消本年的賽龍舟，老百姓們抱怨連天，可抱怨也沒用，江水都快灌進城裡，官員小吏們成天提心吊膽，生怕河口決堤，誰有心情組織龍舟賽？

別人都悶悶不樂，花慶福卻喜笑顏開：萬歲再度領兵北征，命皇太子留京監國，楊首輔協理朝政。世人都知道萬歲性情暴烈，喜怒無常，而皇太子飽讀詩書，天性柔和，御下極寬容，楚王世子的使者已經和皇太子以及皇太孫的心腹搭上線，有楚王府在前頭奔走，再在武昌府建造一座規模更宏大的球場指日可待。

李綺節沒有向花慶福潑冷水，雖然她隱隱約約覺得今年可能不太平，不過不管京城怎麼風雲變換，應該不會波及天高皇帝遠的瑤江縣。事實上，就算金鑾殿上的貴主要換人，也不會影響本地老百姓，只要戰火燒不到武昌府，老百姓們仍舊按部就班過自己的小日子。

所以，李綺節擔心歸擔心，依然按著自己的步調安排手頭的生意。

期間，金家忽然傳出一個讓眾人大為意外的新鮮八卦：金薔薇把弟弟金雪松按在祖宗牌位跟前打了一頓，後者被打得皮開肉綻，一個月內不能下床。

金家原配夫人早逝，嫡出的姊弟倆相依為命，大小姐溺愛胞弟，對胞弟言聽計從，舉縣皆知。誰能想得到金大小姐竟然狠得下心，親自領壯僕對弟弟施家法？

田氏和金晚香暗地裡幸災樂禍：這對姊弟不好對付，沒想到他們自己窩裡反了！

接著又傳出石家大郎君納妾的消息，而石家大郎君正是金家為金薔薇定下的未來夫婿。

大家公子婚前在房裡放幾個伺候的屋裡人本屬正常，石磊納妾的新聞只新鮮五六天，很快被其他市井流言替代。

李綺節不相信金薔薇對石磊納妾之事無動於衷，私下裡和孫天佑念叨：「金薔薇聽說我有意中人就果斷放手，不再糾纏我們家，可見也是個性情中人。她和石磊從小一起長大，感情深厚，以她的性子，怎麼能容忍石磊婚前納妾？」

孫天佑瞇著眼睛，躺在李綺節的懷裡吃葡萄，壓根兒不關心金家石家的糾葛，便漫不經心地道：「誰曉得她是怎麼想的呢？」

半天沒聽到李綺節應答，孫天佑猛然警醒，翻身坐起，果然看到自家娘子臉色鐵青，眉間隱有怒色。

他眼珠一轉，福至心靈，聽懂李綺節話裡的意思：這是在警告他呢！

孫天佑連忙放低身段，陪笑道：「石磊是石磊，我是我，我從來沒在外邊拈花惹草，妳可別冤枉我啊！」

他心裡暗暗怪石磊，好好的，納什麼小老婆？害得我娘子多心！

李綺節冷哼一聲，學著孫天佑剛才的語氣，「花言巧語，誰曉得能不能信呢？」

孫天佑神色一肅，賭咒發誓，「我家娘子千嬌百媚，見識過娘子的風采，外邊那些庸脂俗粉全都俗不可耐，我才看不上呢！」

李綺節惱道：「人外有人，天外有天，萬一哪天你碰上個仙女呢？」

孫天佑做小伏低，好說歹說，差點磨破嘴皮，李綺節才肯放過他，「記住今天說過的話，要保持這個態度！」

孫天佑苦惱道：「三娘不信我，我笨嘴拙舌，不曉得怎麼證明自己，該怎麼辦呢……」

他話音一頓，嘿嘿一笑，眉眼微彎，挑開李綺節的衣領，雙手探進衣內，「也許，為夫只能身體力行，揮灑汗水，才能讓娘子相信為夫的清白。」

證明的過程不說也罷，總之，孫天佑的證據非常充分，非常飽滿，並且持久。

李綺節當然不是懷疑孫天佑的真心，特意提起石磊和金薔薇，只是想敲打孫天佑罷了。八卦完之後，她就把這事給忘得一乾二淨。

孫天佑卻對金家的事上了心，事後派擅長打探消息的阿翅幾人去調查石磊。

本想多打聽一些內幕，以便於安撫好奇心旺盛的李綺節，結果卻不小心發現了一樁令他怒火中燒的祕事。

參之章

情敵窺伺起波瀾

六月依舊暴雨滂沱，李大伯和周氏已經麻木，轉而商量下半年該補種什麼莊稼，開始輪到周桃姑為連綿的雨天發愁。

李二姐即將出閣，天天落雨，不說迎親不吉利，嫁妝也會被淋濕，而且新娘子一身泥濘進夫家，男方家人肯定會嫌棄新娘子——老百姓們迷信，認為新娘子會把不乾淨的東西帶到夫家，很多人家迎親時不許新娘子下地，或者把新娘子走過的腳印重新踩踏一遍，就是為了避諱陰邪之物。

李大姐四月間已經出嫁，回娘家幫周桃姑張羅妹妹的親事，見周桃姑每天愁得吃不好，睡不好，便安慰她道：「三娘出閣的時候還落雪了呢，那時候鄉里人還不是暗地裡說不吉利，您看現在呢？三娘和三妹夫感情多好啊！我屋裡那個要是對我有三妹夫對三娘的一半好，我做夢都能笑醒！」

周桃姑苦笑，「那哪能一樣？三娘的嫁妝那麼多，女婿又早就中意她。」

她嘴上這麼說，心裡還是略微亮堂了一點：說不定二姐和姑爺也能像三娘和三女婿那樣過得和和美美，人人稱羨。

李綺節不知道自己成了榜樣。

李二姐出閣的前一天，姑表舅親齊聚，她和孫天佑回家吃喜酒，席上眾人免不了催促李子恆，勸他早日成家，他大咧咧地一揮手，「不急，不急。」

背著人，他偷偷向李綺節訴苦：「世子在我們身上押注，害得我們不敢休息，每天沒日沒夜加練。三天後我們去武昌府比賽，妳得來幫我鼓氣。」

李綺節連忙答應，之前定期舉行的各種比賽只是為了讓老百姓們養成觀看比賽的習慣，花樣繁多的戲目和每場免費分發的紅包是吸引人的手段，在市井流傳的小報頌文是潛移默化的宣傳工具，球場周圍的各種店鋪是順便賺個外快，酒坊才是最有賺頭的。地區之間的大賽才是大進項，一年舉行三個場次，收益抵得上前幾年的所有盈利。成功的大門才剛剛打開一條細縫，兩地盛會，她當然不能缺席。

李南宣也在席間吃飯，眾人知道他身世複雜，倒是沒人敢勸他。

第二天，夫家來迎親，雨勢小了些。

李二姐出門的時候，周桃姑哭得死去活來，半天喘不過氣。周氏看她臉色不好，等宴席散後，忙忙地請大夫來為她診脈，大夫連聲道喜，說是周桃姑已經有四個月的身子了。

一下子從傷心過度，轉為驚喜交加。

眾人忙向李乙道喜，李乙面色微紅，高興中夾著些難為情——這麼大的年紀了，沒想到還能添丁進口。

李子恆和孫天佑分頭出去送客，不在家中，來赴宴的長輩中有幾個年事已高，走不了長路，他們得把老人送回家中安置好，才能返家。

雨滴淅淅瀝瀝打在瓦片上，順著屋脊，匯成一條條銀線，砸進廊簷前的水溝裡，水花飛濺，像是誰不小心打翻首飾盒，滾落一地圓潤碎珠。

李綺節從房裡走出來，身後一團喜氣，眾人圍著李乙和周桃姑打趣個不停，沒有人發現她中途離開。

她知道會有這一天，但當這一天真的到來了，心裡還是免不了悵惘迷茫。

恍惚間記起已經遺忘很久的前世，那時候父母感情不好，整天吵架，她天天夾在中間受氣。有一天爸爸和媽媽通知她他們已離婚的消息，她的反應很平靜，甚至悄悄鬆了口氣。親戚們可憐她，一個接一個安慰她，她反而笑著勸親戚：「他們天天吵架，誰都過得不痛快，離了也好。」

那時候她是真的替父母覺得解脫，不是在強顏歡笑。

可是，那年過年，爸爸在城東，媽媽在城西，她不知道該去誰家吃團圓飯，走在市區最繁華的商業街上，一張張洋溢著歡樂的笑臉從眼前閃過，忽然有個老太太停在她跟前，問她是不是不舒服。

她才發現，原來自己已經淚流滿面，哭得稀裡嘩啦。

之後和父母的關係越來越疏遠。爸爸再娶，繼母生下弟妹，她成了家裡的異類，家庭聚會，她總是最尷尬的那一個，誰見了她都彆扭。

明明是她的家，是她生活十幾年的地方，她卻連請朋友到家裡去做客的勇氣都沒有。

「外頭風大，進屋去吧。」

清亮的聲音，把李綺節從遙遠的記憶中驚醒。

李南宣走到她身旁，眉眼低垂，鴉翅濃睫像兩把小扇子，不洩露一絲思緒。

李綺節伸手拂去眼角的淚滴，有些愣神。

兩人站在廊下，望著輕紗織就的朦朧雨幕，一時無言。

南風拂過長廊，寒意透過重重春衫，彷彿能吹進骨頭縫裡。

良久，李南宣雙手握拳，掩在嘴角，輕輕咳嗽一聲，「回屋吧，別著涼了。」

李綺節把雙手攏進袖子裡，轉身躲開飄進廊簷底下的雨絲，「三哥也進屋吧。」

快進房時，她回頭去看，發現李南宣還站在廊簷深處，長身玉立，身影單薄，眉目姣好的臉藏在半明半暗的陰影中，仍舊丰神俊逸，舉手投足清冷出塵。

不論何時何地，他始終站得筆直，像一株沐浴著風雪怒放的寒梅，傲骨天成。

李綺節冷的時候會忍不住縮肩膀發抖，會抱著自己的雙臂取暖，會跺腳讓腳底發熱，而李南宣從沒有這樣的時候，他永遠是那樣一張清淡的臉孔，蒼茫的雙瞳，挺直的脊背，站在風雨中，任他東南西北風。

李綺節忽然想到一句話：剛極易折，強極則辱。

回到屋內，周氏吩咐劉婆子趕緊去灶房燉補湯，李大伯和李乙已經在商量該給孩子取什麼名字，李大姐拉著周桃姑的手，母女倆低聲說體己話，李昭節和李九冬坐在竹席上玩七巧板，人人臉上帶笑，滿室和氣。

孫天佑從門外進來，身上袍衫淋濕半邊，腳下的長靴也濕透了，看到一向不苟言笑的岳丈李乙竟然笑得和傻子一樣，嚇了一跳，走到側間，湊到李綺節身邊，小聲問道：「岳父怎麼這般高興？」

他又忽然神色大變，攥緊她的手腕，「妳是不是哭過？誰欺負妳了？」

李綺節笑著搖搖頭，踮起腳跟，為孫天佑脫下外袍。後者立刻蹲下身，讓她可以輕鬆地摘掉他頭上的巾帽。

她耐心替他脫掉被雨水打濕的衣袍長靴，把乾燥的布巾輕輕按在他冰涼的臉頰上。

她不知道自己的動作是多麼輕柔，表情又是多麼溫柔。

孫天佑呆愣片刻，心裡湧上一陣複雜的情感，又鹹又苦，又酸又甜，滋味難言。

他拉住她的手，握在掌心裡，十指交纏，半天不肯放手。

李綺節抬頭看向孫天佑。

夫妻倆默默看著彼此，忽然同時微笑起來。

一個字沒說，但彷彿什麼都說了。

李綺節知道，這一世，不論阿爺李乙會不會和她疏遠，她絕對不會和上輩子那樣黯然神傷、孤單寂寞，因為她已經有了孫天佑，他給了她一個安穩的家庭，一段真摯的感情，他將陪她走完漫漫人生，相濡以沫，白首到老。

瑤江縣，楊府。

難得是個大晴天，丫頭們在院前搭起架子，預備晾曬衣裳衾被，婆子們正在灑掃庭院。

孟雲皓貪玩，在院子裡看婆子們挖花池的時候，不小心跌了一跤，蹭掉兩塊指甲蓋大小的油皮，坐在臺階上哭得震天響。

楊福生已經能下地了，這幾天跟著舅舅一塊玩，感情正好，見狀也跟著舅舅大哭。

丫頭婆子們圍了一圈，又是勸又是哄，藕粉桂花糕、奶油松仁卷、蝴蝶卷絲酥、頂皮鮮果餡餅，琳琳瑯瑯擺了一大桌，哄舅甥兩個高興。

孟春芳被吵得頭疼，差人把哭哭啼啼的孟雲皓和楊福生喚到跟前，好生撫慰一通，讓婆子緊緊跟著，重新打發兩人到院子裡去玩。

孟雲皓在姊姊家無人管束，得意非常，變著花樣四處亂竄，領著路還走不穩的外甥楊福生，下棋、射箭、玩投壺、打鞦韆，從這個院子鑽到那個院子，一時攛掇楊福生去鑽假山，一時又跑去池子裡撈魚，一時又鬧著要拔鴨子的毛塞一個實心皮球頑，嚇得幾隻成日意態閒閒的肥鴛鴦撲騰著翅膀躲到柳樹底下，不肯冒頭。

滿府都聽得見孟雲皓和楊福生咯咯的笑聲。

楊天保從廂房探出半個腦袋，眉頭輕皺，高聲問丫頭：「剛剛是不是大郎在哭？」

小黃鸝站在他身側，一雙眼睛紅通通的，好不可憐。

小丫頭一臉為難，看一眼垂著竹簾的正房，小心翼翼道：「大郎沒哭，剛才舅爺摔疼了，大郎心疼舅爺，跟著扯了幾嗓子。」

楊天保哦一聲，撓撓頭，回頭朝小黃鸝道：「七娘把大郎照看得很好，小孩子玩鬧起來，摔摔打打是常事，妳別多心。」

小黃鸝低聲啜泣，拿帕子在眼角按了按，哽咽道：「官人勿怪，大郎畢竟是從奴的肚子爬出來的，母子連心……」

楊天保揮手打斷她，不耐煩道：「妳這是在怪太太不該把大郎抱到七娘跟前教養嗎？妳也不想想妳是什麼身分，大郎是什麼身分？七娘肯用心教養大郎，是大郎的福氣，難不成妳想讓大郎以後落一個被小婦養大的名聲？」

小黃鸝臉色灰白，唯唯諾諾道：「奴知錯了。」

楊天保輕哼一聲，像趕蚊子似的，驅趕小黃鸝，「出去吧，沒事別來擾我清閒。」

小黃鸝心中悲涼，貝齒緊緊咬著紅唇，把滿腔怨苦吞回喉嚨裡：楊天保已經不是當年那個被她哄幾句就昏頭轉向的毛頭小子了，他忘了曾經的甜言蜜語和海誓山盟。如今的自己對他來說，只是一個顏色略微嬌美的小妾，有閒情時抱著摸弄幾下，沒興致時就只是個聽使喚的奴才，供人消遣，可有可無。

那時候他願意為她反抗高大姐，願意和那個容不下她的李三娘退親，現在呢？

不過短短幾年光陰，她在他眼裡連個丫頭都不如了。

主家婆孟春芳待她不壞，但也好不到哪裡去。因為小妾的身分，她不能出去和人交際，廟裡的比丘尼倒是常常上門，卻都是來求香油錢、討尺頭的，滿嘴空話，一個比一個奸猾。楊天保往來的知己好友家的親眷，嫌她出身不乾淨，從來不理會她。

她煞費苦心擠進楊家，到頭來只是一場空。

連千辛萬苦才保住的兒子都不認她，光跟著主家婆打轉，還管那個孟十二叫舅舅，人家親生的說不定都沒他聽話乖巧。

素清站在竹簾後，看著小黃鸝垂頭喪氣地走出廂房，低啐一口，放下竹簾，「狐狸精，又到少爺跟前嚼舌根！」

小丫頭在旁邊接話道：「怕什麼，現在少爺對她大不如前啦！」

另一個丫頭笑嘻嘻道：「就是，咱們少奶奶肚子裡可揣著太太的寶貝心肝呢！」

素清定定神，把小黃鸝拋在腦後，憂愁道：「小姐這幾天胃口不好，吃什麼都吐，下巴都瘦尖了。懷著身子的人，哪能不吃點東西呢？」

小丫頭思索著道：「上回孫家送來的酒糟醃鯉魚，少奶奶吃了說很好，我記得那天少奶奶多吃了一碗粥。」

素清一愣，孫家？

隨即想到那罈醃鯉魚是現在的孫家主婦李綺節送的。

因為李綺節只給孟春芳一個人送，沒有理會楊縣令那一房和高大姐那邊，當時金氏和楊天嬌說了不少酸話，高大姐也不請自來，對送禮上門的阿滿橫挑鼻子豎挑眼。孟春芳怕阿滿寒心，特意把他叫到房裡耐心安撫，足足賞了他半貫大錢。

素清曾經敵視過李綺節，因為她不相信這世上有小娘子能夠在被退婚以後真的一點都不在意，而且還能和取代她的人照常往來。李綺節對小姐那麼好，肯定有什麼險惡居心，只是暫時沒現出真面目罷了。

就像球場那邊唱的一折叫《三打白骨精》的漁鼓戲，妖怪直到最後才顯形。

現在素清不得不得承認，自己以前是以小人之心度君子之腹。李綺節根本沒把曾經和楊天保訂過親的那段往事放在心上，她是真的把楊天保當成一個無關的陌生人看待。對嫁給楊天保的小姐，她不僅沒有絲毫嫉恨之心，反而更多的是惋惜，惋惜溫柔貌美的小姐嫁了一個懦弱自私的男人。

是的，懦弱自私。陪嫁到楊家後，素清很快認識到姑爺的本質，他曾經不惜和小黃鸝私奔，曾經鬧著要把小黃鸝明媒正娶抬進楊家，曾經為了小黃鸝給小姐臉色看，可現在呢？姑爺眼裡心裡只剩下怎麼巴結討好四少爺，怎麼結交那些眼高於頂的士子，怎麼營造一個體面的好名聲……

他開始嫌棄小黃鸝低俗，更後悔當年不該意氣衝動和花娘勾連，他甚至以大郎楊福生為恥，千方百計想遮掩楊福生的真正出身。得知孟春芳懷孕的時候，他欣喜若狂，逢人就說，終於有後了。

楊福生的存在，被他一筆抹去。

他疏遠小黃鸝，但也不曾痛改前非，他開始寵愛另外一個從小服侍他的大丫頭。

素清為孟春芳不值。

後來李綺節和脫離楊家的九少爺成婚，楊家的丫頭婆子私底下嘲笑李綺節，說她掉了西瓜，趕著去撿芝麻。五少爺前途無量，九少爺卻是個沒人要的可憐蟲，她竟然豬油蒙了心，捨棄五少爺不要，嫁給一個被嫡母趕出家門的落魄庶子。

高大姐倒是沒有譏笑和自己沾親帶故的李綺節，她只是替李乙心疼，「好好的小娘子，怎麼嫁了個潑皮？」

叛出家族，忤逆長輩，不肯對嫡母低頭，堂而皇之改掉姓氏，孫天佑的種種舉動，對瑤江縣人來說，可謂是石破天驚、匪夷所思，高大姐說他是潑皮，其實還是很委婉的——金氏和楊天嬌每次提起孫天佑，總是一口一個「畜生」。

素清不知道小姐是怎麼看待九少爺的，她只知道，小姐從李家婚宴回來的那天晚上，一夜無眠。她睡在帳外的腳踏上，半夢半醒時，依稀聽到了孟春芳淺淺的呢喃：「如果那時候我有三娘的勇氣……」

以前伺候孟春芳的丫頭得了良籍出府嫁人去了，素清是從幹粗活的丫頭裡提上來的，她想了大半夜，也想不明白孟春芳說的那句話是什麼意思。那時候是什麼時候？小姐是後悔嫁到楊家了嗎？

第二天，孟春芳起床梳洗，臉上並沒有什麼異樣，她依然是端莊賢慧的楊家少奶奶，對婆母孝順，對庶子寬和，敬重丈夫，友愛姑嫂。

彷彿她並沒有把那句嘆息說出口，一切都是素清的幻覺。

素清以為，就算李綺節和小姐感情好，但礙於孫天佑和楊家的尷尬關係，兩人終究還是會慢慢疏遠，她甚至認真考慮過到時候要怎麼安慰小姐。

然而，不管孟娘子和高大姐怎麼搗亂挑撥，不管金氏和楊天嬌怎麼含沙射影，李綺節對小姐一如往昔，小姐也始終把李綺節當成最信任的知己。

不過，怕給李綺節添麻煩，楊縣令、金氏和高大姐在家時，孟春芳不會主動找李綺節。孟春芳是楊家唯一篤定李綺節的眼光不會錯的人。

素清將信將疑，李綺節對楊家的了解不多，不知道九少爺的真面目，但楊家的丫頭、婆子是看著九少爺長大的，十個人裡有九個說九少爺深藏不漏，變臉比翻書還快，而且九少爺還敢對太太金氏動手呢！

庶子對嫡母動手，這要是告到官府去，是要流放戍邊的大罪啊！

素清不由替李綺節捏把汗。

她憂心的事並沒有成真，傳說中睚眥必報、性情陰鬱的九少爺，對李綺節言聽計從、無微不至，儼然是溫柔體貼的好丈夫。九少爺每天除了必要的應酬之外，剩下的時間老老實實待在府裡陪娘子，偶爾出門，也是和李綺節結伴而行。夫妻倆琴瑟和諧，形影不離，連楊家人都知道他們過得很恩愛。

素清有時候會想，如果九少爺沒有離開楊家就好了，那孟春芳和李綺節肯定會是瑤江縣最和睦的一對妯娌。

當然也只是想想而已。如果九少爺留在楊家，那他的名聲依然還是「狼子野心，目無尊長」。有金氏在上頭杵著，誰敢嫁給九少爺？

丫頭從灶房回來，苦惱道：「醃鯉魚吃完了。」

素清皺眉，「一大罈子這麼快就吃完了？」

丫頭撇撇嘴巴，指指東邊院子，「灶房的婆子說那邊屋的人隔三差五要走一點，攏共一罈，哪裡夠吃呀！」

素清哭笑不得：她知道太太小氣吝嗇，但沒想到太太連自己兒媳婦的便宜都要占！

丫頭噘著嘴道：「那東西只能冬天做，夏天吃。沒了就是沒了，不能現做，怎麼辦？」

素清無奈道：「切幾個醃蛋試試，那個下飯。」

她想了想，又道：「問問灶房有沒有藕帶菜，要嫩的，炒一盤，只擱油鹽，其他什麼都不要，記住，不能用豬油炒。」

丫頭兩手一拍，喜道：「本來這時節沒有藕帶的，正好五娘子挑了一擔送來，灶房的婆子剛洗了一大把。」

素清驚道：「五娘子來了？怎麼不請她進來？」

丫頭道：「她是走山路來的，草鞋、褲腿上全是泥巴，不敢進院子裡，婆子說要先領她去換件乾淨褲子。」

話音才落，就見婆子領著換好鞋襪和褲子的孟五娘子進來。孟五娘子的裙角壓得低低的，顯然婆子為她找的褲子和她身上的衣裙不大匹配。

素清連忙迎上去，「嬸子來了？」

孟娘子見識淺，把孟雲暉當成僕人使喚，楊家人卻知道少奶奶家的這位舅爺日後必定能平步青雲，楊縣令和楊表叔都曾暗示過孟春芳，要她務必籠絡好孟雲暉。

以高大姐的脾性，如果不是因為知道孟雲暉來日不可限量，對兒子是個大助力，她才不會容忍孟春芳總把娘家兄弟接到楊家小住。

以前在孟家時，孟春芳做不了主，現在她已經是楊家婦，別的她做不了，但至少可以把五娘子請到家中來——這是楊縣令叮囑她的，善待五娘子，就是向孟雲暉示好。

寒暄畢，素清把孟五娘子讓到裡間。

孟春芳躺在羅漢床上小憩，強打精神和孟五娘子說笑幾句，笑吟吟道：「四哥在那邊院子看書，嬸子去看看他吧。」

孟五娘子眼圈一紅，明白孟春芳的好心，想謝她，又覺得尷尬——謝孟春芳，不就等於在怪孟娘子不通人情嗎？

她只好向孟春芳作揖。

素清把孟五娘子領到院門前，「嬸子先進去吧，我在外頭等著。」

這是讓母子倆可以放心說私房話。

孟五娘子謝了又謝，擦擦眼睛，走進書房，見兒子孟雲暉穿著一件半舊衣衫，坐在案前讀書，俊眉秀目，氣質沉穩，心裡愛得不行。

孟雲暉見闊別已久的母親進來，放下書本。

他一點都不感到意外，楊家對他的拉攏之意太明顯了，他早猜到孟春芳會通過他的父母向他表露善意。

孟五娘子已經記不清有多久沒見過兒子了，當下不由自主，摟著孟雲暉一頓摩挲，問他每天幾時起身，幾時歇覺，平時吃不吃得飽，穿不穿得暖，先生對他嚴不嚴厲。

孟雲暉明年要赴武昌府參加鄉試，孟舉人和先生都對他寄予厚望，要他務必心無旁騖，刻苦攻讀。唯有楊縣令看出他心懷戾氣，怕他因為寄人籬下而心中鬱鬱，以致於走上歪路，又或是讀書讀魔愣了，越讀越迂腐，閒時撇開書本，耐心教他一些世俗人情的道理。

人情冷暖，甘苦自知，孟雲暉早已不復當年。加之少年要強，被母親當成小兒一樣摟著不放，心裡有點彆扭。但曉得母親和自己闊別已久，在孟家根本不能相見，唯有此時才能藉著孟春芳的幫助和自己私下見面，才會有如此情態。

便也不推開，任由孟五娘子摸臉、摸手，就像小時候那樣。

孟五娘子摸了一陣，紅了眼圈，道：「我兒瘦了，上回託人帶給你的銀兩可用完了？家裡還攢了不少，都是預備給你讀書用的，別太儉省自個兒了。想吃什麼就買，別委屈自己。」

她說著從懷中掏出一個布包托在手上，「前天才殺了兩頭豬賣了，我挑了一擔子肉，背了一大袋的鹹魚乾、醃酸菜、藕帶菜來，一半送給你先生，一半送給楊家。這是六兩碎銀，一吊散錢，你且收著，別掉了啊！」

孟雲暉一大半時間住在孟家，偶爾受楊天保邀請來楊家做客，雖不必發愁吃穿，可常常要打賞下人，又要買些書本紙筆，錢鈔總是不夠用。

他還是長身體的時候，一日三頓，才剛吃飽，轉眼就又餓了，託灶間婆子下碗滾熱湯麵來飽肚也得費鈔。在楊家有孟春芳時時照應還好些，在孟家的時候就難過了：孟娘子總愛尋他的不是，幾次嘲笑他肚大如牛。

他性子要強，不願和孟娘子起口角，寧願去外頭買些吃食果腹，也不願勞動灶間婆子。加上同窗之間的應酬往來，哪一項都離不開孔方兄。

如此一來，他手頭便不能缺銅錢。

書生恥於談錢，但書生離不開錢。

他如今大小也有個功名在身，賺點銅鈔不在話下，去歲他為人撰寫青詞，攢了一筆錢，本來可以應付一陣，偏偏大病一場，積蓄花光了——孟娘子捨不得費鈔請醫，隨便抓一副藥讓他服用，他只能自己去醫館看診。

可是，再缺錢，他也不能朝母親伸手。

父母給他的已經夠多了，他不能回報養育之恩，還為了前程拋棄家人，已是罪大惡極，哪還有臉面接受父母的血汗錢？

孟五娘子眼巴巴地望著他，滿臉期待。見他不伸手接，以為他嫌棄布包上沾的汙漬，便小心翼翼把沾有汙跡的那一面折到中間。

孟雲暉嘆口氣，接過布包，掩在被褥底下。等母親離開，再託人悄悄送回去吧。

孟五娘子走到床前，伸手壓了一壓，「藏在這裡嚴不嚴實？丫頭幫你曬被子，一掀開不就翻到銀子了？」

孟雲暉愣了一下，半晌搖頭笑道：「不礙事。」

孟舉人把他過繼到名下，是真心愛惜他的才華，為他的將來鋪路。孟娘子卻對他防備極深，孟雲皓漸漸長大後，她更是直接把他當成孟雲皓的小廝，每個月還像模像樣發給他一份月錢，讓他好生照看孟雲皓。孟雲皓曉得後，常常支使他跑腿，一時讓他幫著摘朵花玩，一時讓他出門去買果子，後來還乾脆讓他替他做功課。

他藉口兩人的字跡不一樣，這才給遮掩過去了。

孟家的丫頭不敢得罪孟娘子，雖然沒跟著一塊欺負他，但對他的態度也越來越隨意。他受了幾次閒氣之後，不讓丫頭進房，自己收拾床鋪，打掃房間，拾掇案桌，夜裡打水洗漱，也都是自己動手。

習慣了之後，在楊家也是這樣。楊家下人不知道內情，以為他性情高傲，不愛別人動他房裡的東西，為他打掃房屋時，絕不會翻他的書案和床鋪。

孟五娘子在房裡轉了一圈，又叮囑道：「若是銀兩不夠花，你託人往家裡帶句話。你阿爺說了，家裡的錢鈔夠使，不能叫你在外頭受苦。」

孟雲暉淡淡地道：「我在這裡吃喝不愁，沒人給我委屈受。」

委屈當然是有的，可孟家、楊家能給他一切他想要的東西。

母子倆說了一會兒話，孟雲暉問起家中的兄弟姊妹們，孟五娘子笑道：「咱家要辦喜事了，你妹妹重陽的時候就嫁人，嫁的是村子裡木匠家的兒子。」

孟雲暉微微一愣，「小妹才幾歲？是不是太急了點？」

孟五娘子笑了一下，道：「女孩子十四五歲成親的多的是，也不算很急。」

孟雲暉疑惑片刻，很快想通了：前些年，父母曉得他將來一定要走上讀書科舉這條路，所以急著多攢些銀錢供他使。底下幾個兄弟姊妹破衣爛衫，兄弟沒有彩禮，姊妹沒有嫁妝，親事難上加難。家裡沒辦法，只能先把幾個女兒嫁出去，免得將來年紀大了，被人嫌棄。

他覺得嗓子一啞，沉默半晌，方輕聲道：「莫讓妹妹受委屈。」

孟五娘子噗哧一笑，「我和你阿爺可沒偏心，你是沒看見，蔡木匠家對小妹好著呢！女婿雖然長得寒磣了點，但為人又勤快又能幹，鄰里街坊哪家不誇他？他們家只有他一個兒子，小妹嫁過去不用和妯娌住一起，輕省自在。女婿會木匠活兒，日子過得紅火，小妹自己都滿意的不得了。他們家一來求親，小妹立時催著你爹應下了，現在屋子已經粉刷好了，裡頭的家具全是女婿自個兒做的。」

蔡家看中孟小妹手腳勤快，幹活麻利。孟五娘子則看中女婿平實憨厚，會手藝活兒，閨女跟著他不用受窮。

聽說雙方都是皆大歡喜，孟雲暉這才鬆一口氣。

午間孟春芳帶著孟雲皓和楊福生在正院吃，灶房另備了一份席面，送到孟雲暉房裡。

孟五娘子十分過意不去。

吃完飯，孟雲暉把孟五娘子送到院門口，孟五娘子揮手趕兒子回去，「別送了，讓別人看見不好，回頭你娘要和七娘生氣的！」

她說的是孟娘子。

孟雲暉只得回房。

素清帶孟五娘子去向孟春芳辭別，半路上剛好碰到在假山洞裡玩的孟雲皓。

孟五娘子堆起滿臉笑，「十二郎都長這麼高了！」

孟雲皓認出五娘子，冷哼一聲，轉頭就走。

孟五娘子乾笑兩聲。

素清連忙道：「嬸子別理他，剛剛七娘說了他兩句，他就成這樣了。」

孟五娘子嘿嘿一笑，道：「一兩年沒見，說不定他已經不認得我，被我嚇著了。」

她沉默一陣，終究還是忍不住，旁敲側擊找素清打聽，問孟雲暉和孟十二平時相處得好不好，兄弟倆會不會打架。

素清臉色一僵。

孟雲暉和孟雲皓相處得好不好？

肯定是不好的。

孟娘子從前常常給孟五娘子送些吃的穿的，因為這份恩情在先，她對孟雲暉總存著一種紆尊降貴的意思。孟雲皓有樣學樣，也漸漸把孟雲暉當成家裡給他買的書僮小廝使喚，好起來時親親熱熱喚孟雲暉一聲四哥，鬧起脾氣來隨手摸到一塊鎮紙就往他頭上砸。

鎮紙哪是能隨便用來砸人的？孟雲暉躲閃不及，當場被砸得頭破血流。

他城府再深，到底只是個十幾歲的少年兒郎，也是有脾氣的，捂著頭上的傷口，差點想捲包袱離開孟家算了。想起母親和父親寧願穿補丁的舊衣，買一塊肉骨燉湯都要猶豫半天，給他買紙張書本時卻連眉毛都不皺一下，心裡不由一酸，只能打消回家去的主意。

素清那時候在孟家當小丫頭，親眼看到孟雲皓朝孟雲暉砸鎮紙。事後孟雲暉自己草草把傷口包紮好，孟雲皓接著逍遙，孟娘子還抱怨孟雲暉不該惹孟雲皓生氣。

因為孟娘子溺愛，孟雲皓開蒙晚，孟舉人固執，不肯親自教導兒子，讓孟雲皓跟著一位老先生讀書。孟雲皓跟著老先生讀了兩年《論語》，沒什麼長進，孟娘子嫌那老先生不中用，費了一筆錢鈔，打發走老先生，轉頭又託孟舉人請來一位中年先生，賃了所房屋，將先生的妻兒老小都接了來，每個月送二兩銀子給師母花用。

中年先生收了賀家的束脩，自然要盡心盡力。孟雲皓本來是最懶怠讀書的，但因為旁邊有天資不凡的孟雲暉作對比，心裡不服氣，想壓過孟雲暉的風頭，第一個月每天精神飽滿，誦起文章來聲音又大又亮。

那時候連間壁李乙和李子恆父子倆都能在院子裡聽見孟雲皓念書的聲音。

大半個月後，孟雲皓故態復萌，念書時有一搭沒一搭的，不是走神就是打瞌睡，學過的文章也不願意記誦。先生打他板子時，他嚎得跟挨了一頓毒打似的，一雙肥嘟嘟的胖手掌，時常都紅腫著。

孟娘子心疼得不行，竟然揣了幾碟精緻點心，跑去找先生家的娘子求情。

先生娘子哭笑不得，也沒敢和先生提起這碴。

先生對孟雲皓很失望，見孟家另一個子弟孟雲暉聰慧異常又勤奮刻苦，倒漸漸把他放在心上：沒有老師不喜歡聰明徒弟，尤其這個徒弟還不怕吃苦，肯下功夫，待老師又恭敬。

先生脾氣耿直，既然喜歡孟雲暉，考校他的功課時面上難免帶出幾分滿意的神情來。

孟雲皓見了，心裡有氣，不敢和先生頂嘴，回到房中便排擠孟雲暉。

「你房裡的一草一紙，都是我們家出錢買的。」

「以前你爺娘常常來我家打秋風，我娘每次送他們好大一袋吃的帶回去。」

「我不要的衣裳鞋子都給下人穿，不許你偷偷拿去。」

「你一頓飯吃三大碗，怎麼那麼能吃？是不是想把我家吃窮了？」

「你還要在我家住多久？」

諸如此類的話，孟雲皓是駕輕就熟，張口就來。

下人們在一旁聽見都議論紛紛，只不敢叫孟舉人曉得。

這種情況下，孟雲暉怎麼可能和孟雲皓相處得好？

面對憨厚淳樸的孟五娘子，素清心裡暗暗叫苦。

難怪楊家人說孟娘子目光短淺，四少爺現在寄人籬下，只能任小少爺欺負，以後呢？等四少爺蟾宮折桂，鯉魚跳龍門，小少爺還敢在四少爺跟前耀武揚威嗎？

可笑太太竟然不知道約束兒子，反而縱著兒子欺辱四少爺。

大官人有識人之能，提前把四少爺認到名下，讓四少爺欠下養育之恩，等四少爺發達，不管他心裡怎麼想，都得好好孝順名義上的父母，好處全是他們家的。

太太卻生生把這份恩情變成恥辱和仇恨。

只盼四少爺心裡還顧念大官人對他的賞識之恩。

「四少爺和小少爺感情很好，四少爺不去先生家時，就留在家裡和小少爺一起讀書。」

素清自以為說得很真摯，以孟五娘子的心性，肯定不會看出端倪。

孟五娘子卻看出來了。

孟雲暉是她的兒子，知子莫若母。

她臉上仍在笑，藉口東西忘了拿，折返回孟雲暉的房間。

孟雲暉見母親去而復返，似乎察覺到她想說什麼，神色微變。

「四郎。」

孟五娘子不提孟十二的事，只是柔聲道：「好孩子，你千萬別學外頭那些忘恩負義的人，大官人和娘子對你的恩情，你要時時刻刻記在心上，沒有他們，你現在還能安心讀書嗎？以後啊，不管你能不能讀出名堂來，都得好好孝順現在的爺娘，曉得嗎？」

孟雲暉垂下眼眸，十指收攏，在寬袖裡緊緊握拳，「娘，您放心，我曉得。」

孟春芳親自送孟五娘子出門。

回正院時，路過一排細葉油潤、果實纍纍的桃樹，忽然聽到有人輕聲喚她。

「七娘留步。」

一人拂開被拳頭大的毛桃壓得彎彎的樹枝，從桃林後緩步踱出。來人穿著半舊袍衫，儒雅端正，眉宇之間有淡淡的書卷氣。

似是早就料到孟雲暉會來找自己，孟春芳臉上波瀾不驚，淡定地遣走丫鬟，只留下素清一人陪伴，「四哥。」

孟雲暉微微一笑，「七娘怕我嗎？」

孟春芳想否認，但話到嘴邊，怎麼都說不出口。

以前的孟雲暉，面容溫和，灑脫大方，對誰都彬彬有禮，甚至可以稱一句憨厚，族中子弟不論貧富貴賤，都樂於和他結交，並且隱隱以他為首。那時候孟春芳對這位少有才名的族兄欣賞有加，聽說他即將成為自己家的一份子時，欣喜多過彆扭。

現在呢？

遲鈍如楊天保，也察覺出孟雲暉和以前不一樣了，昨天還偷偷和孟春芳嘀咕：「大舅哥深不可測，我要是有什麼地方得罪他，七娘千萬記得提點我，不然我夜裡睡不安穩啊！」

不止楊天保，其實孟雲皓也怕孟雲暉，越怕，他越要強調自己的對孟雲暉的恩情，越要故意欺負孟雲暉，以此掩藏自己內心的恐懼。

現在的孟雲暉依舊舉止有禮，進退有度，但溫和中透著疏冷，像一隻在暗處等候獵物走進自己地盤的凶獸，看似慵懶，不見一絲殺機，暴起嗜血時才現出殘暴面目。

每次和他說話時，孟春芳總覺得渾身發冷。

她下意識攥住掖在袖子裡的綢手絹，「我有件事想問四哥，四哥肯對我說實話嗎？」

孟雲暉輕攏袍袖，淡淡瞥她一眼，「妳放心，我不會對十二郎如何。」

一個乳臭未乾的毛孩子，不值得他記恨。

當然，將來也不值得他提攜。

孟春芳搖搖頭，「我想問的不是這個。」

她揮手讓素清走遠一些，「金家大郎想趁三娘回李家村探親的時候劫走她，才會被金大小姐施以家法。當時他連人手都埋伏好了，幸虧金家大小姐提前趕到，才沒釀成醜事。」

孟雲暉眼神一黯，雙手捏緊。

孟春芳接著道：「據我所知，金大小姐向李家求親的時候，金家大郎對三娘並無綺思。為什麼他早不動手，晚不動手，非要等三娘出嫁了，才跑來打三娘的主意？」

孟雲暉眼睫低垂，默然不語。

孟春芳鼓起勇氣，看向孟雲暉，「是你，對不對？」

金雪松早年曾和孟雲暉有過爭執，之後他一直把孟雲暉視為眼中釘。前一陣子，他不知從哪裡打探到孟雲暉的意中人是李綺節，心中大喜，當即想通過羞辱李綺節，來達到報復孟雲暉的目的。

從小嬌生慣養的大家公子，哪管什麼禮法規矩，想到能讓孟雲暉吃癟，就發誓要把李綺的弟弟打得皮開肉綻，並勒令他三個月之內不許踏出家門一步。

楊天保和金雪松交情不錯，還過去探望過他。

金雪松沒有絲毫愧疚之心，只一個勁兒後悔當初金薔薇逼他娶李綺節時，他竟然沒答應下來，白白錯過報復孟雲暉的好機會。

孟春芳起先沒有懷疑到孟雲暉身上，直到偶然聽下人提起，向來對自己要求嚴格、鮮少外出的孟雲暉，有天竟然在外面逗留到天黑才回府，還差點被巡邏的士兵當成竊賊抓了，好在更夫認出他是楊家舅兄，一路親自把他護送回楊府，他才能趕在門房落鎖前進門。

那天，剛好是李綺節回家的日子，第二天，金雪松便被打得下不了床。

「四哥能忍常人所不能忍，不論是五嬸和五叔，還是我阿爺和阿娘，都不曉得你對三娘有意，估計李家兩位叔伯也不知情。連我能知道，也只是因緣巧合之下恰好猜中的。四哥能把自己的心意瞞得那麼深，瞞那麼久，金家大郎並不是心細如髮之人，怎麼剛好那麼巧，能打探到這麼隱祕的事情？」

孟春芳冷笑一聲，緩緩道：「只有一種可能，四哥知道金家大郎和天保、十二郎來往的真實目的，故意露出破綻，讓金家大郎自己產生懷疑，然後費心去調查。」

孟雲暉薄唇微微掀起，「妳要問的就是這個嗎？」

這一切都只是孟春芳自己的推測，孟雲暉甚至不需要否認，沒有人會把金雪松的任意妄為歸罪到他身上。

「不，我想問的是，四哥，你真的喜歡三娘嗎？」

孟雲暉臉色一沉，眼神瞬間冰冷。

「四哥，你到底是因為沒能如願迎娶三娘而不甘心，還是因為看到三娘嫁給別人而不甘心？」孟春芳向前一步，堵住孟雲暉的去路，「如果是前者，我還可以體諒你是一時衝動，才會想出那樣的昏招。如果是後者，那你對三娘的喜歡，只是自私的想獨占她罷了。你寧願借金家大郎的手，毀掉三娘的美滿婚姻，也不接受她另嫁他人的事實。」

「三娘何其無辜，從頭到尾，先放棄的明明是你自己，她什麼都沒做過，你竟然這樣害她！」

端莊的孟春芳，罕有言語激烈的時候，這一刻，她卻只恨自己拙於口舌，不能把孟雲暉罵一個狗血淋頭。

兩家有適婚兒女，彼此合意，談笑間提起婚事，再正常不過。比如孟春芳自己，在嫁給楊天保之前，孟娘子不知道應付過多少人家的探問。李綺節雖然是個沒纏腳的「蠻婆娘」，但嫁妝豐厚，相貌不俗，上門求親的人也不少，只是大多數都在男方遣媒人之前就被李乙委婉拒絕掉了。

李家和孟家私下裡試探過彼此，還沒正式提親，孟雲暉的啟蒙先生就跳出來反對，孟雲暉擔心前途，猶豫不決，事情不了了之。

現在李綺節已經嫁為人婦，並且同孫天佑琴瑟調和、夫妻恩愛，不論孟雲暉怎麼悔恨，都不該去打擾她的生活。

尤其他竟然用的是如此卑劣的手段。

孟春芳徐徐吐出胸中濁氣，冷淡道：「我沒把金家大郎的事告訴三娘，不過九郎可能已經知道了。四哥，別看九郎成天笑眉笑眼就以為他好對付，如果沒有真本事，他怎麼可能在天保那個瘋瘋癲癲的伯娘手下平安長大？」

「四哥天縱奇才，將來必能脫穎而出，躍居高位，終非池中物。苦讀不易，四哥應該把全部心思放在科舉應試上，而不是暗地裡使這些雕蟲小技。」

她嚴厲的語氣放輕柔了些，「四哥，想想五嬸和五叔，莫要辜負他們對你的期望。」

孟雲暉淡然不語，任孟春芳質問指責。

微風拂過細長碧綠的桃葉，沙沙作響。

他舉起衣袖，十指攀住一顆青中透紅，已裂開一條細縫，露出青白果肉的毛桃，手腕一翻，毛桃被他輕鬆摘下。

「七娘，妳想多了。」

他竟然還笑得出來。

感覺像一拳砸在棉花上，孟春芳搖頭苦笑，她沒有想到孟雲暉會是這樣的反應。

如此平靜，如此漫不經心。

哪怕他惱羞成怒，也比此刻的反應要好的多。

她輕聲道：「四哥，好自為之。」

猶如在呼應她的警告，寂靜中，遠處忽然傳來一陣隆隆的鐘聲，飛鳥猝然受驚，刺啦一聲，鑽出樹叢，撲閃著翅膀，飛向高空。

幾片羽毛翩然墜落。

下人慌慌張張跑進內院，看到孟春芳，膝蓋一軟，「少奶奶，萬歲爺賓天了！」

皇帝去世，這可是大事。

辨認出鼓樓奏響的是喪鐘後，李綺節立刻辭別花慶福和其他掌櫃，坐上馬車，匆匆趕回家中。心裡暗自慶幸，還好球賽在已順利結束，不然撞上皇帝駕崩，再重要的事都得推後。

管家已經命人掛起白幡，紅燈籠、紅對聯全被取下，各屋各院的帳簾也換成素色的。

李綺節對著銅鏡左顧右盼，摘下髮鬢間的杏紅絨花和鑲了紅色寶石的嵌寶簪子。

她依稀記得永樂年只有二十年左右，所以在麻布、香料、紙紮的價格最低時，命人北上販貨時順便沿岸收購當地的便宜貨，準備大賺一筆。朱棣於北征途中去世，她並不意外。

如果她沒記錯的話，接下來皇太子繼位，只匆匆過了幾個月的皇帝癮就驟然駕鶴西去，年輕的皇太孫朱瞻基登上皇位，然後是廢后風波，皇后被逼出家修道，孫氏成為後宮之主。

李綺節讓寶珠取來紙筆，在紙上寫下兩個龍飛鳳舞的大字：促織。

朱瞻基酷愛促織，曾下令讓江南一帶官員進貢促織供他解悶，品相好的促織，價格有時候能炒到千兩之多。

朱瞻基是個明君，難得在朝堂之外有個私人愛好。雖然因為他的這項愛好，討好他的江南官員無所不用其極，逼迫得無數人家為供養促織而家破人亡，釀成不少悲劇，但是那並非出自朱瞻基本人意願，而且和後來寵幸魏忠賢、沉迷做木匠活的明熹宗比起來，朱瞻基的這點瑕疵不算什麼，至少他做到在其位，謀其政，把政務處理得有條不紊，讓老百姓能夠安居樂業，他在位期間，天下太平，政治清明。

既然知道朱瞻基的喜好雖然有勞民傷財之嫌，但不至於動搖社會根基，再者只要處理得好，說不定還能免去不少災禍，李綺節當然不能錯過。

至於什麼趙王、漢王蠢蠢欲動，皇后和孫氏的後宮紛爭，與平頭老百姓沒有關係，輪不到她去關心，不過朱瞻基好像也不是個長命的皇帝。

李綺節放下竹管筆，掰著指頭數來數去，等到朱瞻基駕崩的時候，自己多少歲？嗯，假如自己有子孫後代的話，一定不能讓他們進京，土木堡之變前前後後不知道死了多少忠臣大將，老朱家奇葩太多，還是離政治中心遠一點比較安全。

孫天佑從外邊回來，撣撣衣袖，懊惱道：「連船都備好了，偏生遇上這事！」

早在去年，孫天佑就計畫要帶李綺節去應天府走一遭，原本打算春暖花開時南下最好，一路花紅柳綠，詩情畫意，在如徐徐展開的畫卷般優美的景致中順江而下，何等快活？

船外江水悠悠，風景如畫，船內夫妻獨對，活色生香，光是想像那時候的種種甜蜜，孫天佑就忍不住偷笑。

誰曾想開春後接連暴雨，江水暴漲，南下的行程被迫取消。

失望之餘，他沒有放棄南下的計畫，乾脆把啟程日期推後幾個月，看不了陽春三月的南直隸，那就趁著秋風送爽時去杭州府看潮好了，錢塘潮壯美，天下聞名，去觀潮也不錯。接著順路去逛逛太湖，嘗嘗東坡肉，到棲霞寺上炷香，隆冬時節去西湖看雪景，等到來年賞完江南春景再啟程返家。

文書已經辦妥，行李鋪蓋也備齊了，奈何喪鐘一響，安排好的旅程又得泡湯。

先帝駕崩，新皇剛剛坐上皇位，值此敏感關頭，想過安穩日子的，只有一個選擇，那便是待在家中，安心服喪。

這種時候，只有那些捨不得錢財利益的商人還敢冒著風險遠行。

孫天佑知道輕重，又不缺錢鈔，當然不會執意南下。

可是，定好的計畫一再推遲，他還是鬱悶不已。

「應天府又沒長腿，只要有空閒，隨時能去，不必急在一時。」李綺節為孫天佑摘下帽子，看他衣袍上有灰跡，長眉微揚，「誰家這麼孝順？喪鐘剛響就開始擺祭臺燒紙錢？」

孫天佑皺眉，掃去肩頭灰塵，「從金家路過的時候沾上的。」

李綺節盯著掉落在地的塵灰，若有所思。

金薔薇果然古怪。

不管朱棣生前有多看不上皇太子，永樂二十二年九月，皇太子朱高熾在大臣們的擁護下順利登基，改元洪熙。

據說先帝早在多日前已經去世，英國公和內閣大臣擔心趙王、漢王趁機興兵作亂，選擇祕不發喪，偷偷將軍中漆器融成一口棺材，把先帝屍身放入其中，藏在馬車內，一路照常向先帝問安請奏，直到安全抵達順天府城門外，才宣布先帝駕崩。

而此時皇太子早已經接到密報，做好登基準備，沒有給趙王和漢王可乘之機。

朱高熾登基之後的第一件事，就是赦免建文帝舊臣，平反冤案，大赦天下。

皇帝是個仁慈之君，天下百姓無不歡欣，尤其是讀書人，更是爭相傳頌朱高熾的英明寬大，但是皇帝對趙王和漢王的寬容，給剛剛完成政權過渡的朝堂埋下了隱患。

二十二年八月時，朱高熾暗中任命心腹宦官王貴通為南京守備，當時這一任命並沒有掀起什麼波瀾，因為皇帝將自己信任的宦官派到南都鎮守是前朝舊例。

然而，洪熙元年的一道指令，令天下譁然。

朱高熾命皇太子朱瞻基去往南京，統領遷都事宜，預備將都城遷回南京。

遷都的旨意傳到瑤江縣，孫天佑心有餘悸，笑對李綺節道：「幸好咱們沒走成。」

定都在哪兒不是老朱家的內部家務事，都城的選擇牽一髮而動全身，關乎到整個朝堂格局和各方利益分配。皇帝和朝廷一旦南遷，不知有多少豪門世家將隨之沒落，同時也不知有多少新貴宗族能順勢崛起。隨著都城遷移，朝廷肯定會有明顯的政策偏向，將很大程度上影響南方和北方各自的經濟發展。

北京還是南京？

人文、風水、底蘊、軍事地位、交通是否便利，北方世家和南方士人從各種角度論證兩個都城的優劣，引經據典，天天打嘴仗。老百姓們雲裡霧裡，把吃瓜群眾的無辜茫然發揮得淋漓盡致。

為了勸朱高熾收回成命，政見相悖的各個政黨難得冰釋前嫌，聯名進諫，阻止遷都。

朱高熾秉性純善仁愛，待人寬和，連兩個不服管束、曾多次威脅他太子地位的兄弟都能寬宥，這次他卻出乎尋常的堅持，不顧大臣們反對，執意要遷回南京，哪怕是纏綿病榻時，還不忘督促皇太子抓緊遷都事宜，並下令將北京改為行在，即帝王巡幸居處。

朝廷南遷，勢在必行。

不論是南京，還是北京，都與瑤江縣相隔千里之遙，所以關於遷都的各種傳聞甚囂塵上時，縣裡人依舊該吃吃，該睡睡，該玩玩，只要不打仗，誰管都城在南或是在北。

當然，也不是一點影響都沒有。

「南方的脂粉和絹布又漲價了。」孫天佑沐浴過後，散著頭髮，躺在白底黑花紋的瓷枕上，衣襟大敞，露出水跡未乾的胸膛，「如果真要遷都，只怕還得漲。」

李綺節打開一個青釉葫蘆瓷罐，指尖挑起一點半透明的凝狀脂膏，在掌心劃開，抹在孫天佑額前，用指頭輕輕按揉，「依我看，遷都的事成不了。」

朱高熾身體不好，去世得很突然。他在位雖不足一年，但登基之後的一系列改革頗有成效，及時遏止先帝窮兵黷武的勢頭，把重心重新放回經濟發展上，改組內閣，極大地緩和內部矛盾，減免賦稅，讓老百姓能夠安心生產。他為政不過短短幾個月，但幾十年後，朝堂之中還能看出他的政治痕跡。

後世對朱高熾的評價很高，可嘆他生前一再堅持，依然沒能如願完成自己的遷都計畫。朱高熾曾在南京生活，又篤信儒家教義，不喜戰爭，自然一心盼望能遷回南京。可繼位的朱瞻基早年曾隨朱棣征戰南北，明顯更樂意定都北京，所以朱高熾死後，鬧得沸沸揚揚的遷都之事很快擱置下來，最後不了了之。

國喪之後，馬上又將迎來一次大動盪。

「不管成不成，月初咱們得搬到武昌府去。」孫天佑抓住李綺節的手，輕輕揉捏，「把大伯他們也接去。」

年初鬧過幾次地龍翻身，動靜不大，只有幾間草棚破屋被震垮，死了幾個露宿街頭的流民，但地震中大江上游修築的堤壩垮塌，中下游的村郭城鎮一夜之間變成汪洋中的一座座孤島，出入只能靠船隻木筏，百姓流離失所，損失不小。

瑤江縣和李家村周圍湖泊水澤眾多，蓄洪能力強，往年夏秋季長江水量最大的時候，都能安然無恙，暫時沒有被洪水圍困的危險。可地震並沒停歇，短短一個月內，已經震過四五次了，寺裡的僧人按星辰軌跡推算，預測下個月還將有幾次強度更大的地震，現在縣裡人心惶惶，家境富足、盤纏充裕的人家已經收拾好行李了。

孫天佑更是提前派了人去武昌府打點住所，以前孤身一人，地震對他影響不大，現在他是成家的大官人了，難免要慎重些。

李綺節記得大致的地震帶分布圖，從瑤江縣的地理位置來看，周圍一帶不在地震帶上，雖然年年都有幾次小型地震，但危害不大，用不著舉家避禍。不過李大伯他們卻不這麼想，而且周桃姑即將生產，需要一個安穩的環境養胎，就算是為了給李乙和周氏一點心理安慰，這個家也得搬。

反正只住上幾個月，等周桃姑順利生產，坐完月子後再回來就是了。

李大伯和李乙沒有多加考慮，爽快應承孫天佑的提議，尤其是李大伯，幾乎有些迫不及待了。李大伯早就想外出遊歷一段時日，周氏攔著不許，國喪之後有人上門求親，周氏正為李昭節相看，李大伯身為一家之主，不能缺席。

現在全家都搬走，周氏還怎麼攔他？

因為是走水路，船上艙房空間大，李乙想帶些米糧，「武昌府米價幾何？菜價幾何？」

孫天佑笑道：「不敢讓岳父操勞，女婿早已備妥。今年武昌府和縣裡的米價相差無幾，都比去年漲了兩成，去那邊置辦是一樣的。倒是菜籽油、芽茶、棉花供不應求，可以順路多帶一些過去販賣。」又道：「賃的房舍在娘娘殿附近，相去不過百步，岳父閒暇時，可以和岳母一道去殿中摸筷。」

娘娘殿即百子堂，裡頭供有送子觀音，是武昌府香火最旺盛的廟宇之一。殿中供桌上設有大紅布袋，布袋中盛放花生、紅棗、桂圓、鞋子和筷子，前去上香的婦人拜過觀音後，閉眼摸布袋中的物事，如果能摸中筷子，則預示能早生貴子。

武昌府想求子的婦人，必去娘娘殿摸一回筷子，已經懷有身孕的，也喜歡去湊湊熱鬧，討個好兆頭。

周桃姑正因為臨近產期而忐忑不安，聽說孫天佑賃下的房子和娘娘殿相去不遠，甚是感激道：「難為你想得周到。」

李乙也滿意地點點頭，轉頭和李大伯商量留下哪幾個人在家看守房屋。

李綺節發現，李乙的女婿狂熱綜合症似乎又復發了。不僅復發，還有越演越烈之勢。

最近不論孫天佑說什麼，李乙都不會反對，而且夫妻倆每次回家探親，李乙都堆著一臉笑出來相迎，其言語之熱呼，態度之親和，差點嚇壞在岳父跟前緊張萬分的孫天佑。
周氏把李綺節拉到一邊，小聲道：「等到了武昌府，妳陪妳娘一塊去娘娘殿拜拜。」
李綺節哭笑不得，點頭道：「我聽伯娘的。」
看她反應平靜，沒有黯然神傷之意，周氏悄悄鬆口氣。
前不久，孟春芳在煎熬一天一夜後，順利生下楊天保的嫡長子，而早前已經生產過的楊慶娥生下一個男孩後，立馬又懷上一胎，過不久又要臨盆，連年事已高的周桃姑都在新婚後老樹開花，唯獨身體健康的李綺節一直沒有消息。
她和孫天佑天天朝夕相對，夫妻倆感情很好，竟然遲遲沒有喜信傳出，周氏嘴上不說，心裡一直為李綺節感到擔憂。
李大伯雖然粗枝大葉，但粗中有細，悄悄暗示孫天佑，夫妻倆年紀還小，來日方長，用不著急著添丁進口。
末了，委婉警告孫天佑，不許動納妾的念頭。
孫天佑無緣無故受李大伯一頓排擠，有苦說不出，只能再三向李大伯保證，他婚前答應過不會納小，婚後絕對能說到做到，不會出爾反爾。
等安撫好李大伯夫婦，孫天佑立刻找到李綺節，委屈道：「大伯從哪裡聽來的閒言碎語？房裡丫頭多了，我都嫌礙眼，怎麼可能自討苦吃？」
李綺節笑而不語。
孫天佑收起玩笑之色，「三娘，妳信我嗎？」
李綺節輕哼一聲，「看你以後的表現再說吧。」
孫天佑雙唇緊抿，神情頗為苦惱，頰邊的酒窩皺得深深的。

李綺節哈哈大笑，伸手在孫天佑臉上輕輕戳一下，指尖陷進酒窩的觸感非常新鮮，她忍不住多戳了幾下，「大伯他們不是不信你，只是謠言聽多了，難免會多想，所以需要確定一下你的想法。」

孫天佑輕笑，捉住李綺節使壞的手指，送到唇邊輕吻，「那妳呢？妳不擔心嗎？」

「擔心有什麼用？」李綺節瀟灑地一揮手，「如果你真敢在外邊拈花惹草，我立馬退位讓賢，找個生得更俊俏更聽話更老實的官人去。」

她說完不等孫天佑反應，咯咯笑著跑開。

孫天佑目送李綺節跑遠，半晌，傻笑著搖搖頭，眼裡晃蕩著溫和的笑意。

「少爺。」阿滿不知從哪個角落裡鑽出來，遞給孫天佑一封信，「給您的。」

信封上的字體飄逸風流，是楊縣令親筆所書。

孫天佑看過信後，臉色鐵青，冷笑著把信紙撕得粉碎。

阿滿不敢吭聲。

船從渡口出發後，李乙陪周桃姑在船艙裡休息，李昭節、李九冬在歇午覺，張十八娘有些暈船，上船後上吐下瀉，吃了孫天佑備下的暈船藥丸才好些，周氏陪她坐在窗前吹風。

李大伯和李南宣頭戴斗笠，身披蓑衣，站在船頭甲板上遠眺岸邊風景。許先生在一旁作陪，順便當著李大伯的面考校李南宣的學問，許師母則待在艙中做針線。

李子恆最近在武昌府應付賽事，說好會到港口接他們下船。

李綺節怕冷，外罩一件松花綠對襟褙子，在船上走一圈，沒找到孫天佑，疑惑道：「上船之後就不見人影，難不成梟水去了？」

阿滿悄悄道：「在底下盤貨呢！」

李綺節眉頭微蹙，「上船之前不是已經登過帳目嗎？」

阿滿把楊縣令來信的事說了，「太太，要不要我找人把那些零碎重新拚好？」

李綺節搖搖頭，嘆口氣，「罷了，等到武昌府之後再說。」

到武昌府時已是傍晚，港口仍舊繁華如織，貨物像一座座山包般堆積在碼頭上。展目望去，桅杆林立，處處帆牆，岸邊燈火通明，倒映在濁黃江水中，恍若流金。

李子恆果然在港口等候，花慶福也來迎李綺節下船。

一家人登岸後，改乘馬車，到得租賃的宅院前，提前過來安排鋪蓋行李的進寶和寶珠迎出來，府裡已經備好熱水酒飯，眾人洗漱過後，在庭前吃了頓團圓飯，這才各自回房歇下。

許先生和師母原本便是武昌府人，下船後告辭歸家，周氏便做主讓李南宣和張十八娘住在同一個院子裡。

李大伯搖頭道：「三郎已經出孝，來年必要下場，以後少不了和同窗好友來往，而且前一陣孟家小四說想把三郎引薦給他的啟蒙恩師，看他的意思，很願意提攜三郎，人家來了，總不能不讓他去三郎的屋子轉轉吧？再讓張氏和三郎住一個院子，怕是不妥當。」

張氏也不願和兒子同住一院，自己費鈔，在一牆之隔的庵堂裡置下客房，搬過去單住。

宅院有三進，李綺節和孫天佑單獨住一進，李大伯、周氏和李乙、周桃姑共住一進。

李綺節吩咐寶珠：「記得把大姐和二姐的房子收拾出來，免得人來了來不及打掃。」

周桃姑受寵若驚，連忙道：「她們不一定來呢，先不用忙著收拾屋子。」

李綺節笑道：「現在不來，難道下個月還不來？她們真不來，我派人上門請去。」

這話的意思，是等周桃姑生產後，要把李大姐和李二姐全接過來。

周桃姑且驚且喜，眼圈微紅。

她當然希望女兒能夠常常回家和自己團聚，但李家不是兩個女兒的親娘家啊，而且就算是親娘家，家中兄弟妯娌也會嫌棄回家的外嫁女兒。她沒改嫁的時候，每次回娘家過節，妯娌們一個個瞪著眼珠子，跟看賊似的守著她們母女，生怕老太太背著人把攢的體己分給她。

李家肯為姊妹兩個置辦嫁妝已是仁至義盡，周桃姑不敢奢望太多。

所以，李大姐和李二姐出閣時，周桃姑再三叮囑兩個女兒，除非日子過不下去了，否則不要經常回娘家，免得給李家添麻煩。

誰曾想李綺節竟然一點都不介意呢？

還有大郎，也是個好的，不愛計較，和誰都處得來，對她這個繼母也很恭敬。

周桃姑有時候甚至懷疑自己是不是在做夢，否則怎麼能嫁到這麼好的人家來？

與之前靠自己苦苦支撐的日子一比較，在李家的生活愈顯珍貴。

越想越覺得自己幸運，周桃姑鼻子一酸，忍不住哽咽起來。

看到繼母掉淚，李綺節頓時一個頭兩個大。這還是從前那個爽朗潑辣，敢拿蒲刀砍傷調戲她的浪蕩子，因為賭氣而幾年不拿正眼看自己的周寡婦嗎？

果然懷孕的女人性情會大變。

她把哭哭啼啼的周桃姑丟給李乙安慰，徑直回到自己房間。孫天佑未穿外袍，只著內衫，斜躺在屏風後的羅漢床上，面色陰鬱，酒窩裡溢滿苦澀。

李綺節揮退期期艾艾守在一旁的阿滿，脫下繡鞋，緊靠著孫天佑躺下。

孫天佑神色冰冷，沒有說話，但仍然下意識把枕頭移到她旁邊。

李綺節抱著裡頭塞滿綠豆殼的軟枕，直接道：「信上說了什麼？」

楊縣令的信寫得不長，區區數百字，言簡意賅：他以十幾年的養育之恩要求孫天佑，如果他出了什麼意外，希望孫天佑能夠保護金氏和楊天嬌。

孫天佑滿面陰狠，昔日總帶著幾分笑意的眼眸黑沉如水，「讓我保護大太太？哈！」

李綺節輕聲道：「你不想答應的話，我替你寫回信。」

孫天佑雙手握拳，冷笑一聲。

他對生父楊縣令的感情很複雜，小的時候是孺慕居多。每當金氏欺辱他，過後楊縣令總會偷偷補償他，有時候是一樣新鮮玩具，有時候是一盤糕點果子，有時候是一把精巧彈弓。

他覺得父親還是心疼自己的，都是因為金氏太可惡，父親才不能明目張膽地疼愛他。

那時的他多傻啊，竟然天真地相信父親的教導，妄圖通過乖巧順服打動嫡母金氏。

直到那年酷暑，金氏和楊天嬌在花園裡乘涼，他在岸邊剝蓮子，十指鑽心一樣疼，卻不能停下——金氏要求他每天剝幾千個蓮蓬，做不到的話，就不准他吃飯。他不想和嫡母撕破臉皮，每天乖乖完成金氏吩咐的任務，即使連成人都不可能順利完成那些要求。

母女倆在廊簷底下吃西瓜和涼粉凍解暑，旁邊有丫頭打扇。

他席地而坐，又熱又累，滿頭大汗，嗓子乾得冒煙，雙手因為過度勞累呈現出一種詭異的扭曲姿勢，沒法伸直。每掰開一個蓮蓬，他的指尖便像被幾十根針同時扎進血肉一樣疼。

他在心裡默念楊縣令的名字，只要阿爺回家，他就能吃上飯了。

忽然聽到楊天嬌喊他的聲音。

她看中一朵並蒂粉白荷花，要他下水去摘。

下人為他找來一個木盆，讓他坐在木盆裡，划到池塘中心去摘蓮花。

他捲起褲管，跨上木盆，划出幾丈遠時，一根長竹竿從岸邊伸出來，故意打翻木盆。

那是孫天佑第一次近距離感受死亡的滋味。

他不會鳧水，在水中撲騰幾下，很快沉入池底。慌亂中他發現水底並非幽黑一片，日光從水面照下來，依稀能看清水下茂盛的水草、漂浮的水藻和脊背銀黑的游魚。

沒人下水救他，他拚命掙扎，不知不覺漂向更深更黑暗的水底，生死一線間，他清楚地聽到金氏和楊天嬌的笑聲。

後來不知是他運氣好，還是金氏運氣差，他抓著一把邊緣鋒利的枯萎莖稈，糊裡糊塗間調轉方向，漂回淺水岸邊。

大難不死，他第一次真正認識到金氏是真的想除掉他。

第二天，楊縣令休沐在家，他頭一回在阿爺跟前掉眼淚。

楊縣令當時是怎麼做的呢？

他不敢吱聲，還安慰孫天佑，金氏和楊天嬌只是鬧著玩的，並非真想淹死他。

如果當時他真的死了，楊縣令大概也不會怎麼樣吧？一副薄棺，草草葬了他，然後繼續縱容金氏。

多年之後再回想當年的情景，孫天佑仍舊記得水底朦朧的光線，那麼溫柔，那麼美麗，卻差點成為他的葬身之所。

那時候有多害怕多絕望，後來就有多憤恨多失望。

自那以後，他再不把自己的所有希望寄託在楊縣令身上，不管楊縣令私下對他多慈愛，多忍讓，他全然看不上。

他開始獨來獨往，開始利用楊縣令的愧疚之心，開始為離開楊家積攢銀錢。金氏再欺負他，他絕不忍讓，當面和金氏吵得面紅耳赤，讓金氏的嚴苛之名傳遍整座瑤江縣。

「差點死掉的人是我，不是他們，誰都沒資格要求我寬容。」孫天佑的聲音悶悶的，

「三娘，我這輩子都不會原諒金氏和楊天嬌。」

他的胸口猶如壓了千斤重，李綺節眼角微潮，心裡也酸酸的，忍不住伸手把孫天佑按進懷裡，柔聲道：「你不用原諒他們。」

楊縣令很聰明，他沒有以情動人，沒有苦苦哀求，他用生養孫天佑十幾年為籌碼，要求孫天佑回報養育之恩。

孫天佑不怕楊縣令上門求情，但他不想欠楊縣令。

李綺節湊上前，細細吻孫天佑溢滿痛苦的酒窩，「有朝一日楊縣令真的落難，讓我出面去對付金氏和楊天嬌，你什麼都不用做，誰也別想拿大道理壓你。」

吻落在臉上，帶著不可言說的溫柔和情意。

這份沉甸甸的包容，像水波一樣輕輕蕩漾開來，溫柔而又霸道，把沉浸在鬱悶中的孫天佑從灰濛濛的記憶中喚回現實。

他摟緊李綺節，更加熱情地回吻，舌尖絞住她的，緊緊纏繞在一起。

他用靈活的唇舌咬開衣帶，衣衫一件件褪下，將落不落，堆積在臂彎處。

李綺節身上只剩下一件輕紗裡衫，被孫天佑合衣抱在懷裡，雙頰潮紅，滿頭是汗，長髮濕濕地貼在鬢邊，簪環一件接一件掉落在羅漢床上，叮噹作響。耳畔的墜子隨著她的動作劇烈搖晃，在夜色中發出奪目的熠熠光芒。

滾燙的肌膚和溫涼的肌膚貼合，腿挨著腿，額頭抵著額頭，摟抱勾連，無比契合。

枕頭薄被揮落在地，盛果子的闊口瓷罐在地上骨碌碌轉了個圈兒。

孫天佑低笑一聲，沒有褪下最後一層衣衫，灼灼的目光貪婪地盯著李綺節玲瓏有致的曲線，雙手滑進光滑的香雲紗內，隔著透明的紗衣溫柔撫摸，薄繭擦過皮膚，引得臉泛桃花的李綺節一陣陣顫慄。

她覺得自己就像是一朵在風雨中吐蕊的小花，顫顫巍巍，搖搖擺擺，渾身彷彿著火一般透著嫣紅色澤。

又像一汪平靜無波的幽泓，忽然漣漪翻騰，波瀾乍起，被他攪成一池沸湧的春水。

李綺節腰痠腿軟，手腳無力，只能依附在孫天佑身上，任他擺布，實在受不住時，扭著身子往後躲閃，「輕、輕點。」

還沒退開，又被一雙強健的臂膀緊緊扣住。

屋裡沒點燈，竹簾緊緊圍著，掩住房內細細密密的喘息聲。

寶珠捧著兩杯濃茶走到門前，聽到衣裙摩擦的沙沙聲響和壓抑的呻吟聲，頓時羞得滿面通紅，摟緊茶盤，轉身跑遠，路上不忘叮囑其他丫頭，誰都不許靠近院子。

第二天，李綺節醒來時，入眼是明亮的日光，金鉤耀目，床帳半捲。帳頂滿繡富貴萬年團花紋，怒放的芙蓉、淺淡的桂花和富麗的萬年青交纏簇擁，一團熱鬧。

一人倚在床欄前，網巾束髮，劍眉軒昂，斜斜掃向鬢邊，狐狸眼沉靜幽黑，眼圈微青，下頷處有些許淡淡的痕跡。

李綺節伸手去摸，聲音沙啞地道：「是不是該刮鬍子了？」

時下男子以髯鬚為美，偏生李綺節不愛那一款，嫌鬍渣扎人，硬逼著孫天佑要每天刮鬍子。昨天旅途疲憊，沒顧上督促他，不過一夜而已，他頰邊已冒出星星點點的鬍渣。

孫天佑放下帳本，撫摸她鮮豔豐軟的唇，「今天要出門，回來再刮。」

她咳嗽一聲，覺得喉嚨有點緊，「要去哪兒？」

孫天佑扶她坐起來，在她背後墊上兩個軟枕，將溫在熱水裡的茶杯端到她嘴邊，「先喝兩口，潤潤嗓子。」

茶水溫度適宜，沁人心脾，她匆匆嚥下。

「去楊家。」

她喝茶的動作一頓，霍然抬起頭。

杏眼圓瞪，眼神清澈，像一隻在山間長大的小獸，天真而懵懂，警醒又純真。

這雙眼眸專注地看著他，現在是，以後也是。

孫天佑兩指微彎，在她鼻尖輕輕刮兩下，「娘子日理萬機，楊家的事，哪至於勞煩娘子出馬，為夫自有成算。」

兵來將擋，水來土掩，他豈會怕楊家？

就是楊縣令，也不能命令他做什麼。

生養之恩？

他會一次性還乾淨的。

李綺節沒有問孫天佑準備怎麼應付楊縣令的囑託，用過早飯，送他出門，看那褐中沁著一抹淡綠的袍角拂過夾道旁的杜鵑花叢。

樹上的李花開得正豔，微風吹過，花瓣紛紛揚揚飄灑下來，如落雪一般。他飛快從花雪中走過，背影清瘦，但脊背挺直，一往無前。

才剛住下，孫天佑又頻繁往返於武昌府和瑤江縣，李大伯等人心中不免疑惑，不過因為周桃姑屢動胎氣的緣故，眾人的注意力全集中在她的肚子上，沒有多問。

周桃姑生了個兒子。

如果是別人家的主婦，再嫁後能為夫家添丁，不說欣喜若狂，也該高興才是，周桃姑卻是懊惱多過於歡喜——她多麼希望自己生的是女兒。兒子固然好，可誰曉得他長大後會不會和大郎爭家業呢？

李大姐和李二姐已經被李綺節派人接到武昌府來，看出母親心事沉沉，李二姐背著人勸慰母親：「道喜的人上門，娘卻擺著一張苦瓜臉，別人會怎麼想？」

周桃姑長嘆一口氣。

李二姐又勸道：「娘有什麼好擔心的？已經分過家了，誰也礙不著誰，等胖胖長大，大哥早就成家立業、兒女成群，犯不著和胖胖為難，再說還有三娘和阿爺。三娘少不了您的，也少不了胖胖的，連我們兩個便宜姊姊她都能時時幫襯，何況胖胖？他可是三娘的親弟弟。」

周桃姑身體健壯，生下的小娃娃胖乎乎的，有八斤重，李家人給他起了個小名，叫做胖胖。大名暫時沒取，等三歲後再定名字。

周桃姑一巴掌拍在自己的腿上，臉上的憂愁之色淡去幾分，「是我想岔了，三娘是胖胖的姊姊，只要三娘肯照拂胖胖一二，胖胖一輩子的吃喝拉撒都不用愁啦！」

她在胖胖軟嘟嘟的臉上使勁擰了一把，「心肝寶貝，等你長大了，一定要小心討好你的三姊姊，你三姊姊不曉得攢了多少好東西，她手上隨便漏一點，夠你使上好幾年的。」

周桃姑說風就是雨，等胖胖滿月之後，天天抱著他到李綺節院子裡看花，想趁著一家人住在一起的時候，讓姊弟倆多親近親近。

李綺節沒有拒絕周桃姑的熱情，李乙做了多年鰥夫，晚年有老妻幼子陪伴在身邊，日子過得和美充實，她和李子恆才能安心把阿爺留在鄉下老宅，不用周桃姑刻意討好，她也願意真心愛護和自己同為李姓的胖弟弟。

肆之章

挾恩求報氣難暢

楊縣令的政治嗅覺異常靈敏，在他向孫天佑託孤後不久，府城內的喪鐘再次響起，朱高熾沒來得及把都城遷回他魂牽夢繞的南京城，便猝死於欽安殿內。

朱高熾死得太突然，天下百姓剛送走一位帝王，喪期剛過，又迎來另一輪政權更迭。

連早有謀反之心的趙王和漢王都來不及反應，在兩位王爺猶豫該趁機起事好渾水摸魚，還是掩藏實力，靜待時機的當口，皇太子朱瞻基便以迅雷不及掩耳之勢，從南京趕回北京，收攏皇權，安撫權貴，順利登基。

遷都的計畫被擱置，南方土產貨物的價格開始回跌。

端午過後，一艘旗幟飛揚的大船停靠在武昌府漢口鎮外，船上之人鶡帽錦衣，身著飛魚服，腰佩繡春刀，正是赫赫有名，掌管直駕侍衛、巡查緝捕，上可抓捕皇親國戚，下可私審地方官員，讓文武百官畏懼至極、聞之色變的錦衣衛親至。

駕帖發下，包括知府、典史、經歷、司獄、縣丞、主簿在內的數十名官吏鋃鐺入獄。三天後，這艘讓武昌府一應大小官差聞風喪膽的樓船沒有多做停留，繼續順江而下，沿路抓捕名單上的官員。

直到樓船遠去，李家相公入主縣衙，錦衣衛那一連串雷厲風行、迅疾如電的緝捕行動才在民間流傳開來。

被抓的小吏中，楊縣令平時的名聲不錯，不少人私底下覺得他是冤枉的，但沒人敢當眾為他喊冤。事實上，縣裡人根本不明白官老爺們為什麼會被抓，不過既然勞動到錦衣衛親自來拿人，那牽涉的勢力肯定不小。

一向喜歡打聽小道消息，善於逢迎的政客們都噤若寒蟬，試問滿朝文武，誰敢明目張膽和錦衣衛對著幹？

除非是老壽星上吊——活得不耐煩了。

連身為皇室血親的楚王都不敢觸怒錦衣衛，更別提沒有任何依仗的平頭老百姓，沒人願意拿自己的身家性命開玩笑。

所以，即使楊縣令罪名模糊，暫時沒有性命之憂，與楊家來往密切的姻親故交還是果斷地和他們劃清界限。訂下的親事立刻廢除，已經成親的接回外嫁女兒，關係親近的旁支收拾細軟跑路，丫頭僕從坑蒙各房主婦，攜款逃走，掌櫃、夥計陽奉陰違，趁機偷瞞財物……

偌大一個楊家，頃刻間敗了個徹徹底底。

昔日風光熱鬧、庭院深深的楊府，霎時淒風冷雨，頹唐破敗。

孫天佑策馬馳過楊府門前時，楊表叔正帶著高大姐、楊天保和孟春芳倉惶逃出大門。

有人趁亂在府內放火，火勢凶猛，燒得半邊宅院籠罩在紅豔的火焰和嗆人的黑煙中。

楊家人無力撲滅這場突如其來的災難，只能倉促收拾金銀財寶，退出大宅。

高大姐面容扭曲，瘋狂尖叫：「是李家，是李家人，我早知道他們不安好心！」

她撲在孟春芳身上，長指甲差點戳進後者的眼睛裡，「妳這個蠢貨！不守婦道，和李家那些賊人有說有笑，比親姊妹還親香！是不是妳，是不是妳把他們放進門的？」

孟春芳一手抱著楊福舟，一手牽著楊福生，高大姐撲向她時，她下意識把兩個孩子緊緊護在懷裡。

孩子們安然無恙，她卻狼狽不堪，衣襟、頭髮被高大姐抓得一團亂，簪環掉落一地，連耳墜子都不知道掉到哪裡去了。

站在街角看熱鬧的人趁人不備，偷偷撿起地上摔碎的簪子髮釵，一溜跑遠。

楊天保又氣又急，板著臉高聲斥道：「娘，李家那些人和七娘沒關係，妳怎麼能拿七娘撒氣？成何體統！」

他氣急敗壞，不住跺腳，連頭上的儒生帽都歪了，卻始終不敢伸手去攔高大姐。

孟春芳把兩個孩子推到素清身後，抹抹散亂的髮鬢，淡然道：「天保，家裡亂糟糟的，嚇著大郎和二郎怎麼辦？我先帶兩個孩子回娘家去，等你找到落腳的地方再來接我們。」

說罷，不等高大姐發怒，轉身即走。

高大姐從癲狂中冷靜下來，呆愣半天，忽然大哭道：「七娘，妳不能帶走我的孫子！」

楊表叔狠狠瞪高大姐一眼，「妳還想怎麼樣？媳婦都被妳打跑了！」

孫天佑圍觀完一場鬧劇，一夾馬腹，驅馬上前，和孟春芳打聲招呼，將她們母子幾人送回葫蘆巷。楊家遭此大難，楊天保以後還能不能讀書進學成了未知數，孟娘子哭得死去活來，連向來不關心俗務的孟舉人也跟著嘆氣。

孟雲皓任性驕縱，脾氣雖壞，但對兩個外甥楊福生和楊福舟卻很關心，痛快地把自己的房間讓出來，讓丫頭把外甥抱到他的架子床上去睏覺。

孫天佑沒心情和孟舉人、孟娘子寒暄，把人送到門前，一勒韁繩，掉轉馬頭默默離開。

幾天前他已經把金氏和楊天嬌送到庵堂裡藏匿起來，之後她們母女能不能躲過搜查，躲過搜查之後又以什麼為生，都與他沒有關係。

李大伯和李乙已經好幾年沒和嫡支來往過。

沒想到再次聽到嫡支的消息時，李家大郎君已然搖身一變，成為接替楊縣令的父母官。

李大伯和李乙面面相覷，他們攀親的時候，可沒想過李家嫡支有這麼大的能耐。

李綺節皺眉道：「依我看，這次楊縣令被抓，可能是他們告發的。」

幾年前，李家嫡支就在打楊家的主意，還曾想藉著李綺節的名頭去楊家鬧事，之後楊縣令對李家嫡支心生防備，多加打壓，逼得李家嫡支不得不遷往長沙府。
消停了幾年，他們還是捲土重來了。
李子恆摸摸腦袋，茫然道：「那咱們還要不要和他們走動？」
李大伯和李乙對望一眼，不約而同搖搖頭。
李綺節肅然道：「禮還是要送，別的就罷了，反正他們從來沒把咱們當作正經親戚。」
老百姓有老百姓的活法，不論楊家還是李家嫡支都只能交好，卻不能深交。
今天倒下的是楊家，誰曉得李家嫡支又能風光幾年呢？
周氏心有餘悸地道：「還好縣裡人不曉得咱們家和嫡支那邊連過宗，不然該戳官人和二叔的脊樑骨了。」
楊天保和李綺節退親的事處理得很低調，在外人看來，楊、李兩家依然是祖輩姻親，如果別人知道告發楊縣令的李大官人和李家很可能是同一個祖宗，肯定會指著李大伯的鼻子罵他冷血無恥。
李大伯覺得自己很無辜，「好好的，誰曉得他們那些讀書人在搞什麼名堂？」
到底是多年親戚，楊縣令還是孫天佑的親生父親，李大伯和李乙為楊縣令痛心不已。
李綺節安慰心有愧疚的長輩，「楊縣令當年身不由己，捲入朝堂爭鬥當中，遲早會遭人清算，就算沒人告發，楊縣令也躲不過這一遭。」
楊縣令沒有做過什麼傷天害理的惡事，但他能夠坐穩縣令之位，得益於他的幾位同窗暗中籌謀，而他的同窗，正是漢王派系中一位吏部尚書的重要僚屬，有這層關係在，早從朱高熾登基的第一天開始，楊縣令就做好被剝奪官職的準備。
朱高熾仁愛，沒有對兩個兄弟動手，等年輕氣盛的朱瞻基繼位，楊縣令明白，這一回無論如何都躲不過去了。

朱瞻基不準備放過兩位叔父，現在趙王和漢王還在觀望，他已經搶先一步，開始清理兩位叔父的親信僚屬。

武昌府大大小小的官員也牽涉其中，他們對漢王的謀反計畫一無所知，事實上，許多人壓根兒沒見過漢王或是那位吏部尚書，不過這並不重要，新帝即位，需要殺雞儆猴，多扯出幾個小蝦小米，正好給新帝信任的新貴們空出位置。

至於漢王和趙王，不過是籠中之鳥，現在看著還如日中天，實則蹦躂不了多久。

李大伯和李乙只知道楊縣令是掌管一方的青天大老爺，楊家幾輩子才飛出這麼一隻金鳳凰，哪想到在那些京師來的錦衣衛們眼中，楊縣令竟然只是一個不入流的芝麻小吏，他們甚至不屑前去抓捕，讓差役代勞，自己只負責一路開道，威懾各方勢力。

自此以後，李大伯和李乙都歇了和世家大族連宗的想頭。

小老百姓還是腳踏實地過日子吧！

然而，他們不去找李家嫡支，李家嫡支卻自己找上門來了。

從來只有李大伯和李乙去嫡支送禮，李家嫡支主動到他們家來做客，可是頭一遭。

此時李家人已經從武昌府搬回瑤江縣。

李家嫡支派來的是一個面容可親、說話和氣的中年婦人，但李大伯和李乙卻如臨大敵，把在外的李子恆和李綺節夫婦全部叫回家，以免被嫡支的人算計。

他們高估了李家嫡支的涵養，他們毫不遮掩，直接道明拜訪目的：要把李昭節和李九冬接到嫡支去教養。

朝廷選秀在即，而李家嫡支在京師的一房遠親已經籠絡住萬歲身邊一位得寵的近侍，屆時只要朱瞻基下旨採選，那房遠親就能通過那個近侍，把李家女兒送往京師。
問題是，那房遠親家中剛好沒適合的女孩子。年齡適合的，相貌不出眾，相貌出眾的，身分不適合，而身分、年齡、相貌全部符合標準的，父兄有官職在身，不能報名選秀。
於是，那房遠親便把主意打到旁支身上，瑤江縣這一支也在他們的考慮之內。這一支嫡支欣喜若狂，四處搜羅宗族中相貌出挑的少女，除了被挑中的李昭節和李九冬，還有其他十幾個李家旁支女孩，已經被李家嫡支接到祖宅牢牢看護起來。
中年婦人說明來意，笑咪咪地道：「四娘和五娘以後的出息大著呢！」
永樂年間，但凡選秀，民間百姓總會想盡辦法藏匿家中適齡女童，逃避採選。一是捨不得女兒和家人生離死別，二是怕有被逼殉葬的風險。
朱高熾的葬禮已經算是簡單了，但陪殉的嬪妃仍有七八位之多。
不過，朱瞻基繼位後，老百姓們對選秀的看法立刻發生巨大轉變，因為朱瞻基很年輕，才二十六歲，而且名聲清明，沒有拿宮女取樂的荒唐愛好。
如果家中女兒能夠被採選太監挑中，服侍在朱瞻基身側，那可是麻雀變鳳凰，一家子都能跟著加官進爵的大好事，萬歲爺的舅親，誰不想做？
李大伯和李乙是世俗凡人，年輕的時候也做過有朝一日能夠一步登天，踏入權貴階層的白日夢，可他們知道自己的斤兩，國舅爺？拉倒吧，只有皇后娘娘的父兄能稱國舅。
李昭節和李九冬相貌不俗，但也僅止於此罷了，兩個懵裡懵懂的小丫頭，還沒進宮，可能就被人吞得骨頭渣都不剩下。他們家沒有攀龍附鳳的野心，不願把兩個嬌生慣養的小女孩送進宮去受罪。
中年婦人沒想到李家人竟會拒絕嫡支的示好，氣極反笑，「沒見識的村漢！」

李大伯氣悶不已，又怕得罪嫡支，客客氣氣地送走中年婦人，回到正堂，十分想掀翻桌案，但瞥到桌案上一看就曉得很值錢的細瓷果盤茶碟——為招待嫡支來客，周氏讓寶釵開箱子把家裡最貴重的茶具擺出來了——又捨不得糟蹋東西，便走到院子裡，一腳踢向棗樹根。本是為撒氣，結果不小心把腳趾頭給扭了，頓時疼得面容扭曲，齜牙咧嘴。

他怕人看出，不敢嚷疼，哼哼半天，捋捋花白鬍鬚，故作高深狀，「這幾天讓四娘、五娘老實待在房裡，沒事別出去轉悠。」

李綺節怕李家嫡支不肯死心，讓阿翅去武昌府打聽他們到底巴結上哪位貴人。

阿翅從武昌府回來，沒有打聽到李家嫡支的貴人是誰，卻帶回另一個讓李綺節震驚的消息：金長史竟然被趕出楚王府了！

金長史在王府鑽營多年，長袖善舞，手眼通天，楚王父子都對他信任有加。這些年來，他靠著楚王父子的寵信，提拔了不少親信心腹，上上下下，裡裡外外，關係錯綜複雜，枝繁葉茂。金長史一失勢，樹倒猢猻散，整座楚王府內部都得改頭換面。

李綺節不在意金長史的下場如何，她關心的是金長史的繼任者是誰。

花慶福很快傳信給李綺節，楚王府的新任長史官姓唐，是金薔薇的表舅。

李綺節看信的時候是傍晚，天邊彩雲翻騰，晚霞聚湧，霞光一點一點從窗格篩進房內，映在她雪白光潔的面頰上。

她不由冷汗涔涔而下，毋庸置疑，金長史是被金薔薇和唐家合力趕下臺的。之前金薔薇的表哥石磊納妾，她似乎很是消沉了一段時日，沒想到她沉浸在情傷之中，還能抽空對付老謀深算的金長史。

看來，金薔薇當年對李家的種種逼迫手段，算得上溫柔含蓄。

孫天佑證實金長史失勢的傳聞，「我在庵堂前看到金家的僕人。」

金薔薇把繼母田氏和繼姊金晚香趕到庵裡念經，沒了金長史做靠山，金大官人對田氏母女棄若敝屣，任嫡女隨意處置她們。

李綺節目瞪口呆，「金薔薇謀劃多年，處心積慮扳倒金長史，只是為了對付田氏？」

為了內宅之中的紛爭，金薔薇竟然苦心孤詣，整垮在王府內權勢滔天的金長史，李綺節不知道自己該佩服對方心志堅忍，還是畏懼她的不擇手段。

不過，有一點是肯定的，金薔薇絕對恨田氏恨得深沉。

孫天佑湊近李綺節，在她頰邊親一下，「管他姓金還是姓唐，妳多久沒好好理我了？」

李綺節笑著推開孫天佑，「和你說正事呢！」

孫天佑嘿嘿一笑，指尖靈活地挑開碧色衣帶，滑進短襖裡面，順著起伏的曲線慢慢往下摩挲，「這就是正事！」

……

眾人暫時摸不清唐長史的脾性，加上武昌府和周邊州縣的局勢還不明朗，沒人敢貿然向唐長史賣好，免得馬屁拍到馬腿上。

孫天佑卻找了個晴朗日頭，領著三五個奴僕，大大咧咧去唐家拜訪。

出門前，他再三叮囑李綺節：「金家有點邪門，尤其是那個金雪松，三娘，答應我，不管妳什麼時候看到他，別猶豫，抬腳就走，曉得嗎？」

李綺節茫然不知所以，但出於對孫天佑的信任，飛快點點頭，笑道：「我明白。」

午間時，風吹動窗外幾桿翠竹，竹浪翻捲，發出沙沙的聲響。

李綺節坐在窗下翻看來年的計畫。

一陣幽涼寒風忽然從背後半敞的槅扇吹進廂房，寒意透骨。

她恍然抬起頭，聽到雨滴淅淅瀝瀝落在葉片上的聲音，原來外面在落雨。

寶珠一腳踏進門檻內，臉色有些發青，「三娘，朱家大娘在後門跪了一上午。」

李綺節放下厚厚一疊毛邊紙，淡然道：「帶她進來。」

時下重男輕女是常態，李綺節小時候隨李大伯外出遊玩時，每到一個市鎮，都能看到面無菜色，被父母送到人牙子家換糧食寶鈔的小姑娘。

幾乎每個州縣都有一處約定俗成的女兒塚。

那些狠心涼薄的，直接把女嬰淹死在馬桶，或是挖個坑埋在後院。而不想要女兒，又不願犯下殺孽的人家，背著人，把襁褓中的嬰兒棄置在野外，安慰自己孩子會被好心人撿去，以求心安。久而久之，就形成一個遠近聞名的女兒塚。

被丟棄的不止是剛落草的嬰孩，還有身患重病或是餓得奄奄一息的女童。

李綺節曾經救治過一批十一二歲的女童，治好她們的病，把她們送到酒坊去幫工，按月給她們發放工錢。然後那些女童的父母竟然又厚著臉皮回來認親，要求女兒把工錢交給他們，好供養家中兄弟。

讓李綺節無語的是，那些女童竟然答應了。

她耐著性子勸那些女童多為自己打算，女童們不知道感恩，還在背後議論她，說她冷情冷性，故意攛掇她們拋棄生身父母。

李綺節氣極反笑，此後只要救起一個女童，便直接和對方簽訂賣身契，等什麼時候工錢夠贖身了，按照各人意願，要麼任其返家，要麼接著在酒坊幫工，要麼放出去嫁人生子。

救得了人，救不了命。

不過，能多救一個，還是要救的。窮則獨善其身，達則兼濟天下。李綺節沒有什麼大本事，只能盡自己所能，給那些孤苦無依的女孩子一個容身之所。

至於她們以後活得怎麼樣，不是她能掌控的。

她願意救助那些女童，卻一直反對周氏救濟朱家。

因為朱大郎是個狗改不了吃屎的賭徒，老阿姑蠻狠小氣，朱娘子涼薄自私，朱家幾個小娘子，盼睇、來睇、引睇……一個比一個潑辣，也是混不吝的主兒。這一家子都記仇不記恩，一旦被他們纏上，就像水蛭一樣，怎麼扯都扯不掉。

就與那些拋棄女兒，在李綺節把他們的女兒訓練成有一門手藝的熟工之後，又反悔跑回來認女兒的父母一樣，一哭二鬧三上吊，撒潑打滾，叫罵嚎喪，十八般武藝輪番上陣，讓人嘆為觀止，不得不服。

現在嫁了人，能夠自己做主，李綺節願意收起防備心，給朱盼睇一個救贖的機會。

說起來，原因很簡單。

前一陣子，孫天佑送她的那隻名叫阿金的貓忽然走失了。李大伯和周氏很喜愛阿金，所以她從李家出閣時，沒有帶走那隻懶貓。阿金每天在李家宅院竄來竄去，行動自由，沒人管束，但每天下午牠肯定會回到李大伯房裡打盹兒。這次阿金一連三天沒出現在牠平時最喜歡的小窩裡，李大伯不免著急，找來丫頭一個個細問，都說沒看見。

最後是朱盼睇把阿金送回李宅的。

河裡魚蝦正肥，朱盼睇每天跟著鄉里的漁翁去捉魚，回家熬魚湯給小妹妹吃。阿金喜歡魚腥味，硬賴在朱家不走。朱盼睇原以為阿金是隻沒人要的野貓，想留下自己養，被老阿姑和朱娘子數落了一通。後來聽說李家丫頭四處找貓，朱盼睇才知道阿金是李家養的，她捨不得把阿金還回去，又怕老阿姑和朱娘子趁她不在家把阿金打死，只能親自把阿金送回李家。

這一番說辭半真半假，李綺節當然不信。

鄉里人都曉得李家養了隻名貴的家貓，朱、李兩家只隔了一座薄薄的牆壁，她光是聽阿金每天咪咪叫都聽了三年多，怎麼可能不知道李家的貓不見了？

或許是她故意用魚湯把阿金引到朱家，或許是阿金無意間溜到朱家，總之，她絕對是帶著某種目的扣留下阿金的。

最後大概是良心發現，又或是不忍拿一隻不能言語的貓撒氣，她放棄了原本的打算。

這說明朱盼睇雖然從老阿姑和朱娘子身上學到一身壞毛病，但根還沒有爛壞，她知道關心保護妹妹，寧願自己餓肚子，也要把妹妹們照顧好，這樣的人，未嘗不能給個機會。

李綺節現在正好需要人手，一個能放開手腳、豁得出去，又不好欺負的人。

「三小姐，」朱盼睇跪在臺階前，額頭實打實磕在青石地上，用自己最誠懇的聲音哀求道：「只要您能救下我的幾個妹妹，我願意一輩子為您做牛做馬，來生接著伺候您！」

朱大郎又欠下一筆賭債，老阿姑已經把家裡能賣的田地全賣光了，只能把主意打在幾個小孫女身上。朱盼睇逃了出來，她的幾個妹妹則被人牙子帶到武昌府去了。

李綺節在剝石榴，削蔥纖指掰開紅潤的果肉，挑出一粒粒玉石般的果實，襯得塗了丹鳳花汁的指尖愈顯嬌嫩鮮豔。

朱盼睇神色惴惴，等著李綺節發話。

李家和朱家比鄰而居，小的時候，朱盼睇覺得自己不差李綺節什麼，甚至比李綺節活得更幸福，因為她父母雙全，而對方幼年喪母。

什麼時候她開始看李綺節不順眼呢？

很早，早到她已經想不起來了。

為什麼會討厭李綺節呢？她明明生就一張討喜的圓臉，說話的時候眉眼帶笑，沉默的時候杏眼炯炯有神，總能讓和她待在一起的人不由自主綻開笑顏。

不是因為那幾個沒吃到嘴的柿子餅，也不是因為想討米湯而不得，早在母親朱娘子一次次對她揮舞火鉗，父親朱大郎一次次醉酒歸家，祖母老阿姑一次次詛咒她是賠錢貨的時候，她就看李綺節不順眼了：同樣是女兒，憑什麼她的生活一團糟，李綺節卻能無憂無慮地享受長輩的寵愛？

是的，她對李綺節的厭惡，完全出自於嫉妒。

她嫉妒李綺節擁有的一切。

更嫉妒李綺節的不在乎。

她不在乎鄉里人的目光，不在乎旁人的閒言碎語，不在乎她的女子身分。

不論朱盼睇背後怎麼編排她，她只淡淡一笑，根本不把朱盼睇的詆毀放在心上。

朱盼睇曾經以為自己是李綺節的敵人，直到被朱大郎和朱娘子捆著手送到縣裡發賣，她才猛然醒過神來：李綺節從頭到尾都沒理會過她，她根本沒有和對方敵對的資格。

一個是長輩疼寵、兄弟友愛的富家小姐，一個是落魄寒酸、備受虐待的貧苦丫頭，不管她怎麼上竄下跳，兩人中間始終隔著萬丈汪洋。

每次李綺節回娘家探親都是呼奴使婢的，丫頭僕從烏鴉鴉一群，一車車的糧食、布匹、酒釀、豬肉，一樣樣紅紅綠綠的鮮果，一抬抬亮閃閃的金銀器皿，拿墊了大紅綢子、紮了花球的籮筐裝了，一擔一擔抬進李家院子，院子裡擺得滿滿當當、嚴嚴實實的，李家人連個插腳的地兒都沒有，全鄉的人都跑到李家去看熱鬧。

朱盼睇以為李綺節會像村裡其他新媳婦那樣變得順從溫和，滿腹心事，然而李綺節的笑容依舊燦爛，舉手投足間，比以前更添幾分颯爽。

那天，她混在看熱鬧的人群中走進李家，已經作婦人裝扮的李綺節滿頭珠翠，一身綾羅綢緞，坐在李家正堂前的葡萄架下，她那個俊秀飛揚的新婚丈夫親自為她斟茶倒水。

李綺節指揮僕從、掌管內務的時候，朱盼睇在幹什麼？

她背上捆著最年幼的妹妹，蹲在河邊清洗弟弟的尿布。

弟弟已經上學堂讀書，還天天尿床，朱娘子不僅不生氣，還摟著他噓寒問暖。如果弄髒床鋪的是她們姊妹幾個，早被打得鼻青臉腫。

朱家能賣的全賣光了，最後連祖宅都保不住，李家卻蒸蒸日上，擴建老宅，修葺新房，女兒一個接一個出閣。

朱家把幾個小娘子全部賣掉，還抵不過李家女兒嫁妝中的一抬朱漆描金海水雲龍畫箱。

朱盼睇終於明白，自己比不過李綺節，不論是比家世，還是比其他。

如果兩人調換身分，她或許能過上好日子，但李綺節依舊是李綺節。

李綺節不會像她這樣自暴自棄，屈服於阿奶和父母的淫威，渾渾噩噩，任人打罵。

她敗得徹徹底底。

冰涼的雨絲飄灑在朱盼睇的臉上身上，她沒想哭，卻淌了一臉淚。

李綺節估摸著下馬威夠了，讓丫頭扶起朱盼睇，「我就不和妳客套了，想要我答應救下妳的妹妹，妳必須先做到一件事。」

朱盼睇眼裡迸射出雪亮的光芒，不管李綺節提出什麼要求，她都能夠答應。經過此前種種，她充分認識到，李綺節和心軟好說話的周氏不一樣，想要得到李綺節的幫助，自己必須付出同等的回報。
片刻後，進寶把朱盼睇送回李家村。
渡口依然繁忙，有人認出朱盼睇是朱家的姑娘，暗地裡搖頭，「作孽喔！」
朱盼睇目光呆滯，不理會旁人或關心或好奇的注視，下船之後，徑直走向朱家那幾幢看似寬敞結實，其實處處漏雨的大瓦房。
進寶沒跟著進去，站在門口，皺眉道：「我在這兒等著，妳進去吧！」
朱盼睇點點頭，跨進門檻，四下裡一望。
幾捆柴禾胡亂堆在牆角，木盆裡一汪渾水，泡著看不出原本顏色的衣物。房檐下晾著幾件半濕的布袍，外邊在落雨，衣服晾不乾，只能掛在門前風口處，讓過堂風吹乾它。
這幾件寶藍色布袍朱盼睇沒見過，顯見是最近新做的。
她和妹妹們天天擔驚受怕，每天只能喝一碗水，吃半個燒餅，人牙子還說要把生得最漂亮的三妹賣到花樓去，阿奶和娘卻把她們的賣身錢拿來給弟弟裁新衣裳。
朱盼睇咧嘴一笑，目光森然，摸出藏在袖子裡的剪刀，走到屋簷下，把那幾件新袍子剪得支離破碎。袍子是濕的，不好剪，她很有耐心，拿剪刀的手始終平穩。
「賤丫頭，妳活得不耐煩了！」
老阿姑揮舞著拐棍衝上來攔她，「我打死妳這個只曉得糟蹋東西的賤貨！」
朱盼睇回頭，冷笑一聲。
她的目光太過狠厲，老阿姑竟然被她嚇得發怵。
朱娘子聽到叫罵聲，抱著朱小郎走出來，頭髮披散，尖下巴，容長臉，透出幾絲刻薄尖酸相，衣袍黑乎乎的，沾了不少汙漬。

朱盼睇已經記不清朱娘子年輕的時候是什麼模樣了，以致於她覺得以前那個溫柔賢慧的娘親可能只是自己的幻想。她只記得朱娘子罵罵咧咧，把在灶膛裡燒得滾燙的鐵鉗貼在她的小腿上，刺啦一片響，她的皮肉都被燙熟了。

痛楚可以淡去，留下的疤痕卻永遠不會消失。

李綺節說的對，阿奶和阿娘都不配為人母。

朱盼睇挺起胸膛，握緊手中的剪刀。

從今天開始，她要剪斷和阿奶、阿娘的情分，妹妹們今後的命運，掌握在她手上。

朱家沒有丫頭、僕從使喚，宅院長年沒人收拾，到處都破破爛爛的，蜘蛛網隨處都是，進寶在房門前掃視一圈，嫌棄地撇撇嘴，沒找到一個能坐的地方。

裡頭的爭執聲傳出來時，他趕緊趴到門縫上往裡看。

三娘交代過他，不用插手，但也不能坐視不管，萬一朱盼睇控制不好力道，傷著老阿姑或是朱娘子，他得衝進去攔著。

不一會兒，朱盼睇打開院門，半邊臉頰腫得老高，頭髮也被抓散了，脖子上幾道淋漓血痕，杏紅裙上幾個濕乎乎的黑手印。

進寶問她：「妳得手了？」

朱盼睇點點頭，眼神平靜，「走吧。」

進寶難掩訝異，他沒想到朱盼睇能如此果斷地對自己的祖母和母親揮刀子。

回到瑤江縣孫府，朱盼睇從袖中掏出一束花白的長髮和一束油膩膩的黑髮。

寶珠把兩束頭髮呈給李綺節看。

李綺節當然不是讓朱盼睇回家報仇，教唆他人打殺自己的祖母、母親，可是要坐牢的。

她要求朱盼睇親手割下老阿姑和朱娘子的一束頭髮。

朱盼睇緊張地仰望著李綺節。

李綺節漫不經心地掃一眼兩束頭髮，把朱盼睇叫到跟前，「盼睇，妳曉得我為什麼讓妳回去剪這兩束頭髮嗎？」

朱盼睇躬著腰，想了想，老老實實道：「不曉得。」

李綺節淡淡一笑，「妳把頭髮收著吧，將來碰到困擾時，好好回想一下今天，想起妳拿出剪刀那一刻的勇氣。」

怎麼提高女人的地位？

第一步就是讓她們能夠掙錢。

經濟基礎決定上層建築，只有錢才是實打實的底氣。

有豐厚陪嫁的女人可以找個好婆家，能為娘家掙錢的女人可以自主挑選自己的婚事，哥哥嫂嫂都把她當成平等的一份子，大小事要過問她的意見，或者直接把女兒留在家中，為她招婿，免得肥水外流，便宜別人家的田畝。

這樣就夠了嗎？

遠遠不夠，自己立不起來，縱有再多銀錢傍身，也不過是任人磋磨罷了。

那怎麼幫助女人自己剛強起來呢？

鼓勵她們自強自立，為她們提供受教育的機會，用各種勵志故事給她們洗腦？

還是祭出那句名言：婦女能頂半邊天？

這些法子李綺節都用過，她把那些被丟棄的女童養大，派人教授她們謀生手段，讓她們讀書識字，給她們安排強度事宜的工作，按月發放月錢。

結果呢？

只是替那些不負責任的父母培養出一些任勞任怨的提款機罷了。

李綺節的善心，可不能隨便任人糟蹋。

她要換個法子，而朱盼睇和她的幾個妹妹將成為頭一批實驗對象。

進寶帶著朱盼睇回到人牙子家，把朱盼睇的妹妹和同房的十幾個小丫頭全部買下。簽訂契書，保人畫押，朱盼睇姊妹從此成為李綺節的雇工。

深夜亥時，更深人靜，燭火搖曳。

門外車馬鼓譟，孫天佑從唐家回來，一身酒氣，臉頰微紅，先進屋和李綺節打個照面，知道她吃過晚飯，滿意地點點頭，這才摘下紗帽，去淨房洗漱。

不一會兒，他換了身寬鬆的交領大袖道袍出來，腳下趿拉著一雙桹木屐，長髮披散在肩頭，水珠滴滴答答，散開的衣襟露出半截蜜色胸膛，在燈光下閃爍著溫潤玉澤。

李綺節把他按在桌前，拿乾燥的布巾為他擦拭濕髮。

桌上的飯菜已經熱過兩次，湯碗上倒扣著瓷盤保溫。

孫天佑叮囑過李綺節，他外出應酬時，如果過了酉時還未歸家，就不必等他回來一道吃飯。當時他的口氣很欠揍，「我可捨不得讓娘子在家挨餓，而且把娘子餓壞了，咱們怎麼在床上盡興？來個一兩回，娘子就得哭著怨我欺負妳。」

說完這句話，他目光向下，直勾勾盯著李綺節豐滿的胸脯看，雙手很不老實地鑽進小襖裡，左手試圖攀登高峰，右手悄悄探向最敏感的雙腿間，雙管齊下，上下摸索。

光天化日之下，穿著衣裳胡作非為一番後，他還不知饜足，把滿面赤紅，幾乎要化成一泓春水的李綺節抱到南窗下的軟榻上，俯下身，解開方才雲雨時沒有徹底脫下的小襖。

這會兒才是裸呈相對。

一簇鮮濃花枝從窗口斜挑進廂房，粉色花朵緊緊挨在窗櫺上，明亮的日光無聲無息漫過柔和如煙的窗紗，灑在赤裸的脊背上，滾落的汗珠像一顆顆晶瑩玉潤的璀璨琉璃。

寶珠抱著一捧蓮蓬從廊簷前經過時，李綺節簡直羞憤欲死。

孫天佑卻格外興奮。

最後，興奮的孫天佑被李綺節用一把棕葉蒲扇劈頭蓋臉抽了一頓。

孫天佑外出赴約的時候，李綺節夜裡會等他回來一塊用晚飯，當然她不會可憐兮兮一直等到深更半夜。餓壞了腸胃，誰替她受罪？

一般她最晚只等到戌時一刻，沒等到人，她就自己吃飯洗漱，待孫天佑回來時，再陪他坐著說說話。

有時候看孫天佑實在吃得香甜，她也忍不住跟著吃了一小碗。天天加餐的效果是很明顯的，最近她的臉蛋是越來越圓潤了，脫下衣裳，一雙雪白的胳膊如一對肥嫩鮮藕。胸前鼓脹也一天比一天飽滿，衣服底下像揣著兩隻胖乎乎的兔子，孫天佑眼饞得不行，每次有機會都要上下其手，摸摸啃啃。

前幾天李綺節攬鏡自照，發現自己好像有雙下巴了。

她告誡自己：必須杜絕宵夜。

但是，孫天佑卻專愛和她作對——他的吃相實在誘人了，旁觀的人光是看著他吃，就覺得胃口大開，恨不得和他一起大嚼。

在外應酬，酒水是管夠的，卻不一定能吃飽，孫天佑今天顯然餓極，把半盅砂鍋魚頭豆腐湯淋在熱騰騰的米飯裡，就著一盤醬醃嫩薑、一碗桂花腐乳、一盤蝦仁拌干絲，連吃三碗湯泡飯，才停下筷子。

等他吃飯的速度慢下來，李綺節才問道：「唐長史為人如何？」

孫天佑露出一個志在必得的笑容，「比金長史好應付。」

李綺節輕輕鬆口氣。

孫天佑讓丫頭進來撤去桌上的殘羹冷炙。

兩人移到裡間，李綺節脫下繡鞋，盤腿坐在架子床沿。孫天佑歪在腳踏上，把頭靠在她懷裡，讓她接著為他梳髮。

帳幔低垂，彼此的呼吸交疊纏繞，繾綣而安逸。

說了些今天在唐家的見聞，孫天佑忽然挑眉，「今天在唐家門口碰到金家大娘子，她問起妳，還讓我把一樣東西轉交給妳。」

李綺節聞言，眼瞳閃閃發亮，「這次是什麼寶貝？」

金薔薇不愧是瑤江縣首富之女，每次送給李綺節的禮物都價值不菲。以前李綺節還會小心翼翼準備一份回禮，但猜到金薔薇為什麼對她如此看重之後，她懶得再費那個心思去揣度金薔薇的用意。金薔薇堅持要送，她就大大方方收下。

丫頭打起藍布軟簾，把一架座屏抬到拔步床前。

裡間只點一根蠟燭，朦朧的燈光下，座屏中鑲嵌的雄雞報曉圖筆觸淡雅，生動活潑，寥寥幾筆勾繪的籬笆架前，一隻絢麗的雄雞站在樹枝上，引吭啼鳴，朱冠火紅，神駿威武。

李綺節一臉錯愕，「這座屏……」

孫天佑轉過身，把散亂的長髮隨意挽成個團髻，「我認得這上面的繡像，是從妳名下的繡莊賣出去的？」

李綺節點點頭。

酒坊、球場裡的雇工大部分幹的是體力活，把女童們送到那邊做工不合適，正好鎮上有家繡莊急需脫手，她便以低價買下。幾個簽過契書的繡娘是當地農婦，勤勞本分，不需要另外搜尋繡娘，她託人從南方購置一批新的織機，轉眼就把繡莊重新經營起來。

女童們無依無靠，知道只有學會本事才能不餓肚子，跟著繡娘們學手藝時一個比一個刻苦，如今已有好幾個能夠獨當一面。

這幅雄雞報曉圖就是她們的成果，模仿的是時下最為名貴的緙絲織造。

與雲錦一樣，緙絲成品也有「一寸緙絲一寸金」的美譽，一幅精美的緙絲繡屏，往往可以賣出幾千兩銀子的天價。

好的緙絲織物都是貢品，只有達官貴人家捨得穿戴或是當擺件。

李綺節連朵桃花都繡得歪歪扭扭的，緙絲那種頂尖手藝，她當然不會。

可她知道技術要點啊！

她並不奢望繡娘們看過她下發的冊子後，馬上能學會緙絲技藝——學會了她才頭疼呢！天底下手藝最精妙的匠人全在南直隸的各大織染局裡，南京的神帛堂、供應機房直接受京師管轄，供應宮廷每年所需的絲織用品。小老百姓把堪比貢品的織物拿出去販賣，純粹是找死。

當然不是說律法不許，而是那樣做會招來織染局官員的嫉恨，乃致於惹禍上身。

只要繡娘們能模仿出兩三分，賽過市面上的其他民用織物，就夠李綺節歡喜了。賺錢不分貴賤，與那些一寸一金、供不應求的昂貴織物比起來，中等貨色也是盈利大頭。

她們家的繡件算得上是物美價廉——既能滿足裝逼誇耀的需要，又不用把家底掏空就能買得起，所以那些中等人家很鍾愛繡莊出品的繡像。

政治清明，經濟繁榮，過慣了安穩日子，老百姓們漸漸開始屏棄開國初期的淳樸作風，彼時南方江浙一帶已經興盛起炫富風潮，上到家財萬貫的富商，下至窮苦村人，都爭相購置華貴新衣。官員們則攀比各自的衣著，男人們的袍樣繁多，紋飾鮮豔，比女人們還講究。有些人家寧願傾家蕩產，也要買上幾件體面新衣，穿出去顯擺。

李綺節的繡莊恰逢其時，今年又添置了一批新織機。

為了避開風頭，她把繡莊遷移到鄉間的茶山上，外人無從窺探。

金薔薇的消息真靈通，說來也是真巧，白天她才讓進寶把朱盼睇和朱家幾個小娘子送到繡莊去，夜裡金薔薇就給她送來這架繡莊賣出去的雄雞報曉圖。

座屏應該是買走繡件的人自己配的。

李綺節低頭想了一陣，「金薔薇是不是想打聽繡娘們的技法？」

她沒打算藏著掖著，拿錢來買就好了，反正市場那麼廣闊，多幾個類似的繡莊，在瑤江縣養成一條成熟的產業鏈，正好一起分擔風險。

孫天佑搖搖頭，「依我看，她是想和妳合作。」

合作？

好啊！

如果是別人來求合作，李綺節可能還會猶豫，但是發出邀請的人是金薔薇，她立刻舉起雙手，無條件同意。

她只大概記得幾任帝王的更替次序，什麼經濟形勢、朝堂格局，兩眼一抹黑，什麼都不知道。而金薔薇卻是個疑似重活一輩子的人，說不定對方連哪年乾旱、哪年洪澇、哪年糧食豐產都記得清清楚楚，有金薔薇保駕護航，她完全可以悠哉地躺著賺錢。

李綺節喜孜孜暢想了一會兒，收回心神，斜睨孫天佑一眼，「你不介意嗎？」前幾天他還警告她，讓她小心提防金雪松，今天怎麼這麼好心，替金薔薇帶話？總覺得裡頭有貓膩。

孫天佑攤手，故作大公無私狀，「金家路子更廣，手段更多，娘子和金家合作，能省不少事。為了娘子，我受點委屈不算什麼。」

李綺節嗤笑一聲，看來，孫天佑和金薔薇私下裡可能達成了什麼協議，不知道是關於楊縣令的，還是關於金雪松的。

八月間，朱瞻基親自率兵討伐仗著曾為朝廷立下汗馬功勞而妄圖自立的親叔叔朱高煦。討逆成功後，他命錦衣衛將朱高煦父子及其全部家眷戴上鐐銬，浩浩蕩蕩，班師歸程。

另一個熱衷造反的藩王朱高燧見識到朱瞻基的雷霆手段，再不敢有不臣之心。

九月初九，朝廷正式下發對朱高煦逆黨的處置敕書，漢王府典仗、長史、教授、群牧所百戶、山東都指揮使、山西都指揮、河間衛鎮、德州衛指揮、天津衛鎮守都督等六百餘人陸續被處決或被拷問至死，一千五百人以「知而故縱和藏匿叛人」的罪名發配邊軍，七百多人被流放至邊境為民。

這些官員的親屬宗族，雖然沒有被判死罪或是流放，卻全被朝廷充作奴婢，賞給此次御駕親征的隨行功臣。

直到幾年後，還有官員因為捲入漢王一案被錦衣衛夜半敲門。

楊縣令沒有摻和到漢王的反叛之中——以他的官職，想摻和也摻和不進去，他只是個因為年輕的時候和幾個同窗合著了一本詩集，而不幸被歸入到漢王派系的七品芝麻官。

孫天佑撒下大筆金銀，賄賂督辦官員，讓楊縣令被免除死罪，貶往雲南永昌衛。

金氏和楊天嬌不相信孫天佑肯照拂她們，在得知楊縣令要流放戍邊後，悄悄收拾盤纏細軟，離開庵堂，估計是投奔金家親族去了。

孫天佑沒有費心派人去找，一對脾性暴躁、嬌生慣養、十指不沾陽春水的母女，貿然跑去依附落魄的金家，下場可想而知。不必他親自動手，金氏和楊天嬌後半輩子註定坎坷。

楊縣令臨行前，孫天佑前去相送，因為大概是父子此生最後一次見面，他沒有提及以前的恩仇糾葛，而是讓人備下好酒好菜，親自斟酒，讓楊縣令飽餐一頓再啟程。

他已經讓人從水路南下，提前去永昌衛打點當地小吏，然後派一名心腹長隨一路護送楊縣令至雲南。官差早被他的銀兩打動，答應善待楊縣令。

楊縣令此行雖然辛苦，但不會有性命之憂，抵達永昌衛後也會有人接應，除了不能歸鄉之外，他仍舊可以過上吃喝不愁的富足日子。

看著面容冰冷、神情疏遠的兒子，楊縣令老淚縱橫，扒飯的時候，雙手一直在發抖。

孫天佑眼眸低垂，沉默著為楊縣令夾菜。

李綺節也在一旁陪同，吃飯前她向楊縣令行了全禮，三人同席，算是一頓團圓飯。

眼看天色將晚，官差在外小聲催促，孫天佑命人撤去飯菜，送楊縣令出城，李綺節則留在城門外的茶肆裡，等孫天佑折返。

楊家只有楊表叔和楊天保父子倆來為楊縣令送行，高大姐和孟春芳也來了。

兄弟伯侄抱頭痛哭，倒是孫天佑這個親兒子面無表情，不像是親人送行，更像是瞧熱鬧的陌生人。

男人們要把楊縣令送到山腳下再分別，女眷們在茶肆等候。

孟春芳瘦了些，但氣色很好，高大姐唯唯諾諾，倒像是有些怕孟春芳。

高大姐當然要怕，楊家已落魄，而孟雲暉卻高中舉人，即將北上赴京，參加二月春闈。縣城裡的媒婆快把孟家門檻踩爛了，連金家也想把金薔薇的一個堂妹嫁給孟雲暉，唐家也推出年紀還小的嫡女唐瑾兒，說可以先成親，過幾年再圓房。

總之，媒婆向孟家推薦的人選，有嫁妝豐厚的鄉紳之女，有家世不凡的書香嫡女，有品貌出眾的聰慧才女，有賢慧穩重的大家之後，環肥燕瘦，任君挑選。

孟舉人沒有挑花眼，他直接大手一揮，關上孟家大門，拒絕所有人的求親。

直到孟雲暉的老師發話，才澆滅那些巴不得立刻把新科舉人搶到家裡和閨女拜堂的求親者心頭的熱情之火。魏先生的意思很明確：孟雲暉不會娶本地女子為妻。

眾人這才明白為什麼魏先生不願讓自己的愛徒早娶，因為他篤定孟雲暉能高中進士，屆時京師不知多少豪富人家等著榜下捉婿，其中甚至不乏勢力衰微但仍根深葉茂的世家大族。

天子腳下的貴小姐，豈是瑤江縣的平民丫頭能比得上的？

不止是家世、出身不同，大家千金從小長在深宅大院中，往來的都是有身分的命婦，耳濡目染，見識更廣，熟知官員內眷們來往的規矩忌諱，知道該怎麼配合丈夫與人交際，而且她們的家族姻親關係遍布天下，能為孟雲暉提供無法用金錢衡量的助力，幫他打入上層士人的交際圈子。

瑤江縣的小娘子們自知比不過京師的大家千金，自此歇了嫁給舉人老爺的心思。

不止不敢奢望孟雲暉，還暗自慶幸：沒嫁給孟四郎也好，不然等日後孟四郎在會試中大放光彩，必有京師人家遣媒招納，到時重重壓力之下，糟糠之妻要麼自請下堂，要麼被看重前程的孟四郎隨便找個理由休棄，縱有萬般委屈，也無處說去。

縣裡人失望歸失望，但轉念一想，就算不能把孟雲暉招為東床快婿，那也得先巴結好這位金鳳凰啊！

於是各種上門籠絡的，帶著家產和田地前去投奔的，奉承的、送禮的、討好的，送田畝、送店鋪、送宅院、送金銀，還有送自家閨女給孟雲暉當洗腳婢的……花樣百出。

現在孟雲暉還沒出發，孟家已大變樣，一家人住進了一個三進大宅院，自願投身為孟雲暉做奴僕的就有數十人。孟雲暉從前出門總是步行，身邊只有一個書僮跟隨，如今他出入孟府，身邊少說有四五個伴當伺候，孟娘子還想雇人給他抬轎子，被他嚴辭拒絕。

楊家蕭索落魄已經是定數，而孟家蒸蒸日上指日可待，高大姐如今不僅要靠孟雲暉的名頭震懾那些想趁火打劫的遠親，還盼著孟雲暉發達了之後，能夠回頭提攜一下楊天保，所以她必須向兒媳婦孟春芳服軟。

婆婆放下身段，轉過來討好自己，孟春芳並沒有現出得意之色，依舊該怎麼樣，還怎麼樣。楊家已經分家，楊縣令帶著楊天保分出來單過，家裡全是孟春芳說了算，楊天保向來沒主意，什麼都聽她的。

高大姐為了討好孟家，藉口家中積蓄不多，要把小黃鸝賣到北邊去。

小黃鸝哭得肝腸寸斷，找楊天保求情，楊天保除了嘆氣之外，一句話不說。

最後還是孟春芳做主把小黃鸝留下，楊天保風流成性，賣了小黃鸝，日後還有小杜鵑、小畫眉，與其費心思一個個對付，還不如把小黃鸝留在身邊做幫手。

楊福生把她這個嫡母當作親生母親，和小黃鸝很生分，有楊福生在的一日，小黃鸝就逃不出她的手掌心。

李綺節很佩服孟春芳的隱忍。

孟春芳卻覺得很平常，「三娘，這才是哪裡？妳沒見過那些大戶人家，那才是一堆亂帳！後宅裡的事兒，哪是一句兩句能說得清的？」

李綺節深以為然，比如李家村的張家，只有張大少爺一個嫡長子繼承家業，家裡也一團烏煙瘴氣。聽寶珠說，寶鵲在張家過得很不如意，妾室姨娘沒有任何尊嚴可言，任打任罵，隨時可能枉死。

昔日那個幹活麻利、少言寡語的伶俐丫頭，瘦得形銷骨立，玉鐲幾次從手腕上滑脫。

寶珠嘆息一陣之後，苦笑道：「不過寶鵲說她不後悔，她小時候窮怕了，寧願在富人家挨打挨罵，也不肯嫁個平頭百姓。」

從某種程度上來說，寶鵲算是求仁得仁。

秋高氣爽，碧空如洗。

道旁常有車馬走過，煙塵滾滾，枯黃的落葉在風中打著旋兒飛舞。

遠處淺黛山脈柔和起伏，像一幅慢慢展開的山水畫。山間多植松竹柏樹，深秋時分依然一片青翠，唯有山腰處點綴著絢爛的金黃色彩，像一個個高掛在碧綠叢中的小燈籠，那是農人們種植的橘子樹。

孟五叔和孟五娘子住在山上，為人看守果林，中秋前，孟五娘子帶著孟小郎，給李家送去幾口袋橘子、柿子和板栗。

李綺節心念一動，「五娘子和孟五叔很高興吧？」

孟春芳微微一笑，「這是自然。宴客那天，我娘親自把五叔、五嬸請到家中吃酒。」

孟雲暉中舉後，不僅孟春芳在楊家的地位發生顯著改變，孟家人對孟雲暉的態度也來了三百六十度大改變。

孟雲暉徹底蔫了，一口一個四哥，叫得親熱，做小伏低，比伺候他老子孟舉人還恭敬。

孟雲暉只要臉色一變，他便嚇得魂不附體，恨不得向孟雲暉磕頭求饒。

孟娘子原先還端著架子，不肯向子侄輩的孟雲暉服軟，吃過幾次虧後，不敢逞強，態度大變，每天對孟雲暉噓寒問暖，呵護備至，把一個溫柔慈母的角色發揮得淋漓盡致。

饒是如此，孟雲暉依然對孟娘子十分戒備。

孟娘子叫苦不迭，找孟舉人哭訴委屈，孟舉人根本不信她的話，還斥責她氣量狹窄，只會惹是生非，鬧得家宅不寧。

中舉之後的孟雲暉就像是變了個人，總能讓孟娘子在人前吃癟，還沒法辯白。

孟娘子這才明白，孟雲暉以前那些順從的樣子全是裝出來的，他只是人在屋簷下不得不低頭，現在他桂榜有名，不用再看她的臉色過活，該輪到她吃苦頭了。

孟娘子後悔已經來不及了，她只能從孟五娘子夫婦身上想辦法。如今她不僅不反感孟五娘子上門，還主動留孟五娘子和孟五叔在家留宿，有孟五娘子夫婦在一旁看著，孟雲暉才不會給她使絆子。

孟春芳在娘家住的日子不多，不知道孟娘子和孟雲暉之間不可調和的矛盾，只曉得母親最近脾氣好多了，不再隨便跳腳罵人，弟弟孟雲皓也變得乖巧安靜，還賭咒發誓，說要重新拾起書本好好讀書。

她大概能猜到原因，但沒往深裡想，只要母親和弟弟不再惹事，她就別無所求了。反正孟雲暉名義上永遠是他們家的一份子，肯定不會對他們家不利。

聽說孟娘子和孟五娘子友好相處，親如一家，李綺節長長鬆了一口氣，不是為孟雲暉，而是為辛勞半生的孟五娘子夫婦。

從前李綺節怎麼想都想不明白，魏先生為什麼逼迫孟雲暉改認孟舉人為父？就算孟五叔和孟五娘子身上有汙點，會妨礙孟雲暉的名聲，那也影響有限，又不是什麼牽連家族的滔天重罪，只要孟雲暉自己爭氣，等他飛黃騰達，總能想辦法把舊事遮掩過去。

不過，現在她大概猜到幾分。

一來，魏先生野心不小，孟家人只盼著孟雲暉能中進士，他卻篤定孟雲暉能取得更理想的名次，為了更榮耀的未來，自然要提前把一切不利於孟雲暉仕途的因素掐滅在萌芽狀態。

二來，魏先生手把手教會孟雲暉讀書識字，幾乎把半生心血投注在孟雲暉身上，孟雲暉就是他實現自己政治理想的媒介，他容不得孟雲暉身上有一絲瑕疵，以免打亂他的籌畫。

三來，官場如戰場，唯有心狠手辣、果決俐落之人，才能披荊斬棘，一步步往上爬。魏先生不希望孟雲暉有太多牽絆，故意割裂他和生身父母的關係，也是想磨練他的心志。

四來，也是最重要的一點，魏先生希望學生孟雲暉永遠在自己的掌控之中，為了達到這一目的，他必須保證自己始終是孟雲暉最信任、最倚重的人，所以他折騰孟雲暉，讓他疏遠父母、兄弟、姊妹和親族。

魏先生想把孟雲暉教導成一個冷酷強大、能屈能伸，一門心思為仕途鑽營的野心家。

所以，孟雲暉中舉之後，魏先生依然還是會阻止孟雲暉親近孟五娘子夫婦。

然而，孟雲暉會甘願充當提線木偶，一直乖乖任先生擺布嗎？

他只是面相憨厚，性子卻從不見憨厚過。

可以想見，等孟雲暉北上京師，如願杏榜有名，娶得貴女以後，他的妻族和魏先生肯定會有不少摩擦，他的貴妻和婆母孟娘子的相處也必然很熱鬧。

孟雲暉未來將會一直處在各種明爭暗鬥之中，不止朝堂官場，還有他的後宅，他和他的恩師，他和他的妻族。

李綺節偷偷腹誹，這真是與天鬥，與地鬥，與人鬥，與眼前所見的一切鬥，孟雲暉只怕要做一個六親不靠的孤家寡人了。

當然，這一切和她沒關係，她和孫天佑都是灑脫之人，只想過自己的自在小日子。

放下孟雲暉，又問了些其他居家瑣事，孟春芳笑著一一答了。

一群南飛的大雁拍打著雙翅，穿行在奔湧的雲層間，孫天佑和楊表叔父子從遠方走來。

高大姐大聲催夥計篩茶，又笑咪咪朝李綺節道：「三娘，咱們順路，正好一塊回城。」

李綺節和孟春芳相視一笑——為高大姐的有意討好。

早些時候，高大姐看到李綺節時，臉上訕訕，神情很不自在。她在家咒罵李家嫡支時，總順帶著酸一酸李大伯、李乙和李綺節，有些話很不好聽。

她倒不是真的遷怒李綺節，而是想到自己當年看不上的兒媳婦如今掌管二十幾家店鋪、十幾艘南來北往的貨船，名下田畝、茶山、山地更是數不勝數，李家酒坊的酒一直賣到京師天子腳下，每天從她手頭出入的金銀少說也有幾千兩，光是那和金家合作的繡莊，半個月的收益就超過楊家一整年的收入，更別提如今在瑤江縣和武昌府最為紅火的蹴鞠比賽，聽說每回都有貴人臨場觀看，一場下來能掙一座銀子山……

越想高大姐越氣悶。

現在縣裡人都笑話楊天保有眼無珠，白白錯過財神爺。孟春芳當然也好，但明眼人都看得出來舉人老爺孟雲暉和孟家人關係生疏，他肯不肯提攜楊天保還不一定。而李綺節財大氣粗，對家人十分大方——看周寡婦和她兩個女兒整天笑得合不攏嘴就曉得李綺節不小氣。如果當初楊天保娶的是李綺節，管他學問好不好，大把大把的錢鈔撒下去，還怕楊天保會沒前程嗎？光靠她的陪嫁，楊家就能迅速東山再起。

連楊家人自己都私下裡嘀咕，難怪都說九郎比五郎聰明呢！幾年前九郎非認準李綺節不娶，那時候楊家人背地裡說他腦腦發昏，結果人家是慧眼識珠。

不過，九郎自己也是深藏不漏，都以為他是一無所有被趕出家門的，誰曉得他竟然能在金氏的眼皮子底下偷偷攢下一大筆家業？

李綺節嫁九郎時，說閒話的也有，高大姐還惋惜她找了個不成器的浪蕩子，現在縣裡人卻羨慕李綺節得了個好夫婿。

這夫妻兩個果然是天生一對。

兩人如魚得水，和諧美滿，攜手開創家業，聲勢儼然已經蓋過曾經的楊家。

而高大姐呢？竟然只能看兒媳婦孟春芳的眼色過活。

高大姐能不羞惱憤恨嗎？

她直來指往，發洩胸中鬱氣的方法簡單粗暴，那就是夾槍帶棒，沒事兒把李家嫡支提溜出來罵一頓，然後順便編排李綺節幾句。

反正罵人只要動動嘴皮子，不犯法，不害人。

上個月朝廷委派新的縣官來瑤江縣接管縣衙事務，李家嫡支得意幾個月後，攜家帶口，灰溜溜返回鄉間老宅。他們舉族和楊縣令對著幹，辛苦多年，結果只是空歡喜一場，什麼都沒撈著，正是印證那句老話：吃不到羊肉，還惹得一身騷。

原本高大姐就沒什麼立場指責李綺節，李家嫡支一走，她再罵李綺節就更不合適了，加上孫天佑幾次通過楊天保綿裡藏針地暗示警告，高大姐又驚又懼，只得老實消停下來。

今天當面看到李綺節，高大姐想起自己在家裡罵過的那些話，心虛得不得了。

李綺節神色淡淡的，不怎麼搭理高大姐的殷勤，也沒怎麼為難高大姐。

有些人就像夏日裡的蒼蠅一樣，煩人是煩人，不過還真沒必要費勁去打它。

高大姐就是一般的市井婦人，愛面子，愛嚼舌根，口無遮攔，喜歡占嘴上便宜，行動卻沒有壞心。楊家人埋怨楊縣令捲入漢王一案，害得楊家敗落，紛紛和楊縣令撇清關係。高大姐雖是內宅婦人，卻看得分明：楊家的發達本來就是楊縣令帶來的，這些年他們這些親族靠著楊縣令得了不少好處，現在楊縣令倒楣，楊家隨之敗落，怪不到楊縣令身上，他們不該忘恩負義，只盯著楊縣令的錯處不放，除非誰捨得把前些年搜刮的好處全吐出來。

今天高大姐義無反顧陪著楊表叔父子來為楊縣令送行，在李綺節的意料之外，不過細細一想，也是情理之中。

對付高大姐這種惹人厭煩，但又大節不虧的婦人，只要稍微露一露獠牙，示以威懾，讓她知道服軟就行。

說笑聲越來越近，楊表叔和孫天佑、楊天保前後踏入茶肆。

楊表叔面色沉重，楊天保眼圈微紅，孫天佑是表情最平常的那個。

李綺節起身相迎，看到楊表叔時，道了個萬福。

楊表叔看到她，眉眼微微舒展，向她微微一笑，眼神慈祥。他大概還覺得愧對於她，每次看到她，都會問問她的境況，態度很親和。

楊天保則有些彆扭，不敢對上李綺節的目光。捂著紗帽扭來扭去，像一枝在風中搖擺不定的蘆葦桿，隨時可能喀嚏一聲，被狂風折斷腰肢。

當然，他也沒機會對上，孫天佑一直站在李綺節身邊，他敢多看李綺節一眼，孫天佑便會立刻狠狠瞪他。

堂弟的眼刀子就像臘月天的凜冽寒風，一下下颳在楊天保臉上，嚇得他連頭都不敢抬。

返回縣城的路上，高大姐長吁短嘆，「可憐啊！」不知又想到了什麼，突然一拍大腿，「沒良心的東西！」

她一邊感嘆，一邊時不時偷看李綺節一眼。

李綺節莫名所以，不知道高大姐是什麼意思，反正罵的肯定不是她——高大姐現在沒那個膽子當面罵她。

孟春芳及時為她解惑，「我聽天保說，公公和婆婆找過金氏和楊天嬌，勸她們和大伯一起南下，雖然路途遙遠，但有天佑派去的人一路照應，不會讓她們在路上吃苦，到時候一家人也好在雲南團圓。楊天嬌不肯，還把婆婆罵了一頓。」

原來高大姐罵的人是金氏和楊天嬌。

高大姐不是藏得住心事的人，忍耐不住，直接找李綺節攀談，「如果不是金氏，大伯和九郎怎麼會變成今天這樣？三娘，以後金氏如果仗著婆母的身分為難妳，妳可千萬不要客氣！」

李綺節淡淡一笑，「我婆婆早就過世了，牌位在孫家祠堂裡供著呢！」

她才不會承認金氏是自己的婆母。

高大姐猛點頭，「對，三娘，妳一定要拿捏得住！妳是年輕媳婦，臉皮嫩，如果金氏找妳胡攪蠻纏，妳別怕，只管來楊家喊我，看我把她罵得抬不起頭！」

李綺節不置可否，高大姐怎麼一副像是和金氏有深仇大恨的樣子？

孟春芳繼續為李綺節解釋，「楊家遭此大難，婆婆誠心誠意去廟裡請大師算命，大師說源頭在金氏身上，因為她攪和得大伯家宅不寧，才有此禍……」

李綺節哭笑不得，楊家敗落，直接原因是楊縣令不慎捲入朝堂紛爭，根本原因是楊家沒有後起之秀能支撐家業，關金氏什麼事？高大姐怎麼不怪楊縣令，卻去怪責金氏？

就像當年金氏虐待楊天佑，眾人從不指責楊縣令的不作為，只知道一味譴責金氏，怨她太狠毒，或是詆毀楊天佑的生母，說楊天佑生母不知檢點，她生的孩子活該被人輕賤。

怪來怪去，反正沒人怪到男主人楊縣令身上。

不止如此，還有人誇讚楊縣令有情有義，對妻子肯忍讓，對庶子肯照顧，就是因為他太溫柔多情，後宅才會不安。

其實後宅不寧的根本原因就是楊縣令自己，年輕的時候他不能善待妻子，處處風流，讓金氏天天以淚洗面。中年的時候他想彌補金氏，對金氏的種種瘋癲行為不聞不問，害得唯一的兒子天佑受盡折磨。唯一的女兒楊天嬌被金氏養得跋扈驕縱，他不知道勸阻，只是一味順從，楊天嬌的根子已經壞透了，以後的命運可想而知。

楊縣令自欺欺人，為了讓自己心裡好過，接連造成家庭悲劇。

可世道如此，沒人會說楊縣令的不是。

孫天佑發現李綺節從城外回到家裡後一直悶悶的，當下遣退下人，把她抱到懷裡，摸她的臉頰，柔聲道：「誰惹妳生氣了？」

李綺節捧住孫天佑的臉，在他頰邊的酒窩上親了一下，「咱們家不歡迎楊六郎，他要是再敢上門來，我立刻讓阿滿把他亂棒打出去！」

楊六郎是孫天佑的堂兄，楊天保的堂弟，他在楊家失勢後，立刻找到了孫天佑，要求他把金氏和楊天嬌接到孫府贍養，孫天佑斷然拒絕他的荒唐提議。他不死心，四處遊說楊家族人，甚至揚言說要去官府告孫天佑不孝，被楊表叔痛罵一頓，趕回鄉下老宅。

李綺節很生氣，楊六郎以為他是什麼人，竟然敢指著孫天佑的鼻子罵他涼薄自私？她的小官人，容不得別人欺負！

孫天佑看著李綺節氣鼓鼓的模樣，不自覺笑出了聲，低頭親吻她的鼻尖，「好，娘子想要打誰就打誰。」

結果，楊六郎第二天竟然真的上門來了。

李綺節摩拳擦掌，讓阿滿和進寶去灶房拿廚娘用來捶洗衣裳的木槌。

兩人一頓棍棒交加，把手無縛雞之力的楊六郎打得鼻青臉腫，慘叫連連。

楊六郎口舌鋒利，有一肚子的大道理，阿滿和進寶卻大字不識一個，說不過他，乾脆不說，幾棒子下去，能舌戰群儒的諸葛先生也得認栽。

楊六郎氣急敗壞，怒髮衝冠。

阿滿一棍子敲在他背上。

楊六郎苦苦求饒，抱頭鼠竄。

進寶一木槌砸向他腳掌。

寶珠又氣又笑，生怕鬧大了不好收場，一口氣跑到書房，「姑爺，不得了，三娘快讓人把那個楊六郎打壞了！」

孫天佑坐在南窗下撥弄算盤，聞言掀唇微笑，狐狸眼亮晶晶的，「是嗎？」

寶珠神情嚴肅，脆生生道：「姑爺快去勸勸三娘吧！」

孫天佑笑而不語。

寶珠為之氣結，再次腹誹：三娘不著調，姑爺也不靠譜！

阿滿把楊六郎打跑了，回到房裡向孫天佑邀功，昂著下巴，得意洋洋地道：「少爺，我把楊六郎揍了一頓！」

孫天佑瞥他一眼，沒說話，指尖在算珠之間來回飛舞，像一群翩翩起舞的花蝴蝶。

阿滿嘿嘿一笑，「少爺，你放心，太太安排好了，楊六郎奈何不了咱們。」

孫天佑手上的動作一頓。

楊六郎前腳登門，李綺節立馬讓人去楊六郎的老師家告狀。這年頭，老師不僅僅教授學問，還負責教導學生的品德言行。如果某位學生品行不好，他的老師也臉面無光。

李綺節毫不手軟，直接從楊六郎的老師那邊下手。楊六郎還想做個體面讀書人的話，必須先向孫天佑賠禮道歉。

其實孫天佑有能夠讓楊六郎徹底閉嘴的辦法，而且不止一個，他連人手都安排好了，保證能一次到位，讓楊六郎為他的多管閒事後悔一輩子。

可李綺節先把這事攬身上了。

她不願孫天佑再遭人指指點點，也不希望他為了一點小事把楊六郎徹底逼上絕路。狗急跳牆，有些人情急之下什麼事都做得出來，楊六郎不通人情，只需略施懲戒就夠了，犯不著為他費太多心思。

看著李綺節前前後後為自己張羅奔走，堅持要替自己出氣，孫天佑乾脆放開手，任李綺節去應對，他只管安心享受李綺節的維護。

窗前的美人瓶裡供著一大捧淺色芍藥花，花瓣層層疊疊，花枝擁擁簇簇，花色淡雅，花形雍容，香氣縈繞在書房內，馥郁芬芳。

孫天佑放下算盤，拎起一個小瓷壺，往花瓶裡添水。晶瑩剔透的水珠落在嬌豔的花瓣上，粉白芍藥微微顫動，似無力承受水露潤澤，憑添幾許嫵媚婀娜。

此情此景，讓孫天佑不由得想起昨夜紗帳內的旖旎風光。渾身肌膚泛著粉紅色澤的嬌娘子，在他身下軟成一汪春水，嬌弱無力，臉泛桃花，美目含情，秀眉微蹙，嘴上一疊聲說著不要，雙腿卻像長在他身上一樣，把他的腰纏得死緊。

明明少爺只是在澆花而已，阿滿卻覺得房裡氣氛陡然一變，眼看著少爺眸光微沉，甩下瓷壺，大踏步往正房走去。他撓撓腦袋，滿頭霧水：少爺怎麼了？

他抬腳想要跟上，卻聽到一陣腳步聲。寶珠和其他丫頭像一群無端被驚起的鳥雀，一個個紅著臉，從正院飛奔出來。

看到阿滿，寶珠停下腳步，輕咳一聲，板起臉孔，「姑爺和三娘有要緊事商談，我在這裡守著，誰也不許進去。有什麼事，下午再來回話。」

打發走一臉茫然的阿滿，寶珠輕哼一聲，氣得直跺腳：她還以為姑爺是來勸三娘的，沒想到姑爺一進門就摟著三娘不放，青天白日的，真是……

心裡在抱怨，臉上卻不自覺露出欣慰的笑容。三娘一直沒有喜信傳出又怎樣？小夫妻依舊好得蜜裡調油一般，讓那些長舌婦多嘴嚼舌去吧！

楊六郎狼狽地回到家中，還沒緩過氣，又被老娘按著胖揍一頓。

她一邊揍，一邊罵：「你先生已發話了，如果你再執迷不悟，以後不許你上門討教學問。混小子，那金氏是你什麼人？用得著你為她抱不平？你老娘我還活得好好的呢，你可憐她，乾脆自己把她接回來奉養好了，老娘只當肚子裡爬出來的是隻臭蟲！」

「老娘辛辛苦苦供你讀書，你就是這麼回報老娘的？老娘還不如多養幾頭豬！」

「李家三娘是好得罪的？你去縣裡打聽打聽，她可是金家的座上賓，連剛上任的縣太爺都沒你膽氣壯！」

楊六郎雖然被阿滿和進寶合力揍了一頓，但根本沒把李綺節放在眼裡，一個內宅婦人，除了指揮奴僕逞凶，還會什麼？

等他養好傷，立刻揮毫潑墨，把李綺節的種種凶悍行為傳揚得人盡皆知，看她怎麼在瑤江縣立足？

沒想到他還沒動手，李綺節先來抄他的老底了。

楊六郎這一嚇非同小可，他讀過幾本書，自覺是個頂天立地的翩翩君子，不通俗務，不懂世情，只會掉書袋。對他來說，一頓打罵不算什麼，反而能彰顯他的威武不能屈。

可先生一句輕飄飄的評語，卻能要他的命。

當下顧不上其他，換下凌亂不堪的衣袍，重新梳好頭髮，去先生家懺悔。

老先生先被李綺節派人上門告狀嚇了一遭，正覺惶恐不安，又被送到門前的一車厚禮晃得睜不開眼睛。一個時辰之內，一嚇一驚，前者是因為害怕，後者則是暗喜。

拿人手短，吃人嘴軟，老先生被李綺節收拾得服服貼貼了。

看到昔日得意門生楊六郎上門，老先生擼起襴衫袖子，聲如洪鐘，指著楊六郎的鼻子大罵：「清官難斷家務事，你那堂叔都曉得置身事外，你倒是臉大，跑去指手畫腳，丟人現眼！你又不是孫相公的長輩至親，哪輪得著你對他橫加指責？況且金氏虐待庶子在先，拋棄丈夫在後，本就是個不慈惡婦，有此下場，咎由自取！你是非不分，譁眾取寵，讀書人的臉面都被你丟光了！日後別人問起你的師承，休要提老夫的名姓，老夫丟不起那個人！」

楊六郎不敢辯駁，又氣又愧，大哭一場，不等養好傷，忙忙收拾幾樣雅致體面的禮物，上孫家負荊請罪。

李綺節沒有出面。

孫天佑沒接楊六郎的話碴，冷笑一聲，關門送客。

從此以後，楊六郎再不敢多管閒事。

楊家人眼饞孫天佑的家產和李綺節的嫁妝，想用孝道逼迫孫天佑掏銀子扶持楊家。楊六郎只是受他們攛掇，提前去打頭陣的，等楊六郎把事情鬧大了，他們這些堂叔、堂伯，祖奶奶、老姑姑正好跳出來打圓場，藉機謀奪孫天佑的產業。

憑什麼他們以後要受窮，孫天佑這個楊家庶子卻能吃香的喝辣的？

不從孫天佑身上咬下一塊肉，楊家人絕不會鬆口。

沒想到楊六郎才剛蹦躂兩天，就被李綺節給收拾了。

她不僅收拾了不老實的楊六郎，還乘勢把孫天佑徹底從楊家摘出去，以後誰再想拿孫天佑出自楊家的藉口上門生事，不用她出手，鄰里街坊一人一口唾沫，就夠那人受的。

接著又傳出孫天佑與新任縣太爺關係親厚，往來密切的消息。

楊家人慫了。

孫天佑不好對付，他那個潑辣媳婦也不是任人拿捏的主兒。

楊家人咬牙切齒：狐狸配老虎，一對滾刀肉！

幾天後，李綺節回娘家。

周氏指著她念叨：「以前妳在家時，也沒這麼大的脾氣呀，怎麼出閣以後，不收斂不說，脾氣反而越來越大？妳曉不曉得鄉里人現在說妳是什麼？」

李綺節滿不在乎道：「是什麼？母老虎？母夜叉？母大蟲？」反正攏共只有這幾種，沒什麼新花樣。

李綺節不怕被人稱作是母老虎，雖然不好聽，但很威風啊！以後誰想欺負她或是欺負她男人，先得掂量掂量自己，看他們的腦袋瓜兒經不經得住棍棒伺候！

周氏和周桃姑哈哈大笑，指著李綺節又笑又嘆，「妳啊妳！」

李乙面色不豫，「太胡鬧了，都是女婿好脾性，把妳給慣壞了。有什麼事坐下來好好說就是，妳打六郎做什麼？他可是縣城的童生，妳怎麼能讓僕人打他？」

李綺節抓著胖胖軟嘟嘟的小手，逗他發笑，「童生又怎麼樣？三哥可是秀才公。」

李南宣頭一次下場，就順利通過三場考試，現在已經順利獲得秀才功名，李大伯和李乙整天樂呵呵的，臉上的笑容掛了大半年也沒捨得放下來，連後來孟雲暉年紀輕輕考中舉人這樣的大新聞，都沒引走兄弟倆的注意力。

一說到李南宣，周氏立刻滿臉笑，喜孜孜傻笑片刻，開口為著李綺節說好話：「那個楊六郎，說什麼是童生，我看他連剛會走路的娃娃都不如。天天往孫家跑，女婿不在家，只有三娘一個婦道人家在內院，傳出去，讓三娘怎麼做人？三娘不打他，難不成還得客客氣氣把他迎進家門，然後被縣裡人說三道四？」

周桃姑也賣力幫腔：「三娘做的對！要換作是我，我親自拿木槌把那個不知所謂的楊六郎狠狠地捶一頓！」

李乙被嫂子和媳婦一頓話說得啞口無言，臉色訕訕，不吭聲了。

午間一家人一起吃飯，因為沒有避嫌的必要，雖然男女分開兩桌，但中間沒隔開。

孫天佑和李子恆說說笑笑地走進正堂。

在李乙的女婿狂熱綜合症復發以後，李子恆也很快繳械投降，和妹婿孫天佑相處融洽。孫天佑想討好一個人的時候，絕對能把對方忽悠得不著北，李子恆胸無城府，很快中招。不止極度認可孫天佑的妹婿身分，還對他讚不絕口，乃至於悄悄叮囑李綺節，讓她小心看好孫天佑。用李子恆的原話來說：「妹婿真是萬里挑一的好丈夫，三娘，妳千萬別因為妹婿專情老實就掉以輕心，外邊那些人看到妹婿這麼好的男人，什麼手段都使得出來！」

胖胖還小，只能由周桃姑抱著餵飯，劉婆子單獨為他準備了一份蒸的雞蛋羹和幾種粗糧熬成的米糊糊。

胖胖看到丫頭把自己每天吃飯用的小木碗、小匙子送到桌前，興奮得手舞足蹈，嘴裡發出咿咿呀呀的喊聲，催促周桃姑快餵他。

周桃姑在胖胖的手背上輕輕拍一下，她不想慣著胖胖，只有等人來齊了，李大伯發話之後，後輩們才能動筷子。

李大伯和李乙先後入座，李南宣一直沒現身，李大伯道：「去書房看看，三郎肯定又看書看得入迷了！」

丫頭去叫人，回來時腳步匆忙，結香跟在她身後，躬身道：「大官人，三郎臉色不太好，我勸他歇一會兒，他才吃了藥，剛睡下。」

伍之章 兒女情事多擾嚷

李南宣現在可是李家的鳳凰疙瘩，聽說他病了，李大伯立刻放下筷子，正要起身，又似忽然想起什麼，忍不住瞥了孫天佑一眼。

本地把女婿稱為「嬌客」，嬌客登門，娘家人必須盛情款待。孫天佑和李綺節難得回一趟娘家，飯還沒吃，李大伯這個做長輩的先起身離席，對客人是很怠慢的。

孫天佑笑了笑，「病人要緊，大伯請自便。」

周桃姑抓住胖胖的手，不許他抓桌上的竹筷，轉過頭朝李綺節道：「三郎心太重了，每天熬油費火，過了子時才睏覺，小小年紀哪裡吃得消？」

李綺節蹙眉道：「讀書也講究張弛有度，大伯沒勸三哥小心保養嗎？」

周桃姑撇撇嘴巴，「誰勸都沒有，念經的那個說一句，三郎還不是得乖乖聽話。」

她面上露出幾絲不屑之色，「妳曉得的。」

她說的是張十八娘。

兩人同為寡婦，周桃姑潑辣精明，靠操持熟水生意把兩個女兒拉扯大，再嫁一定程度上也是為了讓兩個女兒能風風光光嫁人。對她來說，只要兩個女兒能好好過日子，讓她們姓周還是姓李都無所謂。

而張十八娘守著李相公的遺言，不知變通，李南宣受她影響，把自己的全部精力放在完成父親的遺願上，眼瞧著越發沒有煙火氣了。

因此，周桃姑和張十八娘不太合得來。

李南宣天資聰穎，雖然幼時沒有正規的啟蒙，但他學會誦讀佛經後，只需略微記誦兩三遍，就能將那些艱澀的經文從頭到尾倒背如流。有這種幾乎堪稱過目不忘的本領和熟讀經文的扎實基礎在，他學習四書五經可謂一日千里，進步飛快。

從李南宣出孝後，李大伯偶爾會把他的文章、詩作帶出去請人品評，孟雲暉不知道從哪裡聽說李南宣這個後起之秀，主動登門拜訪，此後一直和他書信交流，來往密切。

李綺節聽周氏說過，孟雲暉對李南宣只有一句評語：三郎的天分比我高。

然而，天分奇高的李南宣卻在縣試、府試、院試上屢屢碰釘子，經過好一場波折後，才取得秀才身分，而且名次並不是很突出。

李大伯和周氏覺得李南宣是壓力太大了，又是頭一次赴考，才會發揮不理想，勸他不必失落，專心準備下一場鄉試。

張十八娘卻憂心忡忡，私下裡和丫頭說：「三郎連考秀才都這麼艱難，什麼時候才能去京師參加會試？」

丫頭們不敢接這個話，讀書進舉哪是那麼簡單的？瑤江縣一百年只出過幾位進士，哪家能供出一個舉人，祖輩幾代人走出去都臉上有光。縣裡那些白髮蒼蒼的老童生，六七十歲了還在為秀才的功名搏命，三少爺小小年紀已經有功名在身，大官人和太太整天眉開眼笑的，怎麼張氏卻愁眉苦臉？

張氏的話輾轉傳到李南宣耳邊，他對自己的要求越來越嚴格，每天睜眼就撲到書案前用功，夜裡別人都睡下了，他還在燈下看書，廢寢忘食，只差效仿古人頭懸樑錐刺股了。

李大伯顧不上孫天佑，急著去看視李南宣，是因為他知道李南宣像個無欲無求的苦修和尚，如果不是真的病得站不起身了，他絕不會放下書本。

一頓飯吃完，李大伯才匆匆回來，周氏焦急道：「怎麼樣了？」

李大伯嘆口氣，「大夫開了藥方子，結香在熬藥，說是要將養一陣子。」

聽起來好像只是小毛病，但他的眉頭一直緊緊皺著，神情並不像他的語氣那樣輕鬆。

孫天佑眼珠一轉，笑著道：「小婿前幾日剛巧得了幾根上好的紫團參，這就讓人取來，給三哥補養身子。」

他的年紀和李南宣相差無幾，叫一聲三哥，是跟著李綺節稱呼，以示尊重客氣。

人參因為肖似人形而被古人奉為神藥。其實，在明朝以前，人參的地位沒有後世人想像的那麼高。直到明代，尤其是明中期和明末以後，人參才被世人當成包治百病、延年益壽乃至於能起死回生的仙藥，一時之間，人參身價倍增，堪比黃金。

老百姓們爭相進山採挖人參，沒有節制的開採下，山林間野生的人參數量越來越稀少。加上永樂年遷都北京，需要源源不斷砍伐木材送往北方，極大破壞太行山脈和燕山山脈的生態環境，導致中原境內的人參逐漸滅絕。

然而，人們對人參的需求仍舊得不到滿足，於是商人們把目光轉向東北長白山。在巨大的經濟利益的催動下，東北女真人靠採集、販賣人參迅速崛起，女真人中的八旗貴族掌握人參的開採、買賣權，努爾哈赤就是通過人參貿易建立起雄厚的經濟基礎。

萬曆年間，有官吏意識到東北女真人的威脅，希望能通過壓制人參價格、限制人參貿易的方式打壓努爾哈赤，結果努爾哈赤發明可以長期儲存人參的方法，根本不懼明朝的貿易圍堵。人參在努爾哈赤建立功業的道路上發揮過重要作用，可以想見時人對人參有多迷信。

這不，孫天佑說要送人參，李大伯和周氏先嚇了一跳，呆愣半天，才想起來要推辭，「紫團參價比千金，是能救命的東西，何必大材小用？九郎留著自家用吧。」

因為孫天佑是自己的女婿，所以李乙這時候不好開口，沉默地站在一邊微笑。

孫天佑偷偷朝站在周氏背後的李綺節眨眼睛，「三娘的兄弟就是我的兄弟，給三哥用，不就是給自家用嗎？伯父、伯娘同我這般客氣生分，莫非沒把九郎當成自己人？」

李大伯知道孫天佑故意用話激自己，笑著搖頭道：「你這孩子！」

孫天佑咧嘴一笑，「人參再貴，也沒有三哥的身體重要，何況那幾根紫團參原本就是要送給長輩們享用的，如今不過是提前拿來罷了。」

李大伯和周氏對望一眼，有些猶豫。

周氏一看李大伯的神色，就知道李南宣病得不輕，所以李大伯才會意動，想收下人參。

李綺節道：「大伯別推辭了，天佑既然說要送，您這回不收，他下次還是會接著送。」

李乙知道該自己發話，他對孫天佑讚許地點頭，「等三郎病好，讓他親自向你道謝。」

李綺節兩手一拍，笑嘻嘻道：「不行，怎麼能謝他？三哥要謝也是該謝我。」

她自出閣後，不再刻意束縛自己，越來越自然灑脫，與孫天佑相對時尤其自在，但在長輩們面前反而變得沉靜起來，少有這樣抖機靈的時候。

孫天佑望著她向周氏撒嬌，眼裡滿是柔情，「對，該謝妳。」

小夫妻倆一時含情脈脈，很有點旁若無人的意思。

丫頭們捂嘴偷笑。

李大伯樂得看李綺節和孫天佑夫妻和睦，李乙則臉色微沉，但眼裡並沒有一絲怒意。

周桃姑和周氏看著一對你儂我儂的小兒女，相視一笑，唯有李子恆始終在狀況外。

這麼一打岔，李大伯和周氏的神色鬆快了些。阿翅腿腳快，人參是他取來的。

大夫打開其中一個雲紋錦盒一看，只見裡頭盛著一根兩指粗細的野參，參形酷似人形，四肢根鬚俱全，中間有突起，品相極佳，一看便知價值高昂。

李大伯道：「如何，三郎能用參嗎？」

大夫捋捋長鬚，點頭笑道：「人參乃大補之物，乃病者現在所需。府上有此君藥，倒是不必老夫費心了。」

李大伯聞言大喜。

下午女眷們在廂房團團坐著抹牌解悶，玩的是一種本地花牌，打法簡單，只要記住口訣就能玩。李綺節自己不打，坐在周氏身後為她算牌，趁丫頭洗牌的時候，小聲道：「三哥到底是什麼病症？」

花牌在丫頭手中飛舞，唰啦啦一片響。李綺節的聲音壓得很低，只有周氏聽得清楚。

她捏著幾張花牌，眉頭輕皺，「大夫說是體虛，不是什麼大症候，但是大夫說三郎先天不足，養不好的話，只怕會影響壽數。」

見周氏臉上帶出幾分憂愁，李綺節暗悔不該提起這事，正好周桃姑催周氏發牌，便把周氏的注意力引開了。

李綺節悄悄舒口氣，眼睛望著周氏手裡的花牌，心裡偷偷想著心事。上次她就覺得三哥的神情不對勁，果然沒錯，看來一兩一金的人參很可能起不到什麼效用，想要治好三哥，得先解開他的心結。

想到這，她暗暗苦笑，孟春芳當年因為送出一個荷包而嚇得魂不附體，差點香消玉殞，如今三哥又是因為什麼呢？難道說，生得美的人都會有這一遭？

只有像李子恆那樣呆頭呆腦，憨厚到一根腸子通到底的人，才能活得輕鬆自在？

李綺節很快搖搖頭，否定自己的猜測：我也生得好看啊，就沒有因為懷揣心事而生病，那這個猜測不能成立！

她搜腸刮肚，準備了一肚子開解的話，但見到李南宣的時候，卻一個字都說不出來。

他沒有戴儒巾，身穿草白色交領香雲紗衫，披著錦袍，歪在窗邊，望著廊下果實纍纍的柿子樹出神。雖然鬢髮鬆散，面色憔悴，但仍舊英華內斂，遠望就像鐫刻在水墨畫中的仙家客，眉眼如畫，出塵脫俗。

這一刻，李綺節覺得三哥彷彿已然脫離塵世，不是為七情六欲所困的凡間俗子。

孟雲暉說的對，李南宣的才氣與生俱來，風骨自成，和墨守成規的科舉考場格格不入。

他有如此出眾的品貌，本應逍遙快活，傲然隨心，看一棵樹怎麼繁盛生長，看一條河流怎麼豐盈流淌，看世間萬物枯榮轉換，潮起潮落，雲捲雲舒。

他不該為了父母的執念，把自己的青春葬送在他不喜歡的應試科考中。

孟雲暉少年老成，胸懷抱負，一心只想出人頭地，考功名是他踏入官場的必經之路，他甘之如飴，願意忍辱負重，臥薪嚐膽，為之拋棄所有東西，包括家人和感情。

但那些身外之物對李南宣而言還不如一朵悄然綻放在山野間的無名山花。他幾乎無欲無求，於他來說，不論是做一個緇衣芒鞋、餐風露宿的小和尚，還是一個不求上進、默默無名的小秀才，都會比現在過得快樂。

然而，李綺節說不出勸阻的話。

李南宣自己不明白嗎？他比誰都清楚。

他想得通，看得透，可是他卻義無反顧，默默承受來自父母的雙重壓力，把自己的一生拿去回報父母恩德。

有些人，你明明知道他的堅持只是一場虛妄，卻無力阻止，只能無聲仰望，看他舒展開皎潔的雙翅，衝破重重凜冽阻隔，劃過碧朗晴空，去赴一個可笑荒唐的約定。

啟程那刻有多絢爛璀璨，湮沒時就有多悲涼冷寂。

猶如指間沙、掌中雪，任你百般挽留，終留不住剎那芳華。

唯有一聲嘆息。

李綺節面露悵然之色，鼻尖微微發酸，悄然踏進室內，驚醒了畫中人。

李南宣薄唇微掀，臉上漾出一個淡淡的淺淺的，又極溫柔的笑容，「三娘來了。」嗓音是一如既往的清亮柔和。

李綺節的視線掃過書案，幾本翻開的卷冊攤在桌面上，桌角有個細頸瓶，瓶中供一束橙紅色的桂花，米粒大小的花朵點綴在肥厚的葉片中，香氣撲鼻而來。

李家栽植的桂花多是一年一開的金桂，顏色淡雅，李南宣房中這一束卻是少見的橙紅色桂花，想必是周氏特意讓人去山間採的，他在病中，房裡應該多些鮮豔的生機。

「三哥想吃什麼？」想來想去，李綺節只問出這麼一句。

李南宣輕笑一聲，眉眼舒展，目光越過迴廊欄杆，落在窗外矗立的柿子樹上。

紅彤彤的柿子掛在樹梢枝頭，壓得樹枝彎彎的，伸手就能摘到。

「三哥想吃柿子？」李綺節收起悵惘之色，擼起袖子，走到樹下。

丫頭為她送來提籃和梯子，摘柿子和打棗子不一樣，一個摘，一個打，便可看出不同。成熟的棗子滾落一地，撿起來洗洗就行，柿子掉在地上，轉眼就會砸爛，必須用手摘取。

她踩在梯子上，昂頭在肥闊的枝葉間打量，很快挑中幾顆看起來熟得最好的柿子，於是逐一摘下，放在衣兜裡。

她忽然想起小時候和李子恆比賽爬樹的事，咯咯笑道：「把籃子拿來。」

一個籃子遞到她眼前，十指纖長，骨節分明，長年握筆的指間結有一層薄繭，衣袍衫袖斜斜滑落，露出一截蒼白的手腕。日光濾過密密麻麻的葉縫，在那張清秀俊逸的臉孔上籠下一層淡淡的光澤。

李綺節愣了一下，臉上難掩訝異。

三哥不是在窗前坐著嗎？什麼時候走出來的？

李南宣望著她，眉宇間有罕見的少年意氣，這讓他的五官越見生動。他把籃子遞給丫頭，笑著道：「我來吧。」

李綺節柳眉輕揚，跳下梯子。

李南宣掀起袍角，幾步登上木梯。

李綺節擦乾淨雙手，接過丫頭手中的竹籃，「去扶著梯子。」

不用她吩咐，早在李南宣攀上柿子樹的時候，幾個圍在一邊看熱鬧的丫頭已飛奔過來，守在樹下，有的還悄悄把晾曬的被褥鋪在地上，生怕李南宣摔下來。

畢竟沒有人見過斯文溫和的三少爺爬樹。

李南宣比小心翼翼的丫頭們膽大多了，三兩下躍上枝頭，摘下幾顆拳頭大小，方才李綺節搆不著的柿子，接著拳頭一鬆，把柿子拋向李綺節手上的竹籃中。

普普通通的動作，由他來做，硬是多出幾分風流瀟灑意味。

李綺節連忙舉起竹籃，咕咚一聲，柿子落在竹籃底部墊著的軟布上。

丫頭們臉紅心跳，仰望著在枝頭間笑得開懷的俊秀少年，眼睛都看直了。

連向來喜歡數落自家少爺的大丫頭結香，也被李南宣一反常態的開朗所震懾，一臉驚愕地盯著搖晃的樹枝，不知道該說什麼。

李綺節嘴巴微張，半天回不過神，心中暗暗道：原來三哥也有這樣鮮活的時候！

大概是李南宣笑得太明豔，又站在高高的枝頭上，綠葉掩映間，偶爾露出的面容俊美得驚人，院子裡的丫頭們彷彿都像喝了花蜜酒似的，暈暈乎乎，如墜雲中，一時間沒人想起要去向周氏稟報。

直到一聲清喝響起：「胡鬧，三少爺是病人，怎麼能上樹呢？跌下來可了不得！」

來人是個方臉窄額，穿著鴉色布裙的中年婦人。

她是照顧張十八娘的林嬸子，周氏讓結香留在李家一心一意照料李南宣，怕張十八娘那邊的小丫頭不頂事，把林嬸子撥過去照看她。林嬸子和張十八娘年紀相近，丈夫也早亡，平時能和張十八娘說得上話，當差之餘，也為張十八娘排遣寂寞。

李南宣躍下木梯，一聲不吭地轉回房內，臉上的笑容如潮水般盡數褪去。

丫頭們恍如從夢中驚醒，不約而同地瞪向林嬸子，目光極是不滿：玉人似的三少爺向來不苟言笑，今天難得露個笑臉，她們還沒看夠呢！

林嬸子眉頭輕皺，跟進房裡，一疊聲道：「三郎今天好些了嗎？」

「頭還暈不暈？」

「寫字的時候手顫不顫？」

都是關心之語，但此時聽來總覺得刺耳。

李南宣眼眉低垂，淡然道：「勞您費心，好得差不多了。」

林嬸子喜道：「太太這幾天愁得跟什麼似的，就怕三郎你有什麼閃失……」

李綺節猶豫了一會兒，沒有跟進房去，張十八娘可能有私房話讓林嬸子代為傳達。

丫頭撤去木梯，樹下的落葉已經打掃乾淨，唯有一個竹籃臥在草叢中，裡頭盛著二十幾顆鮮紅的柿子，光滑的外皮下是鬆軟甜膩的果肉，輕輕一捏，能感覺到豐溢的汁水。

李綺節依舊有些恍惚，似乎剛才看到的一切都是自己的幻覺：李南宣怎麼可能爬到樹上去摘柿子呢？

他仍是一派雲淡風輕，眉宇間有著揮之不去的抑鬱，樹梢上那個明媚俊朗的少年，就像是一個虛無縹緲的夢境。

來如一陣清風，去似一朵流雲。

不留半點痕跡。

李綺節有種預感，以後再不會有機會看到三哥笑了。

「三郎這幾天夜裡幾時睡下的？」

結香道：「大官人天天過來督促，三郎不敢不從，這幾日大約戌時就移燈入帳。」

「今天吃了什麼？粥飯用得香不香？」

結香口齒伶俐，一樣樣回想，「早晨吃的是雞絲龍鬚麵和燒餅，盛麵用的是小碗，三郎吃了一碗，燒餅吃了兩塊。午飯是半碗雞脯粥、一盤野菜素餡的餃子，配著金銀饅頭、桂花栗子糕，還用了一盅鮮奶杏仁豆腐。夜裡吃的少些，就吃了半個油蜜蒸餅。」

「哦？是不是白天又勞神了？」

結香笑道：「那倒沒有，三郎今天的氣色比往日好許多，可能是下午吃了幾個柿子，晚上不餓。」

問話的人又絮絮叨叨問了些其他的，李南宣的行動坐臥，一日三餐，穿的什麼衣裳，吃的什麼果子，喝的什麼茶，事無鉅細，樣樣都打聽。

結香脾氣好，耐心為他解答。

李綺節忍不住扶額，如果盤問結香的人是張十八娘，或者周氏，這很正常，如果是李大伯或者李乙也很尋常，但是現在那個纏著結香問個不停的人，卻是她的親大哥李子恆。粗枝大葉、不拘小節的李子恆，竟然拉著一個丫頭打聽李南宣的日常起居？還打聽得這麼仔細？

李綺節悄悄翻個白眼，轉過月洞門，拂開翠綠的美人蕉葉片，「大哥，你怎麼在這？」

李子恆嘿嘿一笑，摸摸腦袋不言語。

結香在張十八娘和李南宣面前很隨意，但是面對李家人則客氣謹慎得多，見李子恆不吭聲，她也不多話，眼皮一垂，靜靜地站在一邊。

李綺節瞥李子恆一眼，冷哼一聲，笑著對結香道：「伯娘還等著妳去她那兒取人參呢，三哥已經睡了？」

結香點點頭，「大官人親自發話，三郎敢不聽嗎？」

李綺節笑而不語，拉著李子恆走到廊簷底下。

「你打聽三哥做什麼？」

天色還不算很晚，不用點燈，也能看清道路，加上天上一輪滿月籠罩，灑下萬道銀輝，把院子照得恍如白日，廊簷裡便沒點上燈籠。

李子恆的臉陷在陰影裡，依稀看得清五官，但看不清他的表情，「還能做什麼？我就是想關心關心三弟啊！他病了，我還沒去看過他呢！」

李綺節嗤笑一聲，拉倒吧，以前她生病的時候，李子恆都不會這麼仔細問寶珠她的起居坐臥，只會一個勁兒地勸她多吃點。

她撇嘴，「管你打的是什麼主意，反正不許驚擾到三哥，他心思重，比不得你心大。」

李子恆覺得李綺節這句話似乎是在誇獎自己心胸寬闊，得意地挺起腰板，「妳放心，我是那樣的人嗎？我李大郎可以說是瑤江縣最體貼的好哥哥！」

回到房裡還沒坐下，孫天佑摟著李綺節往帳簾低垂的裡間鑽，「給妳看樣東西。」

架子床前籠著柔和的光芒，原來是一囊螢火蟲，拿白紗布袋裝了，掛在銅鉤上，夜裡紗布透出一團淡黃的螢光，光華流動，煞是好看。

知道他有孩子氣的時候，但沒想到他會這麼有閒情逸致。

壓在心頭的陰影立刻煙消雲散，李綺節放鬆身體，懶洋洋靠在孫天佑懷裡，任他拔下自己髮間的對釵，輕笑道：「你捉的？」

孫天佑低笑，她能感覺到背後胸膛的起伏，「阿滿捉的，我只負責提供紗網和竹竿。」

李綺節笑得更開懷，「多謝。」

孫天佑在她額間輕吻一口，似乎想吻去她眉宇間的輕愁，「謝我什麼？拿什麼謝？」

「讓我想想。」李綺節沉吟一陣，考慮半晌，伸開雙臂，「好，就讓你替我寬衣吧。」

孫天佑笑而不語，為她脫去細布夾襖，親自絞乾巾帕替她擦臉。

在家中她並未擦粉，不必卸妝，梳洗一番便躺倒在枕上，輕舒一口氣，「我累了。」

孫天佑以手支頤，在她耳邊輕輕吹氣，「累了就合眼睡吧，我幫妳打扇。」

蒲扇搖動間有窸窸窣窣的嘎吱響聲，像一架不堪重負的搖椅，人剛躺上去，每一個零件都在發出抗議，初時覺得刺耳，但聽久了又覺得極度催眠。

李綺節聽著搖扇聲入睡，一夜甜夢。

次日醒來，天光大亮，帳簾高捲，四面門窗卻關得緊緊的。

薄被緊緊纏在身上，連脖子都蓋得嚴嚴實實的，差點壓得她喘不過氣，不用說，肯定是孫天佑的傑作。往日他從不早起，總要趁她將醒未醒、迷迷糊糊的時候和她歪纏一會兒，今天怎麼起得這麼早？

她艱難地掀開身上的被子，起身披衣，趿拉著木屐走到窗下想支起窗子。

靠在外間羅漢床旁打瞌睡的寶珠不小心掉在地上，猛然驚醒，抬頭時看到李綺節想要開窗，連忙道：「三娘，外頭在落雪籽呢！」她一邊說話，一邊搓著手，「昨天還覺得熱，今天就冷得慌，您怕冷，得添上大衣裳才能出門。」

李綺節側耳細聽，果然聽到窗外風聲呼嘯，雪籽敲在瓦片上，劈里啪啦作響。

房裡幽涼空闊，一陣涼意擦過光著的腳踝，她忍不住打個寒噤，摟著胳膊，回到溫暖的床上，「船備好了嗎？」

寶珠點頭，「備好了，太太本來要多留咱們幾天，官人說只是落雪籽而已，不要緊。」

李綺節笑了一下，別說是落雪籽，就是落冰雹，李乙也不會多留他們。女兒、女婿回娘家小住是孝順，但是住久了別人會說閒話的，李乙怕孫天佑不高興，前幾天已經暗示過，催她趕緊啟程。

寶珠翻開大衣箱，找出冬衣讓李綺節換上，「回去要坐船，江上風大，多穿點。」

李綺節換好衣裳，攬鏡自照，看寶珠臉上似乎有些氣惱之色，疑道：「一大早的，怎麼氣鼓鼓的？誰欺負妳啦？」

寶珠氣呼呼地道：「沒人欺負我。」

嘴上說沒人欺負她，臉上卻一副委委屈屈的表情，只差沒抱著李綺節的大腿喊冤枉。

寶珠和進寶祖籍河南，逃荒流落至瑤江縣，被喪妻不久的李乙買回家中充當僕從。那時候寶珠自己還是個沒有灶臺高的小娃娃，就得負責照顧同樣是小娃娃的李子恆和李綺節。

鄉下人家的姊姊，基本都是這樣長大的，從會走路起，就幫著照顧弟弟妹妹。爺娘白天出去幹農活，她們燒火、做飯、餵豬、洗衣服，餵弟弟妹妹吃飯，帶著弟弟妹妹們去放牛、打豬草，把弟弟妹妹們帶到山下田間玩耍，自己去山裡採野菜，晚上回家再幫弟弟妹妹們洗澡，哄弟弟妹妹睏覺，第二天叫弟弟妹妹們起床。

這樣的生活，一過就是十幾年，直到弟弟妹妹們長大成人，或者是自己出嫁。

彼時不論是富貴高門，還是貧苦人家，長子或是長女的責任心都很強，威望也很高，父母不在的話，長子長女就得負責贍養年幼的弟妹。

比如朱盼睇，雖然喜歡跑到別人家去撒潑打滾占便宜，但她對自己的妹妹很好，每天都把幾個妹妹看得牢牢的，操心妹妹們的吃，操心妹妹們的穿，不是母親，更勝母親。

寶珠是鄉下丫頭，從小耳濡目染，知道村裡其他姊姊們平時是怎麼照看弟弟妹妹的，一到李家，就把李子恆和李綺節收攏到自己的羽翼之下，像隻慈祥威嚴的雞媽媽一樣，管這個管那個的，整天圍著兄妹倆轉，吃喝拉撒，全被她一個人包了——明明她自己也只是個瘦弱的小丫頭而已。

李綺節小時候特別崇拜寶珠，因為寶珠實在是太能幹了，會做飯，會縫補，會繡花，會殺雞，會把皺巴巴的衣裳上一層米湯漿一遍，然後變成闆挺的新衣裳，還記得李家那張猶如幾十個蜘蛛網交疊聯合起來的親戚關係網……總之，就沒有她不會的。

全能的寶珠是李綺節最信任、最倚重的幫手，她曾想把寶珠送到繡莊去做個大管事，名頭好聽，身分體面，以後嫁人肯定能說個好人家。

寶珠不肯，用她自己的話說，她沒什麼心機，只會老老實實幹家務活，不想領那些需要費腦筋的差事，給她幹她也幹不好，她就想當個厲害的管家婆。

「當大管家多威風，府裡的丫頭、婆子都得聽我的！以後我男人就在孫府裡挑一個，他也得聽我的！」

這和奴性無關，寶珠和弟弟進寶逃難的路上看過太多人間慘劇，餓得奄奄一息時被李乙買下帶回家。對她來說，沒有比李家更讓她覺得安心的地方。她沒有野心，願意一輩子待在李綺節身邊。

倒是進寶畢竟是男孩，不愛受束縛，而且還是愛玩的年紀，希望能隨商隊一起南下，跟著長見識，領略運河沿岸，尤其是南直隸的繁華熱鬧。

李綺節認真考慮過後，把進寶交給阿滿教導，預備明年放他去商隊當差。讓寶珠留在身邊當差，有她在前頭頂著，寶珠才能安安心心地逞威風。

兩人名為主僕，感情就和姊妹一樣，還比平常的姊妹多一份撫養的情分。

孫天佑火眼金睛，知道進寶和寶珠兩人在李綺節心裡的地位不一般，平日裡對他們姊弟很客氣，三五不時送上幾件不起眼卻很實用的小物件，把寶珠哄得服服貼貼的。

孫府其他下人見官人和太太都對姊弟倆不一般，不敢怠慢他們。寶珠在孫府可以說是威風凜凜，意氣風發，連帶著回李家省親時，李家的丫頭待她的態度也變得恭敬謹慎起來。

李綺節皺起眉頭，人人都曉得寶珠是她李三娘罩著的，誰敢欺負寶珠？

「真沒人欺負我。」

寶珠輕哼一聲，把一碟鹽炒南瓜子扒拉到手邊，一邊嗑瓜子，一邊道：「昨晚四小姐吃醉了酒，發了好大一場脾氣呢！還沒進房，就一陣子摔摔打打，釵子、耳鐺、金戒子，胡亂扔了一地。扔完又心疼，怕丫頭們趁亂撿了去，讓曹嬸子打著燈籠，一屋子丫頭蹲在地上尋摸。我剛巧路過，遠遠看了一眼，四小姐立刻變臉，拿眼睛剜我，還讓丫頭攔著我，不讓我從她門前走，分明是把我當賊看！」

她說著從鼻子裡輕嗤一聲，呸呸幾口吐出瓜子皮，「以為我跟她們一樣眼皮子淺？別人的東西再好，我都不稀罕。」

寶珠說話間，故意擼起袖子，露出腕上一支圓形開口累絲花草鳳蝶紋金手鐲，指間一個鏨刻蝙蝠石榴紋金戒子，映著窗欞漏進來的日光，熠熠奪目。

手鐲和戒子是李綺節送她的，因為當初是按著給她以後當嫁妝的想法置辦的，樣子雖然俗氣了點，但是價值不菲，能直接拿去店裡變賣。首飾是一套的，除了鐲子和戒子，還有金耳墜、金墜角、金簪子等等。

寶珠欣賞不來那些玉鐲子、翡翠鐲子，嫌容易摔壞，她就愛金的銀的，能換錢鈔，能買糧食，還耐摔。手鐲和戒子她很喜歡，這次是特意帶回李家顯擺的。

前幾天她剛顯擺完自己的金寶貝，昨晚就被李昭節當賊看待，她能不生氣嗎？

李綺節聽她抱怨一通，估摸著她的氣撒得差不多了，這才皺眉道：「昨天昭節吃酒了？伯娘許她吃的？」

昨晚她胃口不好，提前從周氏那邊回房，半路上碰到李子恆和結香，回房之後就睡了，比平時歇得早，不知道正院鬧出一場大動靜。

「四小姐要吃酒，太太攔不住！」寶珠氣哼哼道：「人大心大，脾氣也大！」

李綺節嘆口氣，李昭節的親事似乎不大順利，李大伯和周氏為她挑的人選她一個也看不上，她自己相中的，李大伯又堅決不肯點頭，周氏夾在中間左右為難，連熱心幫忙的周桃姑都跟著受冤枉氣。

周氏畢竟住在鄉下，來往的人不多，可供李昭節挑選的兒郎都是近親，再要麼就是遠房親戚的遠房親戚，七拐八拐，總能繞回李家，跳不出這個圈子。

李綺節曾經想過託和孫家有生意來往的人家幫忙，請人家為李昭節說親，她甚至連李昭節的生辰八字都要到手了，後來因為李昭節的幾句話，她把幫忙說親的事壓下了。

李昭節偷偷向曹氏抱怨，說李綺節可以按著自己的心意嫁人，她卻必須聽從李大伯的吩咐行事，明擺著李大伯偏心侄女，打壓庶女。

她還問曹氏，她到底是不是李大伯親生的，還是說李綺節才是李大伯的親女兒？

這種誅心的話，曹氏當然不敢讓李大伯或者周氏知道。

可李昭節既然能說出這種話，平時自然少不了其他抱怨之語，她房裡的丫鬟頭幾次聽到那些話的時候，沒往心裡去，以為是小姑娘鬧脾氣，等李昭節一而再再而三拿李綺節和自己比較時，丫頭們才恍然大悟：原來四小姐竟然有這種想法！

李綺節現在是鄉里遠近聞名的大財主，每次回娘家都大把大把往外撒錢鈔，丫頭們巴不得找個機會討好奉承她，不用她去費心打聽，丫頭們爭先恐後把李昭節私底下的怨言講給寶珠聽，還不忘表忠心：「寶珠姊姊，我們都是向著三娘的！」

李綺節知道李昭節念叨的那些話後，徹底打消幫李昭節相看人家的想法，既然人家已經對她頗為不滿，她何必拿熱臉去貼冷屁股？而且，如果李大伯真的認可她推薦的人選，等李昭節嫁過去，如果她的日子過得好，肯定不會感激李綺節，只會覺得是她自己應得的福分，但如果她過得不好，哪怕只是一點點不順心，也會立刻怪到李綺節身上。

這樣的燙手山芋，李大伯和周氏是責任心使然，必須為之操勞，李綺節這個外嫁的堂姊妹，就不必去摻和了。

孫天佑起床之後看到外面天氣大變，怕路上不好走，提前去渡口安排船隻，回李家時，他身上的衣裳已經半濕，頭巾也濕答答的，水珠從鬢角滑落。底下的褲子倒是還乾燥，厚幫鞋子上濺了些黑泥。

李綺節找出一件石青色圓領夾袍、一雙丫頭做的布鞋，為他換上，「怎麼沒打傘？」

孫天佑笑咪咪地道：「光顧著看風景，一時沒想起。」

寒風瑟瑟的天氣，在船頭看風景？

李綺節狐疑地掃孫天佑一眼，嗔道：「別想和我賣關子，你在外頭看到什麼了？」

孫天佑哈哈大笑，摟住李綺節，抱著她旋轉一圈，「咱們家要辦喜事啦！」

「誰的喜事？」李綺節暈乎乎的，「大哥的，還是四娘的？」

孫天佑咬緊牙關，不管李綺節怎麼盤問，打死不肯說。

李綺節不服氣，回到孫府，左思右想，想不出所以然。

李子恆蹤跡飄忽，李乙已經歇了為他說親的心思，最近沒聽說李家相看哪家小娘子。倒是李大伯和周氏已經看準一戶鄉紳，雙方互相透過底了，只等男方帶上一隻公鵝上門納采，李昭節昨晚在正院發脾氣，很可能就是因為對訂下的婚事不滿意。

所以說，李家最近要辦的喜事，應該是李昭節的出閣大禮。

可李昭節出嫁，孫天佑用得著笑得那麼詭異嗎？

孫天佑知道李綺節迫切想知道答案，夜裡以此為條件，誘哄她擺出各種古怪的姿勢。

李綺節一氣之下，把亢奮急躁的孫天佑踢到腳踏上，拉緊床帳，「今晚不許進來！」

孫天佑掀開床帳一角，偷偷摸摸溜上床，大手準確無誤地襲向中間隆起的一團。

李綺節翻過身，嫣然一笑。

燈光下巧笑倩兮的嬌娘子，眉眼間是平時見不著的嫵媚風情，孫天佑一時看呆了。

趁他發愣，李綺節腳尖往上一勾，再次把僅著一件薄紗裡衣的男人踢下床。

正常尺寸的腳板，看著細膩白皙，踢人的時候，力道可不小。

尤其踢的地方還那麼敏感。

李綺節嘴角微微上翹，一字一句道：「下一次，我會踢得更準。」

孫天佑疼得齜牙咧嘴，捂住胯部，可憐兮兮地道：「三娘，妳太狠心了，剛剛還說它讓妳很舒服，轉頭就要踢壞它。真踢壞了，妳不心疼？」

李綺節蒙上被子，把孫天佑的聒噪聲隔絕在帳簾外。

不一會兒，始終聽不到李綺節應答，孫天佑發現她好像真的動怒了，不敢再嬉皮笑臉，縮手縮腳躺在腳踏上，把掛在屏風上的外袍抓到懷裡，隨意一裹，合眼欲睡。

帳簾內外，只餘輕輕的呼吸聲。

李綺節杏眼圓瞪，盯著帳簾上喜慶熱鬧的花草藤蔓看了許久，暗暗道：真睡了？別是使詐吧？

要麼就是故意裝可憐！

想是這麼想，可萬一真的把他凍壞了，心疼自責的還是自己，當下不再猶豫，掀開低垂的帳簾，探出半個腦袋。

「哈哈，娘子果然還是心疼我的！」

她剛伸出腦袋，就被一雙鐵鑄的臂膀抱個滿懷，豐潤溫軟的唇鋪天蓋地罩下來，順著她的脖頸，一直吻下去。

第二天對鏡梳妝，李綺節對著鏡子左看看，右看看，確定昨晚沒有留下什麼可疑痕跡，才讓寶珠給她梳頭髮。

孫天佑坐在床沿穿鞋，抬頭時，目光剛巧落進銅鏡裡。

兩人的視線在鏡子裡交匯。

想起昨晚的荒唐，李綺節輕咳一聲，臉頰發熱，看看銅鏡，還好面色如常，沒有臉紅。

孫天佑走到她身後，手指從妝匣裡拂過，挑中一支銀鍍金鑲嵌翠花碧璽花蜻蜓髮釵，挽在她的髮髻上，又拈起一朵海棠絨花，簪在髮尾，左右看看，滿意地道：「娘子人比花嬌，為夫三生有幸，能得娶佳婦。」

寶珠咧嘴傻笑。

李綺節沒好氣地瞪孫天佑一眼，凶巴巴的，「這次就原諒你了！」

孫天佑笑著轉出家門。

他去的是金家。

孟雲暉已於上個月北上赴試，魏先生全程陪同指點，楊天保和楊表叔隨行照顧他們的飲食起居，幫著打點雜務。孟舉人脾氣古怪，不願和俗人打交道，留在瑤江縣照顧家小。

孟雲暉出發那天，縣裡有頭有臉的人物全去城外渡口送行，新任知縣也派家中子侄代為相送，商戶、鄉紳爭著送盤纏、送僕人、送婢女，孟雲暉斷然拒絕，言說自己無功無德，不敢承受鄉民厚愛，而且要專心應對會試，好為家鄉爭光。

於是又得到一片誇讚之聲。

孟娘子和孟雲皓聽著縣裡人對孟雲暉的各種推崇和讚頌之語，大覺刺耳，簡直想當場把五臟六腑給嘔出來。

孟娘子已經被孟雲暉算計得沒有脾氣，麻木地揪著手帕，在心裡不停咒罵孟雲暉——她被孟雲暉的手段嚇破膽子了，即使身邊沒外人在，也不敢把心裡的不滿吐出口。

兔子逼急了會咬人，可孟雲暉不是兔子，他是蛇，是狼！

不，他比狼更狡猾，比蛇更陰狠！

孟娘子望著在無盡水波中漸行漸遠的樓船，心中淒然：菩薩保佑，讓孟四郎考中進士，一輩子待在京師，千萬不要讓他再回來！

緊緊挨在孟娘子身旁的孟雲皓則暗暗咬牙：有什麼了不起，等我將來考中舉人，會比孟雲暉風光一百倍！

多年以後，他在市井遊蕩，不事生產，無家無業，天天回家找孟娘子討錢花，這個想法仍然沒改變，即使他連個童生的資格都沒有。

孟五叔和孟五娘子曾被魏先生指著鼻子痛罵，不敢當著他的面現身，只能躲在人群裡觀望。夫妻倆看著錦衣繡袍、意氣風發的兒子登上馬車，激動不已，淚流滿面。

已經出嫁的孟小妹偷偷託與孟雲暉交情很好的孟十郎把孟五娘子親手縫的一大包襪子交給孟雲暉。兒行千里母擔憂，孟五娘子為兒子做了不少衣袍、布鞋，最後送出手的，卻只有一包襪子，因為襪子是穿在裡頭的，不會被人認出是她的針線。

金薔薇頭戴帷帽，站在柳林中，冷笑一聲，對不遠處牽著一匹黑馬的羅袍青年道：「你曉得嗎？孟四郎到武昌府後，那邊也有人為他送行，酒宴就擺在黃鶴樓。」

羅袍青年嘴角微挑，露出一個漫不經心又意味深長的笑容，頰邊皺起淺淺的酒窩，「我們兩家聯手，總能找到他的破綻。」

微風拂動金薔薇的帷帽，她的聲音透過輕紗，聽起來仍舊冰冷，「三娘知情嗎？」

孫天佑翻身上馬，「我暫時不會向她吐露內情，希望金小姐能遵守諾言，守口如瓶。」

金薔薇淡然道：「你不怕三娘生氣？我雖然和她認識的時日不長，也曉得她平生最恨的就是被人欺瞞。你是她最親近的人，應該比我更清楚她的忌諱。」

之前合作賣繡件的時候，有底下的掌櫃欺上瞞下，妄圖收取買家的回扣，還沒得手，就被李綺節看出端倪。她沒有絲毫猶豫，直接把掌櫃打發走，哪怕那掌櫃之前一直表現得非常勤謹能幹，唯一一次動貪念也沒成功。

孫天佑沉默不語，目光飄向遠方，甲板上錦衣儒巾的少年才子，書生意氣，器宇軒昂，等這個善於隱忍的書生鯉魚躍龍門，成功謀得一官半職，從波雲詭譎、藏龍臥虎的京師歷練歸來，將會更難對付。

「你知道三娘為什麼對孟雲暉的生母那麼好嗎？」

金薔薇微微一愣，不明白孫天佑為什麼會突然轉移話題，「因為她是李家的遠親？」

金家是遷到湖廣的外來戶，和祖祖輩輩生活在瑤江縣的本地人來往不多，連續幾代堅持與本地大族聯姻，才慢慢融入瑤江縣紛亂的宗族派系中。

金薔薇對瑤江縣附近鄉鎮的姻親關係知道的不多，但她聽祖母說過，本地鄉村，隨便拎出兩家，往上數三代，絕對能找出親戚關係。

李家、孟家、楊家，雖然只是不起眼的、從未出過什麼大人物的鄉間小宗族，尤其是李家，人丁凋零，只剩下李大伯兄弟倆兩房，但祖祖輩輩下來，幾家一直維持著聯姻關係，即使某一時期血緣斷代，親戚關係也不會斷絕。

真要掰扯他們是什麼親戚，很可能怎麼扯都扯不清，請出族譜也沒用——族譜上只會詳細記載男丁的名姓支派，外嫁女通常只有一句「某氏幾女，嫁往某縣某鎮某村」，除非特殊情況，一般不會標明女子的其他資訊。

外嫁女兒的後代模糊不清的結果，就是從族譜上只能清晰看出自家的血脈承繼，很難看出各家是什麼親戚關係，大半要靠老一輩人猜測，然後逐一去印證。

反正，李乙和孟五娘子、楊縣令、孟五叔是遠親，這一點是可以確定的。同時，孟五娘子和周氏又有點沾親帶故。

孫天佑沉聲道：「孟五娘子和三娘的生母是親戚，可能還生得很像，所以三娘對孟五娘子一家格外優容。」

李綺節生母早逝，舅家沒有直系親眷，這些年便斷了往來。

兩人成親後，李綺節可以放心展露實力，開始放開手腳幫襯提拔生活困苦的親人。她先是把周氏的侄兒周大郎一家送去茶山當管事，然後把李家昔年得用的幾個長工提拔成掌櫃，進寶、寶珠的將來也安排妥貼，可從始至終沒見她和舅舅家來往，孫天佑問過李子恆，才知道兄妹倆的舅親那邊早無音信。

孟五娘子可能是這世上和兄妹倆的生母關係最親近的一個遠親。

金薔薇冷笑，「那又如何？難道因為孟雲暉的生母是三娘生母的親戚，她就會阻止你給孟雲暉下套子？」

她目光如電，隱含譴責之意，可惜隔著一層輕紗，對面的人看不見，「孫相公不必拿哪種藉口來敷衍我。你是不是懷疑三娘和孟雲暉曾有私情，怕她於心不忍？」

她緩口氣，鄭重道：「當年我幾次示好於三娘，想我們金家怎麼說都是瑤江縣最富貴的人家，她卻不為所動，堅持要嫁給前途難測的你，你竟然敢懷疑她？」

孫天佑噗哧一聲，咧開嘴，彷彿金薔薇說了個笑話，「我什麼時候懷疑過三娘？」

他眼眉斜斜上挑，黑白分明的瞳孔映著粼粼的波光，眸光流轉中帶著慵懶的瀟灑之意，「而且有又如何？沒有又如何？三娘現在是孫夫人，心裡眼裡都只有我這個夫君！」

金薔薇默不吭聲，心裡暗暗道：她從未見過如孫九郎這般臉皮厚的小相公！

孫天佑輕笑著，給金薔薇的理由卻是只是個敷衍的藉口，他瞞著李綺節，只是因為不想讓她為難罷了。

不是怕她因為同情孟五娘子夫婦而為難，而是怕她為難她自己。

李子恆說過，孟雲暉和李綺節幼時曾是投契的玩伴，後來孟雲暉被魏先生帶去武昌府，經年不見，李綺節似乎把這段幼年往事淡忘了。十年後，她頭一次看到長大的孟雲暉時，竟然沒認出對方是自己小時候最愛纏著的孟哥哥。

然而，孟雲暉顯然沒忘記那段無憂無慮的童稚歲月。

孫天佑是男人，從他第一次看到陪伴在李綺節身邊的孟家四郎時，就明白對方和自己抱著同樣的心思。

孟雲暉不會甘心的。

今天有孟雲暉，以後難保不會有其他人。

如果李綺節知道這一切，還能大大方方和其他人來往嗎？

她會不會心有餘悸？會不會瞻前顧後？會不會為了顧全名聲而壓抑束縛自己？

就像未嫁前，她為了不讓李乙動怒，刻意偽裝成一個乖巧順從的小娘子。

那樣的她，看似無憂無慮，可孫天佑知道，她不快樂。

所以，哪怕一切只是他的杞人憂天，哪怕只有萬分之一的可能，他也要瞞著李綺節。

她值得世上最好的一切，她不必有所顧忌，她只要無憂無慮當她的李三娘就好了。

所有不安定的因素，讓他這個丈夫提前為她解決掉，就像當年他在瑤水船上向她承諾過的那樣，李綺節可以在他面前做真正的自己，任何時候，任何場合。

因此，他必須趕在孟雲暉掌握權力之前，抓住對方的把柄。

金薔薇只是他的合作夥伴罷了，無親無故的，他懶得把自己的打算和盤托出。

金薔薇亦覺得孫天佑不可信任，只是個還算理想的合作對象。

兩人話不投機，就此分別。

臨行前，金薔薇想起一事，「孫相公，你那個姊姊可曾有音訊傳回楊家？」

孫天佑眉頭緊皺，「我哪來的姊姊？」

金薔薇冷聲道：「我指的是楊天嬌。」

孫天佑眼眉微挑，「妳打聽她幹什麼？她和金氏大概回金家祖籍去了吧？」

他忙著和李綺節恩恩愛愛，沒有興趣去關心昔日的仇人。

金薔薇默然片刻，說道：「楊天嬌不是個安分的人，如果有可能，你最好確定她在你的掌控之中，才能安枕無憂。」

楊縣令的罪證是被楊天嬌送到李家嫡支手上的，這事其他人不知道，金薔薇卻從唐長史那裡打聽到一點內情。楊天嬌當然沒有想過暗害自己的父親，但她太糊塗，想通過李家嫡支對李綺節不利，糊裡糊塗間，把李家嫡支尋找多年的證據當成無關緊要的東西送出去。

楊縣令原本可以洗清罪名，如果不是楊天嬌害怕之下，說了一些不該說的話，楊縣令不會在獄中認罪。

這還只是開始，上一世，楊天嬌在楊家落敗後依然不肯老實，混入那件驚天動地的誘騙案中，最終導致楊家被全族流放。

因為事不關己，金薔薇只模糊記得一個大概，這事她本來不想說的，但牽涉到李綺節，她必須向孫天佑示警，免得牽連到他們夫妻。

自那天以後，孫天佑雖然不太樂意，但出於謹慎，還是命阿翅幾人私底下去打聽金氏母女的蹤跡。他今天到金家去，就是為了金氏和楊天嬌的事。

誰能想到，楊天嬌竟然藏身在金雪松名下的一間別院呢？

孫天佑依稀記得，當年金氏似乎曾想把楊天嬌嫁給金雪松，媒人好像是金薔薇的繼母田氏。金薔薇既然對田氏恨之入骨，那她對這門親事想必十分不屑，她那個無法無天的弟弟，該不會看上楊天嬌了吧？

那他還敢肖想三娘？就為了和孟雲暉作對？

孫天佑冷冷一笑，孟雲暉沒做什麼，已經給三娘帶來這麼大的麻煩，果真是害人精。

金薔薇得到消息，客客氣氣送走略有些幸災樂禍的孫天佑，前一刻還面無表情，轉瞬間烏雲密布，指甲深深陷在掌心裡，差點掐破嬌嫩的皮肉。

她以為自上次教訓過金雪松後，弟弟應該能安生一段時日，沒想到他表面上順從，暗地裡卻和楊天嬌攪和到一起去了。

難怪孫天佑會迫不及待地上門向她報信，她以和孫家合作為條件，孫天佑才會暫時放下對金雪松的不滿。現在金雪松明顯不受她的管束，以後如果他再招惹李家，孫天佑就有藉口收拾他了。

金薔薇把心腹丫頭叫到房裡，「把大郎叫來。」

丫頭看她氣色不大對，心中惴惴，不敢耽擱，「是。」

金薔薇盤腿坐在羅漢床上，手裡撫摸著一個精緻的圓盒。這是金雪松昨天送她的，因為石磊納妾的事，她連日愁眉不展，金雪松為了哄她高興，特意派人去武昌府搜羅來的。

圓盒裡的佛香不算貴重，只因是她平時的心愛之物，所以很得她的喜歡，金雪松是真心想哄她開心。

她收到禮物時有多欣慰，這一刻就有多失望。

上一世弟弟死在田氏手上，這一世她保下弟弟的性命，事必躬親，辛辛苦苦地將他拉扯大，卻因為溺愛和縱容，把弟弟養成一個任性驕縱的紈褲。

其實，有金家做後盾，金雪松是一個紈褲又如何？

金薔薇完全不必如此瞻前顧後，大不了和孫天佑翻臉就是。

可她心裡有底線，早在幾年前她就立過誓言，她可以借助重活一世的優勢為自己報仇，但不能為了一己之私去謀財害命。

如果她一直放縱金雪松，讓金雪松無所顧忌，犯下惡事，那她和繼母田氏有什麼分別？

重活一世，她變得冷酷自私，蠻橫淡漠，除了弟弟和表哥，對所有人都不在意，但她絕不會害人性命。

因為她上一世就是死在田氏手上的，她知道被人謀害卻無力反抗的苦楚。

金雪松向來隨意，進了房間就大大咧咧地往羅漢床上一躺，讓丫頭剝栗子給他吃，「姊姊叫我來做什麼？」

金薔薇目光沉靜，「我早就警告過你，楊天嬌是個禍患，你為什麼要收留她？」

金雪松臉色一變，冷笑一聲，「姊姊是在質問我嗎？」

一向親熱和睦的姊弟倆，劍拔弩張，怒目相對。

丫頭們全都退去，房裡只剩姊弟二人。

金薔薇盯著金雪松那張酷似亡母的臉，幽幽地嘆口氣，「大郎……」

她還沒說什麼，金雪松已經光著腳跳到地下，怒道：「從小到大，姊姊什麼都要管！我和誰多說兩句話，妳也要問個不停！現在我長大了，姊姊為什麼還把我當成小孩子？」

他雙眼發紅，額頭青筋暴起，「對，楊天嬌是我找來的！姊姊當年不讓我娶她，我聽姊姊的，現在我想娶姊姊看中的李三娘，姊姊又不讓我娶，妳到底想讓我怎麼樣才滿意？」

金薔薇搖頭苦笑，「當年我想讓你娶三娘為妻，是因為三娘當時並未訂親，現在她已經嫁為人婦，木已成舟，你怎麼能強取豪奪？」

「強取豪奪？」金雪松目光冰冷，「姊姊這些年拔除田氏，打壓金晚香，和舅舅一起陷害金長史，強取豪奪的事做的多了，妳能想怎麼樣就這麼樣，我只是想娶一個民婦而已，為什麼不行？嫁過人又怎樣？讓她男人寫一封休妻書不就好了！」

金薔薇氣極反笑，「如果你是真心想求娶人家，當初為什麼堅決反對？你只不過想和孟家四郎賭氣罷了！女子一生，何其艱難，能有個好歸宿已是不易，李三娘對你曾有救命之恩，你就是這麼報答她的？」

金雪松梗著脖子，神情暴躁，「我不管，我一定要孟雲暉跪在地上向我求饒！要不是因為她對我有用，我還看不上她呢！」

「你——」金薔薇霍然站起，怒意和失望夾雜，在她的胸腔內翻滾，氣血倏然上湧，眼前一陣暈眩，她踉蹌了一下，險些跌倒，「混帳！」

這個睚眥必報、自私狹隘的男人，還是當年那個膽小如鼠，因為被田氏恫嚇，撲到她懷裡抹眼淚的弟弟嗎？

不，他早就不是了，他被自己慣壞了！

金薔薇忽然覺得一陣意興闌珊，彷彿此前十幾年的含辛茹苦全都化為輕煙，隨風而逝。

金雪松冷哼一聲，「姊姊有空多管閒事，不如把精力放在表哥身上，聽說他和新納的妾室感情非同一般，姊姊可得早作打算！」他頓了一下，「是我多慮了，姊姊手段不凡，一個妾室而已，哪是姊姊的對手！」

言罷，拂袖而去。

石磊納妾之事，是金薔薇最不願聽人提起的忌諱，金雪松卻故意拿石磊來刺激她。

她本該生氣的，但不知為什麼，心裡竟然沒掀起一絲波瀾。

重活一世，她能報仇，能保護弟弟，能為自己積攢勢力，能和生父分庭抗禮，能按著自己的心意處事，可她終究只是個凡人。

她可以預測世事走向，卻不能掌控人心。

她嘔心瀝血，辛辛苦苦拉扯大弟弟，可弟弟不是阿貓阿狗，他有自己的想法，有自己的喜怒哀樂，他不會按著她希望的那樣長大。

她和表哥依然青梅竹馬，耳鬢廝磨，但無法像前世那樣情深意篤。她不知道問題出在哪裡，明明是同樣的人，同樣的身分，同樣的相貌，為什麼一切都和前世不一樣了？

唯一可以確定的是，這一世，表哥只把她當成一個普普通通的舅親表妹。

在成衣鋪子二樓的匆匆一瞥，成了她的惡夢。

得知表哥愛上一個市井婦人時，她簡直不敢相信。

表哥應該愛上她的，怎麼會突然冒出來一個不相干的婦人？

直到舅舅親自押著表哥向她賠禮時，她還恍恍惚惚，如在夢中。

那是她的石磊表哥啊，上一世對她愛憐有加，不離不棄，百般呵護的石磊表哥，她的丈夫，她的良人！

她能怎麼辦？

罵表哥負心？

可表哥這一世並沒有對她表露出超乎尋常的情意。

前世的夫妻情深，猶如一枕黃粱，只有她記得分明，表哥一無所知。

取消婚約，讓表哥可以和他的心上人雙宿雙飛？

她不甘心！

明明她才是表哥的意中人，她才是那個和表哥相濡以沫、夫妻情深的石夫人！

金薔薇捂住臉頰，任溫熱的淚水從指縫間傾瀉。

她錯了，錯得徹徹底底。

重活一世，不代表一切會按著她的心意去運轉，她被仇恨所蒙蔽，變得不近人情，六親不靠，以前那個善良純真的小姑娘，早已隨著上一世的種種徹底湮沒於歲月中。

她滑坐在冰涼的紅木地板上放聲大哭。

這一世，她不允許自己軟弱，上一次哭，已是很久遠很久遠的從前。

她太累了，從幾歲的小丫頭，到十幾歲的待嫁閨秀，她戰戰兢兢，苦心孤詣，從沒有放鬆的時候。

沒有人懂她，沒有人體諒她，祖母和父親說她戾氣太重，弟弟嫌她管教嚴苛，丫頭也怕她，表哥疏遠她……

不知哭了多久，日光漸漸西斜，昏黃的光線透過窗前的竹簾，灑在古樸的琴桌前。

金薔薇擦掉頰邊的淚水，扶著羅漢床慢慢站起身，幽黑的雙瞳閃耀著雪亮的光芒。

錯了又如何？

她終究輪迴兩世，比別人多一份先機，只要她能幡然醒悟，就還有補救的機會。

孫天佑在府門前下馬，剛好和腳步匆匆的李子恆打個照面。

「大哥來了。」孫天佑想起那天在渡口船上無意間看到的情景，眼角餘光把李子恆從頭到腳掃視一遍，臉上笑意盈盈，「怎麼不留下吃酒？這就急著走？」

李子恆滿臉春風得意，「不吃酒了，我趕著回去呢！下回再和你詳談，我先走了！」

孫天佑挑眉，進了內院，李綺節讓丫頭打水，親自服侍他梳洗。

他看李綺節臉上好像並沒有多歡喜的樣子，疑惑道：「大哥不是來報喜的？」

李綺節愣了一下，微笑道：「你說什麼？大哥是來報喜的呀，四娘訂親了。」

原來是李昭節的喜事！

孫天佑擦乾雙手，在桌前坐定，李子恆怎麼光顧著為堂妹跑腿，自己卻拖拖拉拉的？

丫頭陸續送上飯菜，李綺節向孫天佑打聽李昭節的未婚夫，「雙溪鎮杜家的小兒子，聽說也是跑貨船的，在武昌府港口盤了一家店賣土產，你見過他嗎？」

「杜老九？我和他打過交道。」孫天佑夾了一筷子筍芹炒雞絲，送到李綺節碗裡，「他們家有幾座茶山，販茶，也養蠶，倒是地種的不多。杜老九年紀不大，為人卻很精明，出手大方，很講義氣，名聲不錯。」

李綺節笑道：「那些都是外頭的光景，我只想問問他家裡如何，長輩好不好相處？」

雖然李昭節對她很有戒心，但這個小堂妹到底是她從小看著長大的，李昭節嫁得如意，李大伯和周氏才能放心。

孫天佑端著瓷碗仔細回想，「他們杜家子弟雖然多，但成家後都分出去單過，除了公婆之外，家裡只有一個大哥、一個嫂子。杜老九是個本分人，幹活麻利勤快，生得周正體面，和四妹挺般配的。」

他見李綺節眉頭微蹙，便又笑著寬慰她道：「大伯選中的人家，妳還不放心嗎？」

李乙挑女婿的時候，主要看對方的門第和本事，李大伯卻粗中有細，除了男方的人品必須信得過以外，還得家中人口簡單、婆母名聲好的人家才能叫他滿意。

李綺節輕吁一口氣，「也對，大伯和伯娘千挑萬選才定下杜家小兒子，四娘嫁給他，應該是錯不了。」

可惜，李昭節不是這麼想的。

三天後，李乙親自坐船趕到縣城，讓李綺節回李家村幫忙勸說李昭節。

李綺節皺眉道：「四娘在家鬧絕食？」

李乙長嘆一聲，「家裡鬧哄哄的，妳伯娘氣病了，妳嬸子又不好張口……」

嬸子說的是周桃姑，李乙沒有要求李子恆和李綺節改口。

李綺節不想蹚渾水，可阿爺都上門來請了，不能推辭，當下顧不上收拾行李鋪蓋，換了身大毛衣裳，匆匆趕回李家村。

她先去看周氏。

周氏躺在枕上，臉色灰敗，神情頹唐，「我好歹養了她十幾年，就是一顆石頭，也該被我焐熱了，她竟然說我對她不如對一個丫頭好，我這些年白替她操心了！」

寶釵在一邊擰帕子，為周氏拭淚。

李綺節嘆口氣，「小孩子喜歡鑽牛角尖，一時沒想通，過幾年長大些就曉得體會伯娘的苦心了。現在當務之急是處理好杜家的婚約……」

她頓了一下，輕聲道：「四娘是不是看不上杜家？」

周氏苦笑道：「杜家雖然名聲不顯，也是雙溪鎮響噹噹的財主，他們家家風清正，這麼些年從沒傳出什麼不好聽的話，兄弟妯娌離得遠，不用一大家子擠在一塊兒過，杜老九生得濃眉大眼，會持家過日子，哪一點配不上四娘？」

她神情驟冷，「三娘，妳不是外人，我和妳直說吧。四娘志氣大，非要嫁什麼官宦人家，還非嫡子不嫁，可憑她的出身，哪家正室嫡出的官家子弟肯娶她過門？那不挑出身的，要麼是庶子，她看不上，要麼是家境落魄的，要麼是心術不正的，要麼是婆母不慈的，再要麼就是年紀老大，求一門填房的，我怎麼忍心讓她糊裡糊塗嫁個浪蕩兒或是給人當後娘？」

李綺節思慮片刻，果斷道：「不論如何，杜家這門親是不成了，四娘鬧成這樣，杜家人要是聽見風聲，不曉得會怎麼想。就算他們不在意，四娘嫁過去以後，會好好和杜老九過日子嗎？就怕咱們兩家不是結親，是結仇啊！」

李昭節自卑出身，所以格外敏感多疑，自卑的同時她又特別要強固執，從不和丫頭、婆子開玩笑，渾身帶刺，好高騖遠。

她看不上杜老九，真嫁過去，只會和杜老九成為一對怨偶。

周氏也怕李昭節嫁到杜家以後繼續鬧事，人家誠心誠意來求親，自家送個軟硬不吃的閨女過去，不是害人嗎？

可要真的退親，她又捨不得，不禁猶豫道：「難道真的隨四娘的意思，讓她去嫁一個一無是處的官家子？」

李綺節搖搖頭，「反正四娘年紀不大，不一定非得這時候出閣，先把杜家的婚約退了，託人去鄰縣打聽，慢慢尋摸，總能找到讓她合心的人選。」

事情就這麼定下。

李大伯和李乙備了幾大擔禮物，親自去杜家賠禮道歉。

因為親事才剛訂下沒幾天，消息還沒傳出去，杜家人又很和氣，沒有怎麼為難李大伯兄弟，兩家取回各自的庚帖，客客氣氣取消婚約。

得知不用嫁給杜老九，李昭節終於肯吃飯了。

周氏氣道：「難道就因為她不是從我肚子裡爬出來的，我就不會真心為她著想嗎？」

李綺節無奈道：「伯娘不必和小孩子置氣，她還小呢！我曉得您說的是氣話，可氣話最傷人，五娘要是聽見了，會怎麼想？」

李九冬和李昭節自小一起長大，幾乎形影不離，但兩人的性格卻是天差地別。李昭節行動愛多心，好比刺蝟，隨時準備豎起滿身刺去攻擊別人。李九冬則是天真爛漫，做事慢條斯理，像隻懶洋洋的小狸貓。

李九冬和周氏很親近。

周氏喘口氣，悵然道：「也罷，隨她去吧，反正我這輩子無愧於心。」

經過這事，李大伯知道李昭節鐵了心要嫁個做官的，生氣歸生氣，氣過之後，還是繼續為李昭節張羅。他陸陸續續又相看了本地幾戶官家門第，條件好的的高攀不上，條件差的他又看不上。

李乙建議道：「不一定非要是官家公子，秀才、舉人有功名在身，四娘應該能滿意。」

李大伯笑得苦澀，能供出秀才的人家，家境不會差到哪裡去，一般早在十幾歲時就成家了。至於舉人，那更不敢想，隨便扒拉一個都是四五十歲的年紀，人家都兒孫繞膝了，李昭節怎麼嫁過去？難不成讓她給一個頭髮花白的老頭子當繼室？

像孟雲暉那樣小小年紀就能考中舉人，還沒成親、沒訂下婚約的，是鳳毛麟角，而這鳳凰蛋擺明了看不上鄉野丫頭，一心想娶京師的千金小姐。

李昭節又不是有傾國傾城之姿的天仙，哪能說想嫁個官家子，李家就真的給她拉來一個官家子？能拉來的，全是不成器的臭玩意兒！活脫脫就是火坑，別人逃還來不及呢，李大伯怎麼可能把自己的親生女兒送到那樣的人家去受苦？

李昭節的婚事沒有進展，親近的人家曉得李家四娘眼光高，不想上門碰釘子。

正月過完以後，前前後後有七八個媒人上門——不是為李昭節來的，其中五個是想求娶李九冬，另外幾個是為李子恆說親的。

李九冬像個又香又甜的軟包子，脾氣柔和，性情純真。周氏很怕她嫁人以後轄制不住丈夫，有意給她挑一個忠厚老實的夫婿。

結果，第一個來求娶李九冬的竟然是杜老九。

李大伯和周氏面面相覷，心裡只有一個感覺：杜家是來報復李家的嗎？

杜老九態度誠懇，和媒人一起上門求親，一進門就向李大伯和周氏作揖，看起來誠意十足。因為李昭節無故退親在先，李大伯不好意思趕杜老九走，強撐著應付完媒人，關上門，發愁道：「看來杜老九心裡有氣啊！」

杜老九似乎知道李大伯和周氏的顧慮，此後多次上門，並且賭咒發誓，說他是真心想娶李九冬的。之前和李昭節的婚事不成，他失望歸失望，因為沒見過李昭節，倒也不傷心。上個月花燈節，他坐船去鎮上看燈會，剛好碰見孫天佑和李綺節帶著李九冬、胖胖在草棚裡吃餛飩。旁邊一盞碩大無比的蓮花燈，燈光照在李九冬臉上，流光溢彩，容色嬌豔，分外好看，他當場看呆了。

事後，他打聽到李九冬是李家五娘，沒有片刻猶豫，和父母、兄嫂表明心跡後，過完正月，就來求親了。

李大伯和周氏聽完杜老九的一席話，心中五味雜陳。

這個少年是他們當初從幾十個年紀相當的兒郎當中挑選出來的，人品端正，相貌堂堂，和李家門當戶對，是他們夫婦最滿意的兒婿人選。可有了之前的風波，就算他是天底下最出色的男子，也不可能和李九冬結親。

周氏怕李九冬不高興，勸慰她道：「五娘，妳阿爺一定會給你挑一個好人家。」

李九冬淡然一笑，她性子安靜，但是並不忸怩，「太太，我明白，杜家的親事咱們不能應下，不然四姊怎麼做人？」

周氏目光愛憐，「好孩子，妳曉得我們的苦心就好。」

李家堅決不答應杜老九的求親，杜老九一而再再而三地被李大伯婉拒，如此堅持了幾個月，他才徹底死心。

因為這事涉及到李昭節，李家人怕她多心，不敢讓她知道杜老九看上李九冬的事，連把李昭節當成親生女兒一般疼愛的曹氏也沒對她漏過口風。

然而，李昭節還是從丫頭們私底下的言談中聽出不對勁來。

她衝到周氏房裡，冷笑道：「何苦為了顧全我的臉面，讓九冬錯失一門好姻緣？太太還是應下杜家的求親吧！」

這時回家掃墓的李綺節剛好也在周氏房裡，周桃姑、李九冬也在，胖胖穿著一件五彩斑斕的百子衣，趴在竹蓆上爬來爬去，像隻小烏龜，逗得眾人齊聲發笑。

李昭節衝進房裡一陣吵嚷，胖胖嘴巴一癟，嚇得大哭起來。

周桃姑連忙把胖胖摟進懷裡，輕聲安撫他。

周氏臉色鐵青。

李九冬站起身，想把李昭節拉出房門，「姊姊，太太不得空，有什麼話待會兒再說。」

李昭節一把推開李九冬，昂著下巴，大義凜然，「我不是那種心眼小的人，九冬是我的親妹妹，如果杜家真心想迎娶她，我絕不會多心！太太，應下杜家的親事吧！」

周氏冷聲道：「官人已經拒了杜家，這事就不要再提了。」

李昭節呵呵兩聲，忽然指著準備悄悄離開的李綺節，冷笑道：「為什麼三姊姊可以在楊家退親之後嫁給五表哥的親堂哥，九冬卻不能嫁給杜老九？三姊姊先後和一對兄弟訂親，太太不怕別人笑話，到九冬頭上就講究起來了？」

周氏氣極，還沒出聲，周桃姑先忍不住了，李綺節是二房的女兒，她的繼女，這幾年李綺節對李大姐和李二姐頗為照顧，她滿心感激，誰敢說李綺節的不是，她頭一個和對方掐腰對罵，「四小姐說話之前先過過腦子，別張口就來！」

李昭節朝天翻個白眼，神情不屑。

周桃姑氣得跳腳，「好一個四小姐！我……」

正欲開罵，李綺節拉住繼母的胳膊。

周桃姑立刻閉嘴。

李綺節抱起眼角還帶著淚花的胖胖，「伯娘，胖胖睏了，我先帶他回房睏覺。」

周氏無奈地擺擺手，「妳去吧，夜裡過來陪我吃飯。」

李綺節帶著丫頭退出正房，周桃姑氣呼呼道：「她是妹妹，妳是姊姊，我是她嬸子，我們幹麼要退讓？」

李綺節微微一笑，「有伯娘呢，咱們還是別摻和了，免得伯娘難做。」

說罷，她心中未免悵然。

她和李子恆生母早逝，李大伯和周氏膝下空虛，在李昭節和李九冬沒出生前，李大伯和周氏把他們兄妹當成自己的孩子一樣看待，等李昭節姊妹出生，李大伯和周氏仍疼愛他們，伯侄之間情分深厚。

加上李大伯為人開明，喜歡和後輩玩鬧，常常帶她出去遊歷，她有什麼要求，不敢和李乙提，卻敢和李大伯撒嬌。

而李大伯呢，既把李綺節當成女兒疼愛，又把她當成志趣相投的小友，每次想吹牛皮、侃大山的時候，李乙、周氏不搭理他，他會找她當聽眾。

可以說，她和李大伯的關係，有時候甚至比和阿爺李乙更親近。

以前沒覺得什麼，現在看來，李昭節不知道因為這個記恨她多少年了，不然她不會說出那樣的話。

一雙柔軟的小手掌輕輕拍在臉頰上，李綺節回過神，胖胖抱著她的臉，大眼睛眨巴眨巴的，分外委屈。她輕笑一聲，在胖胖粉嫩的臉上啃了一口，把李昭節拋在腦後。

正房裡，周氏冷面如霜，胸口急速起伏，「妳問我為什麼不答應？那我也問妳一句，我為什麼要答應？縣裡的好兒郎多的是，為什麼非要應下杜家？」

李昭節盯著周氏的眼睛，一字一句道：「太太別想敷衍我！杜家可是阿爺和您千挑萬選看中的人，我不願嫁，為什麼不能讓給九冬？三姊姊可以先和五表哥退親，再嫁給九表哥，這樣的事咱們家又不是沒經歷過！」

周氏拍案而起，「好，我告訴妳！我們不答應杜家的求親，就是因為妳！」她字字鏗鏘，「因為咱們家無故退親在先，對杜家不放心！還因為妳氣量狹小，五娘嫁到杜家以後，不出兩年，妳就會和五娘生分！妳們姊妹倆從小一起長大，難道要因為一個杜老九，害得妳們姊妹不和？」

「三娘和五郎的婚事取消以後，三娘還能和五郎說說笑笑，繼續當表兄妹，妳呢，杜家人上門，妳敢出去迎客嗎？」

李昭節臉色一白，咬牙道：「我不會和九冬生分，她是我的親妹妹！」

周氏抹抹鬢角，不說話。

李昭節看向李九冬，顫聲道：「九冬，妳也不信我？」

李九冬眼圈微紅，潸然淚下，「姊姊，杜家的事已經過去了。」

李昭節握住李九冬的雙手，「九冬，我向妳保證，我絕不會多心。杜家真像太太說得那麼好的話，妳為什麼不能嫁？」

李九冬瞥一眼滿面怒容的周氏，又看看李昭節，哽咽道：「姊姊，妳是真的替我覺得可惜，還是因為不服氣三姊姊，故意和三姊姊別苗頭？難道就因為三姊姊和五表哥訂過親，之後嫁給三姊夫，所以妳也要我和她一樣，嫁給和妳訂過親的杜老九？妳真的是為我著想嗎？」

李昭節面色慘白，後退一步，「妳怎麼會這麼想我？我是妳的親姊姊！」

李九冬直接拿拳頭去擦眼睛，把兩隻眼睛擦得通紅，「姊姊，杜老九下個月就要娶親，新娘子是咱們鎮上的，妳如果真的關心我，以後別提杜家了。」

陸之章

前塵如夢埋滄桑

廊前鬱鬱蔥蔥，濃蔭遍地。一雙碗口大小的蝴蝶越過青石院牆飛進院子裡，扇動著色彩斑斕的翅膀，在花叢間翩躚起舞，迎風嬉戲。

鞦韆架上紮著絲帶，樹枝間綴有彩綢鈴鐺，原是為清明打鞦韆爭彩頭預備的，但因為李昭節在周氏房裡鬧了一場，丫頭們不敢在院中嬉鬧，鞦韆架孤零零懸在樹蔭中，分外寂寞。

曹氏讓小丫頭去灶房提熱水，打發走其他人，關上窗戶，走到羅漢床邊。

李昭節趴在軟枕上，淚流滿面，簪環髮釵從鬢邊滑落，她隨手往後一撥拉，啜泣一聲，直接用袖子抹眼淚。

曹氏輕嘆一口氣，溫柔地撫摸李昭節因為哭泣而顫抖的肩背，「四娘，妳糊塗啊！」

李昭節哭聲一停，不可置信地抬頭看向曹氏。

她不相信周氏會真心待自己，覺得李大伯偏心，但從沒懷疑過曹氏，因為曹氏自從到了李家，對她和李九冬百般疼愛，夏天酷熱，曹氏晚上便為她們打扇，雙手累得抬不起來；冬天嚴冷，曹氏夜裡一次次起身，只為查看她們有沒有在夢中踢被子；她愛吃油炸的鯽魚仔，嫌丫頭們弄得不乾淨，吃起來發苦，曹氏親手做給她，小小一盆手指粗細的鯽魚仔，掐頭去尾，撇掉魚膽，要一個時辰才能挑乾淨……曹氏是天下對她最好的人，竟然也覺得她做錯了？

她沒說話，可眼瞳裡分明是氣惱和憤恨。

曹氏心中暗暗後悔。

她是從大戶人家出來的，輾轉流落到瑤江縣，成為李家奴僕。為了將來能多一份依靠，她把李昭節姊妹倆當成自己的女兒一樣教養，盡忠的同時，也在偷偷為自己打算。在她的默默引導下，李昭節幾乎將她視作親母。

周氏是農戶出身，不懂裡頭的文章，以為給兩姊妹找個貼心的婆娘照看，自己就能放開手腳去忙活其他家務事，殊不知在許多大戶人家，因為規矩森嚴，主母無法時時刻刻陪伴在兒女身邊，導致兒女長大後，和身邊伺候的下人感情親厚，卻和自己的親母生分。

曹氏從沒想過要挑撥周氏和李昭節的關係，只是希望能被李昭節信任倚重，以後她年老體衰，連漿洗衣裳的活都幹不動時，好歹有個投靠的去處，不至於淪落到沿街乞討。

但沒想到，李昭節親近她的同時，竟然如此仇視李綺節和周氏。

她輕聲道：「四娘，從小到大，有什麼是三小姐有的，妳沒有的嗎？」

李昭節咬著唇，雪白的貝齒把櫻紅的唇咬成青白色。

曹氏說的那種情況自然是沒有的，因為分產不分家，大房、二房關係親厚，只要是從李大伯、周氏，或者李乙房裡出來的東西，不管是尋常的吃食用具，還是昂貴的首飾布匹，從來都是姊妹幾個人平分。因為李綺節年紀大一些，這幾年她得到的玩器、吃食，反而沒有李昭節姊妹倆的多。

曹氏接著道：「大官人和太太有沒有因為三小姐冷淡妳和五娘？」

李昭節眼眸低垂。

當然也沒有。李大伯固然和李綺節脾氣最為相合，也最器重李綺節，可他沒有因此就忘了李昭節姊妹，每次外出歸來，他肯定會給姊妹倆帶些外面的土產，有時候是吃的，有時候只是幾條手帕、幾朵絨花，偶爾空著手回家，事後也會用其他禮物彌補。而周氏性情爽利，不是那種細膩柔和的性子，有時候不知道該怎麼和姊妹倆相處，乾脆直接送東西，送吃的送玩的送穿的送戴的，只要李昭節開口想要什麼，周氏立刻想辦法為她張羅，李綺節再得周氏的喜愛，也沒見周氏多花心思去討好李綺節。

曹氏翻出袖子裡的軟帕，為李昭節拭去掛在眼睫上的淚珠，「四娘，妳只看到大官人和太太對三娘的好，怎麼看不到大官人和太太對妳的好呢？」

有句話曹氏藏在心裡沒有說，如果李大伯和周氏不重視她們姊妹，丫頭、婆子們會這麼盡心盡力地侍奉她們嗎？李昭節認為底下人才是真心對她好的，然而這些底下人，包括曹氏自己，全是從周氏手下領工錢的。

李昭節神色震動，眼中猶有不甘，阿爺和太太對她不錯，可所有人都更看重三姊姊。

曹氏拉著李昭節的手，慢條斯理地道：「再者說，三娘聰慧大方，主意大，心思活，對長輩孝順恭敬，對妳和五娘照顧有加，還從不掐尖要強，這樣的後輩，誰不喜歡？大官人和太太知道她行事有度，沉得住氣，自然事事倚重。二房的家產分割，全由她說了算。大少爺和三少爺一個不著家，一個用心科舉，都不通俗務，三娘是兒女輩中最出息的人，日後李家的大小事務少不得要她拿主意，連妳和五娘都要靠她照拂。大官人和太太對三娘青眼有加，何嘗不是在為妳和五娘打算？」

「妳和五娘是老來子，大官人和太太都是上了年紀的人，焉知能照看妳們姊妹到幾時？有大官人和太太對三娘的情分在先，以後就算妳們姊妹各自出嫁，彼此疏遠，只要三娘記得大官人和太太待她的好，就不會不管妳們。」

李昭節的臉色變了又變，良久，甕聲甕氣道：「就因為三姊姊本事大，我們大房所有人都要順著她嗎？她可以想嫁誰就嫁誰，為什麼我不行？我不要她照應，我也可以過得很好！」

曹氏說了這麼多話，李昭節竟然一句都沒聽進去。曹氏眉頭緊皺，說不出心裡是失望多一些，還是自責多一些，如果她早點發現，及時勸告，李昭節還會這麼偏執嗎？

現在後悔已經太遲了。李昭節當眾頂撞周氏，怨望李大伯，以李綺節柔中帶剛、外圓內方的脾性，現在對李昭節應該沒什麼姊妹之情了，無論李昭節事後怎麼道歉賠禮，李綺節只會和她越來越疏遠。

「四娘啊……」曹氏捏了捏眉心，面容頹唐，「當初楊、李兩家訂下娃娃親，三娘還不是沒有選擇的餘地？如果不是出了小黃鸝的事，妳以為親事是說退就能退的嗎？三娘膽子再大，也沒有當面指著長輩叫罵啊！至於三娘想嫁給誰就嫁給誰，她有底氣，為什麼不能自己做主？就算九郎只是個身無分文的流浪漢，三娘嫁給他，照樣能把日子過得有聲有色，所以大官人和太太願意順著她的意思，讓她自己做主，可是，妳呢？」

她的眼神帶著責問，「如果是妳嫁給九郎那樣的人，妳能談笑自若，把楊家那群上門占便宜的親眷全嚇退嗎？妳能頂著被人指指點點、當面諷刺的壓力和人交際嗎？妳能在沒人幫襯的情況下壓服二十幾個大掌櫃、幾百個夥計嗎？妳以為三娘能過得好，只是因為她的嫁妝多嗎？她帶到孫家去的陪嫁，一大半是她自己的私房。她自己立得住，拿得起放得下，她的福氣是自己掙的，不是靠父母長輩寵的。」

「四娘，妳呢？妳為這個家做過什麼？從小到大，妳吃的、穿的、用的，哪一樣不是大官人和太太給的？」

李昭節撇過頭，雙手緊緊握拳，「我、我……」

「我」了半天，她說不出別的字眼。

曹氏苦笑道：「妳瞧上的那些人家，要麼窮得只剩幾間老房子，要麼是高門大戶，咱們家高攀不上。真嫁給一個家徒四壁，只剩下一個名門姓氏，還整天吃喝嫖賭的窮漢子，妳甘心陪著他吃糠嚥菜嗎？每天要自己洗衣做飯打掃場院，可能還要下地勞作，一年到頭的風吹日曬，累得直不起腰，妳有信心能撐得起家業嗎？」

李昭節啞口無言。

曹氏苦口婆心，柔聲道：「或者大官人狠狠心，把妳送進高門大戶，妳不知道大戶人家的深淺，一腳踏進去，兩眼一抹黑，妳能適應得了嗎？」

她吐出一口氣，搖頭道：「妳既吃不了苦，又是這樣的脾氣，大官人才不允許妳任性。如果妳自己能幹精明，又或者妳看中的兒郎是靠得住的，大官人未必不會不答應妳。」

說完這麼一席話，她不再多費口舌，等著李昭節自己想通。

李昭節的氣話輾轉傳到李大伯耳朵裡，剛從李南宣院子裡回來的李大伯當場大怒，差點沒昏過去，「把四娘叫來！我倒要問問她，她眼裡還有沒有長輩？三娘在家的時候，對她那麼好，她就是這麼回報自己姊姊的？」

周氏連忙攔住，「四娘那個性子，你越罵她，她越喜歡鑽牛角尖，反正杜老九已經訂親，這事先放放，等她自己想明白了，才能聽得進好話。」

李大伯黑著臉，一甩袖子，「氣死我了！我不管了，她想嫁哪個就嫁哪個吧！」

周氏又氣又笑，「還說孩子不懂事，你也糊塗了，這種氣話是能隨便說的？」

李大伯冷哼一聲，不言不語。

兒女都是前世債，不管李昭節的話讓李大伯和周氏多寒心，做父母的，永遠不會和自己的兒女記仇。過了清明，李大伯再度忙活起來，為李昭節的婚事四處奔走。

李乙想讓李綺節幫忙相看人家，「三娘在縣城裡，認識的人多，眼界廣，讓她幫著挑幾家門第合適的，看四娘中不中意。」

李大伯連忙推辭，李昭節都說出那樣的話了，他怎麼好意思把李綺節扯進來？

李乙想當和事佬，私下裡找到李綺節，「四娘那孩子年紀還小，難免不懂事，妳是做姊姊的，哪能和小孩子一般見識？什麼時候找個空閒，妳們姊妹幾個坐在一起，把話說開，家和才能萬事興。」

李綺節笑道：「阿爺，四娘再小，也是能出閣的年紀了，她自己轉不過彎來，我躲還來不及。大咧咧往她跟前杵，萬一她想不開，賭氣非要嫁個破落戶，那我豈不是成罪人了？」

李乙眉頭一皺，「有這麼嚴重？妳多擔待點，主動找她和好，她會聽妳的勸解。」

李綺節悄悄翻個白眼，我去勸她，她說不定要上吊，「阿爺，女兒家的事，您別跟著瞎摻和。您沒看伯娘都沒說什麼嗎？」

三言兩語，把聖父心發作的李乙打發走。

於是，一直到李綺節和孫天佑返回孫府，她都沒和李昭節冰釋前嫌。

曹氏曾悄悄找到李綺節，向她賠不是，說李昭節已經知道錯了，只是年紀小，臉上抹不開，又怕李綺節生氣，才不敢當面道歉，只能由她代為轉達歉意。

曹氏的話剛說完，寶珠發出響亮的嗤笑聲。

李綺節沒為難曹氏，只淡淡地道：「我曉得了。」

曹氏滿面羞慚，黯然離開，心裡哀嘆一聲：三娘果然真生氣了！

回縣城那天，外面飄著細密的雨絲，船走到一半時，雨絲忽然變成雪籽，撲面而來。

老船伕站在船頭，望著陰沉的天空，皺眉道：「這幾年沒一年安生的，發大水，鬧地龍，現在是三月天，竟然落起雪籽來了，今年不曉得又要出什麼大事！」

孫天佑登上甲板極目遠眺，回到船艙，讓李綺節不要出去，「最近天氣反覆無常，太古怪了，說不定還會落雪，妳穿得單薄，別出去吹風。」

李綺節低頭，看一眼身上的披風，這叫穿得單薄嗎？

下船之後，換乘馬車。

金府的丫頭知道孫府的船今天靠岸，已在孫府門前等候。來的人是荷葉，她撐著油紙傘，向李綺節送上拜帖，「我們小姐請太太過府一聚。」

一旁的孫天佑目光閃爍，「府上有什麼喜事嗎？」

荷葉低頭道：「那倒沒有，小姐讓人預備一桌好席面，只單單請太太一個人。」

「只請我一個人？」李綺節接過拜帖，翻開迅速掃了一眼，上面只是寫一些禮貌性的套話，「這就奇了。」

帖子上說請她賞花，可金薔薇明明是個冷情冷性之人，從來沒有表現出對賞花品茶之類的閨中樂事感興趣的意思，以往請李綺節登門，多半是為公事。

荷葉脆生生道：「小姐說，想請太太做個見證。」

見證？

李綺節和孫天佑在傘下對視一眼，都是一頭霧水。

「我去金家走一趟吧。」李綺節攏緊披風，「可能是生意上的事。」

孫天佑心念電轉，篤定金薔薇不會洩露他給孟雲暉使絆子的事，定下心來，點點頭，「過了申時我去接妳。」

屋外風聲肆虐，嗚嗚狂嘯著穿過重重屋垣房舍。滿院陰沉肅殺，昔日花草蓊鬱、綠意盎然的花園只剩幾棵枯木，零星瘦石散落在牆角，薔薇花架簌簌搖動，虯曲的枯萎花藤攀附在枯樹上，蕭疏冷寂。

天邊搓棉扯絮，雪花奔湧流瀉，落在瓦片屋脊上，靜寂無聲。一轉眼，院內已經堆疊起一層薄薄的積雪。

丫頭關好門窗，回到腳踏邊坐定。火盆裡的木炭燒得通紅，煙氣發出絲絲細響。拔步床裡間帳幔低垂，連最不起眼的縫隙前都圍著幾道屏風，確保不讓冷氣侵入床榻。火盆烘烤著狹小的病榻，床前溫暖如春，丫頭在火盆前坐了不一會兒，鼻尖上冒出細小的汗珠。

帳內時不時響起一兩聲壓抑的咳嗽。

丫頭聽著斷斷續續的咳嗽聲，眼圈微紅，大夫已經暗示過舅老爺和舅太太，讓舅老爺為小姐預備後事。小姐從小體弱，一直多災多病，大家早預料到會有這天，可姑爺去武昌府參加鄉試，一走就是幾個月，至今未歸，難不成小姐連姑爺最後一面都見不到嗎？

那小姐未免太可憐了，生母早逝，生父冷漠，繼母不慈，繼姊跋扈，唯一的同胞兄弟夭折，也就這幾年嫁給姑爺後才能露點笑臉，可老天爺卻連這點小小的福氣都要無情收走。

有人推門進房，風聲挾裹著雪花灌入正堂，丫頭小心翼翼掀開帳簾一角往外窺看。

來人劍眉星目，頭戴一頂絹布浩然巾，身穿一襲烏黑大袖直領鶴氅，披著滿身寒氣，入得正堂，低頭拍去肩頭雪花，回身關上房門。

他生得英武不凡，本該是個朝氣蓬勃、氣宇軒昂的男子，但他卻神情萎頓，眉頭緊皺，眉宇間愁色難解，顯然是滿懷心事，舉止投足帶著揮之不去的抑鬱之態。

丫頭歡笑著蹦起來，驚喜道：「姑爺回來了！」

一邊悄悄抹眼睛，一邊掀起簾子，將男人讓進裡間。

男人進去前猶豫了一下，先脫下一路踏著瓊珠碎玉走過來的髒靴，換上乾淨的布鞋，在火盆前將手心烤熱，摸摸冰涼的臉頰，等蒼白的臉上有了幾分血色，才走入拔步床內。

床上躺著一個美貌婦人，皮膚白皙，面容秀美，可因為纏綿病榻，雙頰已瘦得凹陷，唯有那雙幽黑的眼睛依然透著一絲鮮活勁兒。

「薔薇。」他輕聲喚婦人的閨名，語氣柔和而親暱，脫下鶴氅，坐在床沿邊，握住婦人枯瘦的手，「我回來了。」

金薔薇本來望著滿繡蓮池鴛鴦紋的帳頂發愣，聽到他的聲音，微微一笑，「表哥，你累不累？我讓荷葉給你燉了一盅魚頭湯，放在窗沿外邊，這會兒該結成魚凍了……」

不知道石磊到底什麼時候能夠歸家，她天天讓荷葉燉一盅魚頭湯，擱在窗前晾涼，因為石磊喜歡吃魚凍。

她說著話，雙手撐在床沿上，掙扎著想坐起，還沒起身，眼前一片暈眩。

心中頓覺無限淒涼，自嫁給表哥後，她臥病在床，不能侍奉公婆，不能友愛姑嫂，不能照顧表哥的起居飲食。她是表哥的妻子，卻沒盡過妻子的本分，不僅什麼都做不了，還累得表哥為她四處奔波、求醫問藥，耽誤了讀書進舉……

淚水潸然而下，她從齒縫間吐出幾個滿含恨意的字眼：「表哥，我好恨！」

恨父親無情無義，任由繼母田氏作踐她！恨繼母田氏陰毒狠辣，害死大郎，讓她落得一身病症！恨蒼天無眼，恨世道無情！

石磊輕嘆口氣，輪廓分明的臉上鬱色更濃，把滿面淒然的妻子攬入懷裡，「薔薇，這一次我一定能考中舉人，等我有功名在身，金長史也不敢拿我怎麼樣，誰都不能再欺負妳！」

金薔薇露出苦澀的笑容，「表哥，我怕是看不到那一天了……」

舅舅和舅母怕她傷心，讓丫頭瞞著她，可自己的身體自己知道，她心裡明白，自己已經油盡燈枯，時日不多。

石磊雙臂一顫，用力把懷中人抱緊，「不，妳會看到那一天的！妳記得嗎？小的時候，我和妳說過，要帶妳去觀海潮賞奇峰，遊覽所有南地名勝古跡，咱們坐船南下，一直走到最東邊的廣州府，看那些橫渡南洋的寶船到底有多大，說不定咱們還能和那些來自海外邦國，生著綠眼睛、黃頭髮的藩人交朋友……」

聽著石磊飽含深情的講述，金薔薇黑沉沉的雙眼迸射出幾點閃爍的亮光，很快又回歸於寂滅，「如果，如果有來世……」

「不！」石磊抬起頭，雙眼含著淚光，「沒有什麼來世，我現在就帶妳走！」

他不顧石員外和石太太的勸阻，堅持帶著病勢沉重的金薔薇遠行。

石家雇了條船，沿江南下，一路經赤壁，過洞庭湖，途中天氣越發寒冷，眼看就要走出江西布政使司境內，金薔薇忽然陷入昏迷。

石磊在床榻邊守了兩天兩夜沒合眼。

船艙外大雪紛飛，江面一片空茫。入夜後，雪勢稍減，雲層散去，幽黑長空捧出一輪皎潔孤月，如玉盤高懸，銀輝流瀉。正值新年，岸邊萬家燈火，側耳細聽，隱隱約約能聽見歡鬧的爆竹聲和煙火在空中炸開的聲響。

在這家家團聚、祖輩同樂，權貴黎庶共慶佳節的寂冷冬夜，人人圓滿安定，戶戶歡聲笑語，神州大地，舉世喜樂，他卻只能眼睜睜看著妻子身上的生機一點一點流逝。

金薔薇睜開眼睛，雙頰透著不自然的紅暈，瞳孔燃燒著不甘心的火焰，「表哥，我幼年失母，七歲時沒了弟弟，多虧阿婆照拂，才能苟延殘喘，勉強撐到出嫁的年紀。在金府的短短十幾年，我不知吃了多少苦頭，嫁給你之後，我才知道活著是什麼滋味。與你成親的這些年頭，是我過得最舒心、最快活的時候……」

她每說一句，石磊的臉色越發蒼白，雙手將她抱得跟緊。

末了，她伸手輕撫石磊的臉龐，似乎想撫平他眉心的愁緒，悠悠道：「表哥……」

短短兩個字，夾雜著刻骨情意，萬般不捨。

石磊擁緊金薔薇，低頭在她額前輕吻，耳鬢廝磨間，聲音沙啞地道：「薔薇，別忘了我，來世咱們還做夫妻。」

金薔薇仰頭看他，臉上綻放出一個明亮得近乎灼人的笑容，「好，表哥，我答應你，生生世世，咱們永遠做夫妻。」

「轟隆」一聲，遠處市鎮歡聲雷動，巨大的煙花在空中爆響，奼紫嫣紅，璀璨奪目，淅淅瀝瀝的花影華光如天女散花一般從雲巔墜落，在無邊蒼穹之中繪出一道道絢麗盛景。

男兒有淚不輕彈，只是未到傷心處。

淚水從腮邊滾落，很快打濕衣襟，石磊摟著面容恬靜、氣息全無的妻子，幽咽低泣。

屋外叮叮噹當，一陣劈里啪啦響，是綠豆大的雪籽砸在屋脊、窗前的聲音。風從廊前飄入，吹拂軟簾，綴有鈴鐺的流蘇輕輕搖曳，奏出一陣清脆歡快的樂音。

表哥，我沒忘記上一世的恩愛繾綣，可你卻記不起我啊！

眼角泛起潮意，金薔薇拂去睫毛間顫動的淚珠，從回憶中抽回神。

目光滑過擺在西側間的紅木壽桃紋鑲嵌緙絲花開富貴圖落地大屏風，屏風前一張黑漆束腰月牙桌，桌上琳瑯滿目，酒菜俱全，全是石磊平時最愛吃的菜。

她讓人打起簾子，門口大敞，可以直接看到院中情景。

腳步聲由遠及近，丫頭們簇擁著一個眉清目秀、頭髮烏黑的女子翩然而來。紙傘罩在她頭上，日光從綿密的紋理間篩入，籠下淡淡的光暈，越發襯得她綠鬢朱顏，俏麗明媚。

除了弟弟金雪松，李綺節是另一個金薔薇無法預知的變數，她隱隱覺得李綺節和自己有緣，希望能把對方和弟弟湊成一對。妳們都屬於改命之人，命理契合，理當互相扶持。可惜天命不由人，李綺節另有意中人，金雪松又頑固任性，配不上她的人品氣度。

金薔薇看著李綺節一步步走進迴廊。

李家三娘出身市井，長在鄉村，和街坊親族間的同齡女郎格格不入，寧願惹人嘲笑，也堅持不肯纏腳。淡定從容，自得其樂，像一株在山野間迎風盛開的花樹，不求繁華，只願隨心，花開花落，不看時節，只在她的心意。

她也曾有諸般無可奈何，可她始終守著本心，如今她嫁為人婦，依然不改爽朗自在，夫妻和睦，事事順遂。

金薔薇手握先機，卻把自己的生活攪成一鍋亂粥。

是該做出決斷的時候了！

李綺節是變數，也是希望，所以金薔薇請她來為自己做見證，徹底和前世劃清干係，從此以後，她的人生將完全和前世割離。

李綺節進屋的時候嚇了一跳。

堂前的盛裝少女，施濃妝，梳高髻，髮間珠翠堆盈，鬢邊金玉珠墜累累，著蔥黃交領夾襖、石榴紅暗花緞褙子，百褶裙裙褶間繡著金線紋路，行走間裙褶暗光流曳。

這一身裝扮，有些像剛出閣的新娘子，伊人華服玉飾，濃妝豔抹，默默獨坐在深閨中，等待著新婚丈夫歸來。

「金家姊姊……」李綺節掃一眼桌上的酒菜，「今天是什麼好日子？」

金薔薇眼眸微垂，向她道萬福，「風雪天邀妳上門，勞累妳了。」

李綺節連忙避開不受她的禮，「金姊姊不必客氣，有什麼能幫到姊姊的，但憑差遣。」

話音剛落，丫頭在門外道：「表公子到了！」

李綺節眉尖輕蹙，表公子？

是那個和金薔薇青梅竹馬，自幼訂有婚約的石家大郎？

她沒見過石磊，只聽孫天佑八卦過石磊和金薔薇的親事。

按理說，以金薔薇的剛強性格，知道石磊和市井婦人糾纏，應該火冒三丈，立刻上門將那婦人打殺才對，或者闖入石家，把石磊磋磨一頓也不出奇。

可是，金薔薇竟然忍下來了。

金薔薇同意石磊納妾的消息傳出時，不止李綺節驚愕不已，整座瑤江縣的男男女女都不敢相信自己的耳朵。說一不二，敢以弱女子之身挑戰金長史權威的金大小姐，居然也有忍氣吞聲的一天？

孟春芳能夠容忍小黃鸝，是因為她知道自己絕不會愛上楊天保，所以她可以鎮定從容地旁觀楊天保勾三搭四。

金薔薇和孟春芳不一樣，所有人都看得出來，她鍾情於自己的表哥。

那麼，只有一種可能，金薔薇對石磊的感情已經超出眾人的想像，甚至到了言聽計從、誠惶誠恐的程度。

情關難破，堅忍如金薔薇，也只是個繞不過七情六欲的凡人罷了。

李綺節不動聲色地掃視一圈，金薔薇同時把自己和石磊請到金家來是想做什麼？

桌前只有兩個鼓凳，應該不是為她和石磊準備的吧？

金薔薇示意丫頭放下軟簾，「外頭風寒，荷葉，帶三娘進屋暖暖。」

李綺節不明所以，跟著丫頭避入屏風後。

金薔薇朝她微笑，「三娘，待會兒不論我和表哥說了什麼，做了什麼，妳只管安心高坐，等事情了結，我再謝妳。」

她的表情堅定又脆弱，笑容中夾著蕭瑟落寞之意。

不知為什麼，李綺節忽然覺得胸口微酸，點點頭，輕聲道：「姊姊自便。」

石磊一踏進院子，第一眼就看到立在門邊的表妹金薔薇。

她挽高髻，著豔裝，頭頂珠翠，妝容嫵媚，美目含情，直直地望著他。

雖然她沒有開口，但眼神流轉間的柔情蜜意，連瞎子都看得出來。

石磊低嘆一口氣，心中只覺愧疚難安。

少年時，他和金薔薇同進同出，同坐同臥，感情分外親厚，但那只是小孩子之間單純的友愛之情。年紀漸長後，他收斂玩性，隨堂兄弟們一起去學堂念書，很少再入內帷，漸漸地便把溫柔嬌弱、楚楚可憐的金薔薇淡忘了。

偶然在長輩膝下承歡時碰見金薔薇，對方似乎性情大變，不復以往弱不勝衣之態，他心中已不再有波瀾漣漪，少時的懵懂情意，早已成為往事。

因為兩家有婚約在先，石磊願意娶金薔薇為妻。有自小認識的情分在，他覺得可以和表妹可以成為一對相敬如賓、舉案齊眉的佳偶。

直到有一天，他遇到一個叫溫薇的女人。

金薔薇見過溫薇，只是匆匆一瞥，她就發現溫薇和以前的自己是那麼的相像，同樣的柔弱，同樣的朱唇皓面，同樣的惹人憐惜。

連眉眼都像是一個模子刻出來的。

她不知該笑還是該哭，輸給上一世的自己，該如何挽回？

上一世，她死後，靈魂並未遠去，她跟著表哥回到家鄉，旁觀表哥為自己操辦喪事。眼看表哥一日比一日消瘦，她想安慰他卻無能為力。

田氏打扮得粉光脂豔，上門弔唁，被表哥趕走。

向來沒脾氣的石老爺和石太太也對田氏不假辭色，不許金家一行人進靈堂。田氏不服氣，站在石家門前罵罵咧咧，石家乾脆和金家徹底斷絕往來。

瑤江縣是個傷心地，她的葬禮過後，石家慢慢遷回老宅居住。

轉眼喪期已過，表哥一直未娶，他以舉人之身，在老宅開辦族學，為族中子弟開蒙。光陰荏苒，眨眼間許多年過去，表哥仍舊孑然一身。族人見他意志堅定，不再勸他續娶。四十歲那年，他從族中過繼一雙幼年失祜又失恃的兄弟，親自撫養長大。

他過世的時候，兒孫繞膝，家宅興旺。分散在各地擔任官職的學生相繼趕回老宅，為他抬棺。出殯那天，送葬的隊伍從山頂一直延伸到山腳，哭聲不絕。

表哥是個好人，兢兢業業幾十載，教得桃李滿天下。

這一世的石磊還未取得功名，他走進房內，拂去落在肩頭上的雪籽，眼眸低垂，不和金薔薇對視。既是出於規矩使然，也是因為心中有愧，不敢看表妹飽含情意的眼神。

金薔薇看著年輕俊朗的石磊，心裡竟然有淡淡的歡喜浮起，也許這樣也好，表哥意氣風發，朝氣蓬勃，他將和喜歡的人攜手共度一生，而不是如前世那般，每天對著她的牌位絮絮叨叨，孤獨至死。

她告訴自己，人的感情是不由自主，無法控制的。

表哥依舊還是那個表哥，溫柔多情，容易心軟，一旦愛上一個人，就會一直愛下去。

上一世有多感激他的深情，這一世就有多頹喪絕望。

他沒變，變的人是自己。

緣分無法強求，生生世世，哪有那麼容易？能夠修得一世夫妻，已經是難能可貴。

上輩子，表哥給了她一世深情。

雖然除了她以外，沒人記得前世種種，但那些深刻而遙遠的記憶，是她親身經歷過的。

她無以為報，這一世，就讓她還表哥自由好了。

兩個丫鬟侍立左右，兩人在桌前落座。

石磊的目光落在當中一碗晶瑩的魚凍上，表妹對他的喜好一清二楚，有時候他甚至覺得表妹比他還了解他自己。

「表哥，我敬你三杯酒。」金薔薇手舉白玉杯，一字一句道：「飲過此酒，咱們兩家的婚約就此作罷，從此橋歸橋，路歸路。」

不等石磊作聲，她朱唇輕啟，微笑道：「第一杯酒，祝表哥得償所願，與心愛之人雙宿雙棲、比翼齊飛。」

石磊大驚失色，剛拿起的筷子掉在地上，啪嗒一聲響。

金薔薇淡然一笑，仰頭飲下杯中燒酒。冰冷的酒液滑入喉嚨，五臟六腑像是要燒起來一樣，又辣又燙。

忽然被酒水嗆住，她捂住疼得喘不過氣的胸口，咳嗽幾聲，沒想哭，但眼淚不知不覺滑了出眼眶。

上一世，洞房花燭夜，喝交杯酒時，她也被嗆住了，表哥立刻把她摟進懷裡，餵她喝溫熱的蜜水，滿臉緊張關懷。

而此刻，石磊也盯著她，可眼裡更多的是愧疚和不知所措。

她定一定神，繼續斟滿白玉杯，「第二杯酒，願表哥身體常健，歲歲平安。」

石磊望著她，沒有去拿酒杯，寬袖中的雙手微微顫抖。

金薔薇一口氣飲盡杯中酒，執起酒壺，清冽的酒液再度灌滿晶瑩剔透的白玉杯，「最後一杯酒，望表哥學業有成，年年順景。」

三杯酒，三祝願，字字句句全是他。

愛了兩輩子，刻骨銘心，矢志不渝，如今卻必須狠下心腸，親手挖出自己的肝肺。

說完最後一個字，她忽然伏在桌上，淚流滿面，手中的白玉杯掉落在腳邊，摔得粉碎。

酒液灑得到處都是，上好的燒酒，香氣慢慢飄散開來。

彷彿無形中有隻手在狠狠撕扯自己的肺腑，石磊心頭惶然，說不清是憐惜，還是沉痛，只是愣愣地道：「表妹……」

金薔薇抬起頭，臉上的脂粉被淚水沖刷，似哭似笑，似悲似喜，「表哥，你走吧。」

石磊久久無言，雙腿像灌滿鐵水，牢牢澆鑄在地上。

他隱隱有種感覺，離開這間房屋，有些東西，他可能永遠也找不回來了。

丫頭走到他身邊，示意他動身，「表公子，這邊請。」

石磊眉頭緊皺，不說走，也不說不走。

金薔薇站起身，寬大的袍袖掃過桌面，酒壺、瓷碗應聲落地。

她望著門外陰沉的天色，幽幽道：「今日一別，各自安好。」

聲音已經不復方才那般悲傷哀戚，像雨後的晴空，明朗澄澈。

片刻後，石磊恍恍惚惚地走出金府大門。

伴當連忙舉著傘上前伺候，他愣了一下，推開絹布傘，迎著漫天飄灑的雪籽，一步一步地慢慢走回石家。

荷葉帶著小丫頭撤走桌上的盤碗茶碟，金薔薇另挑了個絞胎菊瓣茶杯繼續飲酒。一杯接一杯，她喝得滿面通紅，眼角漸漸染上春意。

李綺節從屏風後走出來，「金姊姊，別喝了。」

金薔薇醉眼迷濛，斜眼看她，「妳是誰？為什麼不讓我喝酒？表哥變心了，我要喝！喝醉之後，我就不用傷心了！」

荷葉忍不住，哽咽地喚道：「小姐……」

李綺節嘆口氣，強行扶起金薔薇，攙著她往裡間走，吩咐荷葉：「去煮碗醒酒湯來。」

荷葉用手背抹抹眼睛，答應著去了。

李綺節個子高，力氣大，而金薔薇嬌小玲瓏，壓根兒不是她的對手。她半摟半抱著把醉酒的金薔薇送入床帳，丫頭送來熱水巾帕，她親手絞乾手巾，為金薔薇擦臉擦手。

「不！」金薔薇忽然抓住李綺節的手，「表哥沒變心，變心的這一個，不是我的表哥！表哥是無辜的，上輩子他等著我長大，把我娶進門，我們去彌陀寺求同心鎖，約定生生世世，永遠做夫妻！」

丫頭們以為金薔薇在說醉話，沒有在意。

李綺節卻變了臉色。

旁觀完金薔薇和石磊杯酒退婚約，她已經把實情猜了個七七八八，原本不該吃驚的，但這會兒聽到金薔薇醉中深切的懷念和痛苦的傾訴，她還是悄然色變。

她和金薔薇是同樣的人。

她從後世而來，與這個世界格格不入。

金薔薇重活一世，擁有其他人無法理解的執念和記憶。

她們倆註定孤獨，註定不被人理解，只能把祕密藏在心底，獨自踏上漫漫人生路。

幸運的是，李綺節有家人相護，有孫天佑陪伴。

孫天佑或許不能讀懂她，但是他願意尊重她，包容她，信任她。

他給了她所有承諾的一切，甚至更多。

而金薔薇卻不能和上輩子的丈夫心意相通，他們原本是天作之合，只因不經意間錯過一個互相理解的契機，從此漸行漸遠，最終將成陌路。

這一刻，李綺節無比憐惜金薔薇，也無比思念孫天佑，雖然只分離兩個時辰，卻像是隔了無盡歲月。

安撫好金薔薇，等她入睡，丫頭從外頭走進房，壓低聲音道：「孫相公在府門外。」

李綺節訝異道：「他怎麼來了？」

丫頭輕聲道：「外面落雪了，孫相公怕路上不好走，親自來接您。」

走到門外一看，淅淅瀝瀝的雪籽果然變成紛飛的鵝毛大雪，雪中夾雜著豆大的雨滴，雨雪混在一處，一個似雨簾，一個如薄霧，一快一慢，一動一靜，看得人心裡七上八下，一會兒隨著歡快的雨打芭蕉聲沉思，一會兒看著緩緩墜落的雪花發愣。

孫天佑頭戴竹笠，身披斗篷，腳踏鹿皮靴，騎著一匹雪白馬駒，踏雪而來。進寶趕著馬車，遙遙跟在他身後。

李綺節站在金府後門的屋簷下，看孫天佑翻身下馬，動作俐落。

「冷不冷？」孫天佑走到她跟前，抖開一件厚實的披風，把她從頭到腳包得嚴嚴實實的，「看妳的臉都凍紅了，回去得喝碗辣薑湯。」

李綺節乖乖地由他牽著，登上馬車。

孫天佑轉過身，準備去騎馬。

李綺節忽然覺得不捨，手指微微用力，牢牢扣住他的手，「陪我。」

孫天佑愣了一下，回頭看她，酒窩輕皺，眼中有濃得化不開的柔情，「好。」

這一晚，她纏著他不放，熱情得近乎瘋狂。

他不言不語，默默地把她翻來覆去地折騰，享受難得的驚喜體驗。

第二天睜開眼睛，帳簾半捲，窗前一片雪亮。

那亮光白得過分，亮得過分，像能化成有形的銀色水流，透過絳紅窗紗，漫進室內。

李綺節揉揉痠痛的腰肢，披衣起身，支起窗戶，眼睛有些刺痛——原來昨晚大雪一夜沒停，已經累起一尺厚的積雪，目之所及，冰雪遍地。

孫天佑掀簾進房，走到她身後，從背後抱住她，眼裡有促狹的笑意，「醒了？」

想及昨夜的狂放，李綺節臉頰微微一熱，含羞帶惱地睨他一眼，「什麼時辰了？」

「還早。」孫天佑輕咳一聲，「巳時剛過。」

那就是差不多中午了。

李綺節輕哼一聲，反正都是自己人，沒什麼不好意思的，「我餓啦！」

趁著她洗漱梳妝的時候，丫頭陸續送來粥飯茶點。

灶房的婆子看時辰不早不晚，乾脆早飯和午飯一起送，有米粥，有蒸飯，有筍肉饅頭，有香甜的桂花栗子糕，還有一大罐薑汁魚片銀絲麵。

都是尋常東西，但一頓飯這麼多花樣，未免太浪費。

李綺節吃著粥，心裡暗道：如果李大伯和阿爺知道她一頓飯吃得這麼奢侈，絕對會氣得跳腳。阿爺平時一鍋湯連熱兩天六頓，剩下一點沒滋沒味的渣末也不浪費，留著煮麵吃。

孫天佑也餓了，坐下陪她一塊用飯。

吃到一半，他忽然道：「金府剛剛差人送來口信，金小姐明天要遠行。」

「遠行？」李綺節筷子一停，「她要去哪兒？」

「廣州府。」

◆　◆　◆

雪後初晴，日光明媚，霞光籠罩在潔白的積雪上，正是朝霞映雪，清麗中透著嫵媚。

金薔薇頭梳雙螺髻，著紫花寧綢夾襖、燕尾青拖畫裙，站在船頭，笑靨如花，「三娘，待我從南方遊歷歸來，咱們秉燭夜談。南方繁華昌盛，我此去眼界大開，路上的見聞，肯定三天三夜都說不完。」

昨天的金薔薇還憂鬱沉痛、悲傷難抑，今天的她卻明朗自信，英姿颯爽。

拋卻從前種種，昔日陰冷沉鬱的金大小姐煥然一新，徹底改頭換面。

從今以後，迎接她的將是一段徹底改寫的嶄新人生。

上一世，她沒能堅持到傳說中無數南洋商販彙集的廣州府，這一世，她帶著上輩子夫妻沒能完成的心願，獨自踏上旅程。

表哥，我要去看海潮觀盛景，賞奇峰遊南地！

人海茫茫，山高水闊，願我們此生再無相見之日！

李綺節握著金薔薇的手，面帶欣慰，祝福她道：「金姊姊，一路平安。」

金薔薇瀟灑一笑，「三娘，我走之後，如果大郎還敢冒犯妳，不必因為顧忌金家就畏手畏腳，只要不傷及他的性命，妳想怎麼樣就怎麼樣。」

她輕哼一聲，「他不是小孩子了，該讓他見識一下什麼叫世道艱難！」

李綺節知道她說的是真心話，噗哧一笑，「金姊姊，妳捨得嗎？」

「玉不琢，不成器。」金薔薇揮揮手，漫不經心道：「我早該放手的。」

水手解開繩索，渡口嘈雜鼎沸的人聲中，船隻漸漸漂向江心。

李綺節和孫天佑並肩而立，看著金薔薇獨立船頭的身影逐漸模糊在江心蒸騰的水霧中。

……

反常的天氣只持續兩天，雪後虹消雲散，天朗氣清。

李大伯、李乙和周氏憂心今年地裡的莊稼。一年二十四節氣，次序清晰，氣候分明，往年清明前後，萬物復甦，草木現青，氣溫回暖，農人們開始忙著種瓜栽豆，移植幼苗，可今年這一場突如其來的大雪落下來，打亂了農時。之後的穀雨、小滿、芒種、小暑可能也會出現反常，造成暴雨或是乾旱。

這是一個靠天吃飯的時代，農人們對天氣的關心幾乎出於本能。

李大伯決定多補種幾波瓜菜幼苗，以免前頭種下的活不成，至於後面栽種的能不能成功躲過極有可能到來的旱澇，那就得看天意了。不管老天爺賞不賞飯吃，農人絕不會因為恐懼天氣而放棄地裡的糧食。

烏飛兔走，杏樹、桃樹、李樹漸漸褪去粉豔，繁盛的枝葉間掛滿青澀果實。

一轉眼，又是枇杷成熟的初夏時節。

這天，日頭晴好，李綺節沒有出門，挽起衣袖，和寶珠在庭間煮梅子。滾沸的開水在陶罐中發出咕嘟咕嘟的聲音，梅子之間冒著歡快的氣泡。

丫頭進院通報，說孟五叔和孟五娘子領著僕從，挑了兩擔金黃的枇杷果送到孫府門前，人已經進來了。

李綺節掀開小圓蓋，往陶罐裡撒下一大把紫蘇葉，「官人在不在書房？」

孫天佑吃過早飯就去外院了，說是要出門，這時候不知道動沒動身。

丫頭道：「官人在書房招待孟五叔和跟著他們一道來的孟十郎。」

杏花盛放時節，春闈放榜之時，孟雲暉高中進士，然後按照魏先生的指點，頻繁和京師的文人儒者來往。上個月經魏先生的知交好友從中牽線，孟雲暉已經娶得佳婦，巧的是，新娘子姓楊，不過這個楊和楊天保的楊不一樣，當朝首輔也姓楊，楊小姐是首輔的庶孫女。

首輔家的孫女兒，即使只是個不起眼的庶出小姐，對瑤江縣人來說，也和天上的仙女、宮裡的公主娘娘差不多。

現在縣裡已經興起一種謠言，說孟雲暉是文曲星轉世，生來就是要考狀元、娶公主的。孟家祖墳前有幾棵棕櫚樹長得很茂盛，不知道是誰先起頭的，反正所有人都認為那幾棵棕櫚樹是保佑孟雲暉考得進士出身的仙樹。於是，十里八鄉的老百姓紛紛前去摘取棕櫚葉、棕櫚果實、棕櫚皮，拿回家煮水，給家中讀書的孩兒喝，讓孩兒能夠變得更聰明。還有大膽的，想趁著月黑風高，把棕櫚樹挖走，移植到自家祖墳裡去。

短短幾天，孟家的祖墳被糟蹋得不成樣子。孟家人無奈之下，將祖墳重新修葺一新，在周圍蓋起高高的圍牆，每天派人看守，以防宵小偷挖棕櫚樹。

當然，這筆重修祖墳的錢鈔是孟家人自願捐獻的，別姓的人家想捐錢，他們孟家人還不收呢！孟家人相信，修好了祖墳，福運還是會眷顧他們孟家兒郎。

孟雲暉借助新科進士的勢頭和與楊家的姻親關係，一舉跨入權貴階層。雖然他殿試的名次不算很理想，但仍然不耽誤他成為新晉進士中名聲最響亮的俊傑。有楊家撐腰，他不必擔心被隨便指派個前途晦暗的外差。

果然任命出來，孟雲暉留在京中擔任庶起士。

庶起士專隸於翰林院。春闈過後，進士及第的一甲者可以直接進入翰林院，二甲、三甲中資質優秀的人通過考核，授予庶起士。

庶起士只是短期職位，看似平常，可正所謂「非進士不入翰林，非翰林不入內閣」，庶起士是天子近臣，未來的內閣重臣儲備來源，明朝歷代內閣輔臣大多數出自翰林院。

可以說，有庶起士這個高起點，孟雲暉手握權柄之日，指日可待。

他寒窗十年，一舉成名，又得娶貴婦，仕途順暢，真可謂青雲直上，春風得意。

嗣子平步青雲，孟舉人依舊還是那個古怪清高的孟舉人，不愛和俗人打交道，每天看看書，談談禪，三五不時鑽進深山和某個隱居的老友相會，神龍見首不見尾。

孟娘子倒是得意了一陣，不過想想孟雲暉人前憨厚人後陰狠的性子，她很快偃旗息鼓，整天憂心忡忡，就怕孟雲暉哪天帶著貴小姐回家拜宗祠，趁機收拾她。

孟雲暉杏榜有名之後，每天到孟家拜訪的女眷多不勝數，孟娘子白天忙著和客人周旋，夜裡輾轉反側，連做夢都在想該怎麼討好孟雲暉的新媳婦。幾個月下來，人瘦得如枯竹般，再不復以往趾高氣揚，縣裡人還誇她，說她不愧是進士的母親，氣度比以前沉靜多了，一看就是有大智慧的。

孟雲皓知道自己已經徹徹底底得罪孟雲暉，與其擔心孟雲暉怎麼報復他，不如趁著孟雲暉不在，好好享受眼前的快活日子。他結識了一堆臭味相投的酒肉朋友，每天早出晚歸，無所事事，遊蕩懶散，鬥雞走狗。開始只是不務正業，吊兒郎當，到後來竟然賭博吃酒、眠花臥柳，只差沒有殺人放火、打家劫舍。

縣裡人背後指指點點，沒人願意把自家閨女嫁給孟十二。雖然孟雲暉名聲響亮，但人家遠在京師，誰曉得能不能照應沒有血緣的兄弟？何況周圍鄰居街坊都知道孟雲暉和孟十二關係不睦。為了閨女的終身幸福著想，寧可找個窮苦一點的女婿，也不能把只會東遊西逛的浪蕩子招進家門。

孟雲皓如此不成器，孟娘子和孟春芳急得冒火，罵也罵過，勸也勸過，連家法都請出來了，孟雲皓就是好賴不聽，軟硬不吃。

到最後，孟娘子只能拉著孟春芳的手嚎啕大哭，「妳這個弟弟以後怕是不成了，我還指望他給我養老送終呢！現在看來，以後沒人看顧他，他說不定只能去討飯過活！七娘啊，如果哪天我和妳阿爺不在了，妳看在我們兩老的情分上，別捨不得一碗飯，只要妳弟弟能吃飽穿暖，我在地底下也安心！」

這些事是周桃姑從孟家妯娌那裡聽來，然後回家學給李綺節聽的。

孟家人覺得孟娘子和孟雲皓是咎由自取，因為孟雲暉考中進士後，第一件事就是提拔孟家其他兒郎，比如一直和他關係親近的孟十郎等人。孟十郎沒有猶豫，果斷地辭掉自己的差事，成為孟雲暉的專職跑腿。

孟家人私底下說：「四郎有情有義，不忘本，剛站穩腳跟，就回頭拉扯族裡的堂兄弟，小十二自己不爭氣，四郎想幫拉拔他都沒處下手！」

還有那些目光長遠的，悄悄議論：「小十二這麼胡鬧，萬一別人拿他當藉口攻訐四郎，四郎豈不是白白受他連累？」

這個擔憂一說出口，立刻受到孟家族人的重視，眾人商量過後，下了一個決定，「好好看著小十二，如果他只是不事生產，隨他去，千萬不能讓他進京投奔四郎！」

孟家人達成共識，此後，孟雲皓一輩子沒離開過瑤江縣。他把遊手好閒的愛好貫徹了一輩子，無兒無女，無家無業，直到閉眼的那一刻，還念叨著要去賭坊玩一把。

在孟家其他人為孟家出了個進士老爺而歡欣鼓舞時，孟五叔和孟五娘子身為孟雲暉的親生父母卻是反應最平靜、最淡然的。

周氏去孟家吃酒時，孟五娘子紅著眼睛，和她說起了心裡話，「四郎天資不凡，我和老五大字不識一個，什麼都幫不了他，就怕會浪費他的聰明腦殼！現在他當上官老爺了，我和老五也能安心啦，我們夫妻雖然沒什麼本事，好歹沒有耽誤他！」

為人父母，有和楊縣令那樣，渾渾噩噩，光憑感情處事，不知該怎麼養育兒女的。有像張十八娘夫妻那樣，把子女當成自己的所有物，自己做不到的事情，強求子女去完成的。也有像孟五叔和孟五娘子這樣，覺得子女是上天的恩賜，做父母必須好生教養子女，把子女拉扯長大，如果不能幫扶子女，他們會覺得於心有愧的。

當魏先生點明孟雲暉是個讀書種子，曉得自家雞窩裡飛出一隻金鳳凰時，孟五娘子和孟五叔並沒有沾沾自喜，除了一開始的激動之外，夫妻倆心中更多的是惶恐和不安，他們怕自己幫不了兒子，怕兒子的天分會被貧苦的家境湮沒，怕兒子只能和他們一樣，疲於耕作，辛苦一生。如今孟雲暉的付出得到回報，壓在孟五叔和孟五娘子心口的那塊大石也放下了。

孟雲暉雖然不能光明正大照拂孟五叔和孟五娘子，但瑤江縣的聰明人多的是，光是李家村，就不知道有多少人爭著搶著和孟家聯姻。孟雲暉的親弟弟、妹妹們還沒長大，已經全部訂下婚約。那些沒能和孟家聯姻的，不肯就此放棄，乾脆把目光放長遠些：等孟雲暉的侄子和外甥生出來了，一定要第一個上門求訂親！

當初不嫌孟家窮苦，把沒有嫁妝的孟小妹娶進門的木匠一家現在特別得意，尤其是木匠老爹，走到哪兒都能獲得一片羨慕嫉妒恨的奉承。如今孟家今非昔比，想與孟雲暉的親弟妹們結親，必須是鄉紳富戶人家，而且非嫡子、嫡女不要，看看人家木匠家，就因為下手早，竟然能把進士的親妹妹娶到手。

不論其他人的態度發生多麼翻天覆地的變化，孟五叔和孟五娘子依然如初。兩人還堅持在林間勞作，每隔兩個月往當初和孟家交好的人家送些菜蔬土貨。

孟家人看孟五娘子夫妻不願待在家裡做老太爺、老太太，百思不得其解，不過嘴上當然不敢多說什麼，只能買些僕從送到孟家，讓僕從幫忙幹些灑掃房屋、烹煮飯食的活兒。

孫天佑和孟五娘子沒什麼交情，但孟五娘子很感激李綺節當初的幫助，這不是她頭一次往孫府送東西，今天是枇杷，上一次是兩籮筐春筍。

煮過的碧青梅子是用來泡酒的，泡好的青梅酒酸甜醇厚，最適宜在炎熱的夏天飲用。

李綺節預備泡梅子的酒是衡州醽醁酒，剛好五娘子來了，她讓寶珠倒出一大盞醽醁酒，放在紅泥小火爐上的銅盆裡燙熱，往酒中加幾顆洗乾淨的青梅。

青梅酒需要花功夫炮製，現在是喝不著的，但青梅煮酒用來待客也不差。

孟五娘子走進內院的時候，酒中的青梅剛好開始變色，李綺節親自斟了兩碗，一碗送到孟五娘子跟前，「嬸子嘗嘗。」

青梅煮酒不能久煮，而且只能趁熱喝，李綺節斟酒的時間把握得很好，青梅的酸甜藉著濃烈的酒香漫溢，光是聞起來就讓人覺得心曠神怡。

這頭李綺節和孟五娘子高高興興吃酒，那頭的孫天佑和孟十郎就沒她們這麼和諧了。

孟五叔木訥老實，進門之後只會傻笑，與孫天佑說了些過日子的家常話後，就被阿滿忽悠去園子裡閒逛。

孟五叔前腳剛出門，陪他一起到孫府送枇杷的孟十郎立刻變了臉色，冷聲道：「孫相公，四哥想知道你究竟要怎樣？」

孫天佑輕笑一聲，「我想孟雲暉應該很清楚我想要什麼。」

孟十郎握緊雙拳，臉色陰沉，獰笑道：「連縣太爺都不敢得罪我四哥，你無官無職，竟然敢和我四哥作對？」

孫天佑嘴角微微彎起，目光如一泓靜水，波瀾不驚，「光腳的不怕穿鞋的，我們小老百姓也有自己保命的法子。孟雲暉如果老老實實走他的陽關大道，我和他井水不犯河水，但如果他執迷不悟，我也不是泥捏的麵人，大不了我們拚個魚死網破。」他一攤手，作無辜狀，「當然，只要孟雲暉不為難我們，他可以繼續安安心心當他的孟大官人。」

孫天佑擺明了軟硬不吃，孟十郎惱怒不已，偏偏又不能動手明搶，他低頭想了想：這時候四哥才剛剛嶄露頭角，不能有一絲差錯，而那東西一旦被楊首輔家的人知道，四哥以後的前途很可能就要徹底葬送。與四哥的仕途比起來，其他一切都不重要。

他思量再三，終究不敢打草驚蛇，把恨意藏在心底，咬牙切齒道：「東西在哪兒？」

孫天佑眼眸微垂，冷冷一笑，「自然是在一個很妥貼的地方。不勞孟雲暉操心，我會代他把東西看管好的。」

吃過飯後，從孫府出來，孟五娘子看孟十郎氣色不對，問他是不是有什麼煩心事。

孟十郎連忙揚起一臉笑，「阿嬸，我好著呢，哪有什麼心事？」

孟五娘子和孟五叔對視一眼，摸摸孟十郎的腦袋，目光慈愛，「你也老大不小了，別整天跟著我們兩個老貨。我們有手有腳，用不著人伺候。你青春正好，忙自己的事要緊。」

孟十郎乖乖答應，心裡卻暗恨：孫天佑和金薔薇都不肯交出那樣東西，以後得提醒族裡的兄弟們，沒事不能招惹這兩家。

金薔薇的要求很簡單，她只求四哥放過金雪松。那個紈絝公子根本不值一提，四哥壓根兒沒把他放在眼裡。可孫天佑到底和四哥談了什麼條件，為什麼四哥對孫天佑這麼重視？

想來想去，孟十郎想不明白，乾脆不想了，四哥那麼聰明那麼能幹，他只要按著四哥的吩咐辦事就好。

孫天佑打發走孟十郎，回到內院，李綺節眼中含笑，把剝好的枇杷送到他唇邊，「五嬸子家的枇杷真甜，不曉得是從哪裡求來的果苗。咱們家的枇杷大是大，就是太酸了。」

孫天佑眉眼微彎，「孟家的果樹苗不是從杭州府買的，就是從蘇州府淘換的，反正總是江南那一帶。那邊有幾座園子很有名，裡頭的果樹都是名種，除了枇杷，還有蟠桃、白梨、楊梅、櫻桃、葡萄、蜜桔，妳愛吃，我讓人一樣買幾百株，回頭全種上，過兩年就能吃上比孟家還甜的枇杷了。」

李綺節低頭擦手，「買些枇杷苗、梨樹苗、葡萄秧就夠了，像櫻桃、蟠桃就不用白費力氣了，就算是名種，運到瑤江縣來，也不適合移栽，水土不服，養不出好果子。」

寶珠領著丫頭泡青梅酒，封好罐子，收進庫房，過一個月就可以拿出來飲用。

夫妻二人坐在敞亮的南窗下，一邊吃枇杷，一邊說些居家過日子的瑣碎閒話。

涼風習習，歲月靜好。

李綺節把金薔薇的來信拆開，又從頭到尾細讀一遍，時不時就信裡提到的某個市鎮和孫天佑討論兩句。

往年她隨李大伯外出遊歷，最遠也只到過赤壁，沒出過遠門。孫天佑沒滿十歲就隨商船去過蘇州府，走過的地方多，知道沿岸每一處市鎮的風土人情。她有什麼好奇的地方，正好找孫天佑解惑。

孫天佑耐心向李綺節講解，表情溫柔而和煦。幼年獨自打拚的時光，除了苦痛，還是苦痛，他從不回憶那段辛苦煎熬的艱難日子，但是這時候在李綺節面前講述從前的種種經歷，他竟一點也不覺得心酸，反而有種歲月沉澱之後的釋然。

他已經擁有最好的，自然不會再沉溺於幼時的痛苦之中。

李綺節放下信，兩眼閃閃發光，羨慕道：「金姊姊可真快活！」

金薔薇路上走得很慢，後來她嫌不夠自由，乾脆拋棄商隊，自己領著奴僕獨行，探訪各地的名山河川。有時候她突然心血來潮，會在路上的某個市鎮住一段時日，每天逍遙自在，將大把的時光用來吃喝玩樂。

從她的回信來看，她已經樂不思蜀，短期內不想回瑤江縣重掌金家家業。

她走的時候，順便把金氏和楊天嬌母女這對惹禍精給帶走了，不知道她將母女二人藏在哪個旮旯角落，反正金雪松上天入地，怎麼都找不著母女倆的蛛絲馬跡。

其實李綺節知道金氏和楊天嬌現在在哪裡——母女倆在金家的某座偏僻農莊裡當蠶娘，每天起早貪黑，養蠶繅絲，處境不怎麼美好。

金薔薇說了，等母女倆什麼時候賺夠贖身的銀鈔，就放她們走——這自然是不可能的，金薔薇可不是什麼大善人，她既然把金氏和楊天嬌的事攬到自己身上，就絕不會容許母女倆再有機會出來興風作浪。

說來也是金氏和楊天嬌自己作死，竟然不遺餘力地攛掇金雪松，讓他去對付孫天佑。金薔薇生平最痛恨那些帶壞她弟弟的人，金氏敢在老虎頭上拔毛，金薔薇能輕易放過她嗎？

不止金氏和楊天嬌，金雪松平日裡交好的酒肉朋友也被金薔薇狠狠收拾了一頓。

做完這一切，解決和石磊間的糾葛，金薔薇留下心腹荷葉主事，腰纏萬貫，飄然離去。

石磊如何李綺節不知道，但金雪松的反應她和孫天佑是最清楚的。

金雪松一開始被金薔薇嚇壞了，姊姊從小把他當成眼珠子一樣珍視，從早到晚，不知要問他多少回，每天吃什麼，穿什麼，出門去哪兒逛了，見了什麼人，事無鉅細，她什麼都關心。現在姊姊竟然拋下他，不聲不響地走了？

茫然過後，金雪松又驚又喜，覺得自己終於能喘口氣了，於是，天天呼朋引伴，飲酒作樂，渾然不知今夕何夕。

想做什麼就做什麼，沒有人念叨，多自在呀！

如此過了幾個月，忽然有一天，金雪松讓下人備了幾樣價值不菲的禮物，漲紅著臉，敲響孫府的黑油大門。

原來短短十數天之內，因為沒有金薔薇在一旁威懾，金雪松陸陸續續被所謂的好友們騙走幾千兩銀子。荷葉跟他說，他已經把一年的花費用完了，以後府裡只供他吃喝，不管他的其他費用。還叮囑帳房，不許再讓他支取銀子，哪怕是一文錢都不能給他。

沒了銀錢傍身，金雪松的朋友們迅速離他而去，昔日討好諂媚的臉，轉眼就冰冷如霜。

他憤怒、失望、委屈，很想找金薔薇訴苦，荷葉卻總是只有一句話：「大少爺，我不曉得小姐在哪兒。」

一文錢難倒英雄漢。

金雪松平時出手闊綽，隨手打賞小夥計，用的都是碎銀子，現在身上窮得叮噹響，雖然不至於挨餓，但是沒有錢，寸步難行。

荷葉面無表情地對他說：「少爺，您可以去鋪子裡幫忙，每個月有幾兩工錢拿。」

金雪松不願被一個丫頭瞧不起，賭氣去金家名下的一家茶葉鋪子幫忙，結果辛辛苦苦一個月，他掙得的錢糧，還不如他動氣時摔的茶罐值錢。

幾個月下來，金雪松沒吃什麼苦頭，可還是瘦了黑了。金老爺續娶了一門填房，每天和繼室打情罵俏，根本沒心思照應他——以前也沒照應過，從小到大，只有金薔薇是真正關心他、愛護他的。

金雪松自覺是個頂天立地的男子漢，這時候不能軟弱，應該幹出一番大事業，好讓姊姊對自己刮目相看，可晚上他還是忍不住躲在被子裡抹眼淚。

終於，在某天和金老爺大吵一架後，金雪松厚著臉皮找到孫天佑和李綺節，鄭重向他們道歉，並發誓以後絕不會對李綺節不敬。

他只有一個要求，想知道姊姊到底在哪兒，還會不會回家。

昔日那個霸道的紈絝，淚眼汪汪，可憐兮兮地盯著孫天佑，不小心把心裡話問出口：「姊姊是不是真生我氣了，不要我了？」

坐在屏風後面的李綺節受驚不小，一口剛喝下的雲霧茶差點噴出來。以前還以為金雪松是隻桀驁不馴的野狼，敢情他原來是個色厲內荏，仗著金家的權勢胡作非為，被姊姊徹底放棄後就嚇得手足無措，想求親親、求抱抱的熊孩子啊？

李綺節寫信把金雪松的改變和近況告訴金薔薇，金薔薇的回信僅三個字：隨他去。

李綺節和孫天佑感嘆，「金姊姊這回是真的鐵了心不管她弟弟啦！」

孫天佑笑了笑，他沒告訴李綺節，金薔薇之所以把金雪松留在瑤江縣，不許他離開縣城一步，除了想藉機磨煉他之外，也是怕金雪松到處瞎跑，被孟雲暉抓到機會朝他下手。

李綺節不知道孟雲暉和金雪松還在因為小時候的紛爭彼此仇視，還以為金薔薇被弟弟傷透心，不願再跟在弟弟後頭，為他的毛裡毛躁擦屁股。

她也想跟金薔薇一樣，放下一切，到處走走。

不過，她不是為了散心，單純只是嚮往江南繁華，想親眼見識一下各地的風土民情。看過再多的筆記小說，都不及親身經歷來得深刻。

「什麼時候咱們也去。」孫天佑伸手把李綺節摟進懷裡，在她臉頰邊輕啄兩下，「我們一起去，從中原走到南地，再坐海船從南走到北，一路上想吃什麼吃什麼，想玩什麼玩什麼，全都聽妳的。」

李綺節感覺像吃了一大罐桂花蜜，整個人又甜又暖，連臉蛋都散發著柔和的光澤，她摩挲著孫天佑腰間的錦帶，笑咪咪道：「說好了啊，你以後可不許賴帳！」

孫天佑還真盤算起行程來，早在剛成親時，他就準備帶李綺節南下去杭州府的，後來因為各種緣由推遲出行，直到現在都沒能實現當時的計畫。

他讓寶珠把曆書取來，匆匆翻閱，「等天氣涼爽了就走？」

李綺節啊了一聲，「今年怕是不成，四娘和五娘就在年底出閣。」

李昭節和李九冬的婚事定下來了。

李昭節最後挑中的是一個窮秀才，李大伯和周氏為她備了四個人選，讓她從中挑一個，她一眼就相中窮秀才。窮秀才除了有個秀才身分之外，什麼都沒有，家中上到祖母、祖父，下到弟弟妹妹，一心一意供他讀書，從出身上來說，和孟雲暉有些像。

至少李昭節是這麼認為的。

李大伯卻不這麼覺得，「明明一點都不像！」

孟雲暉窮，可他務實啊，知道家境艱難，他從不講究吃穿，長年就是一身雪白襴衫，穿了幾年沒換過，外袍底下是補丁的舊衣裳。與同窗好友來往，他坦坦蕩蕩，不會打腫臉充胖子，招待友人永遠是一碗豆腐乳、一碗豆芽菜、一碗小蔥拌豆腐。正因為他踏實本分，才會被人讚一聲憨厚，雖然這人其實並不憨厚。

李昭節認定的汪秀才書還沒讀出什麼名堂，那一身高高在上的讀書人做派，連李子恆這個沒心沒肺的傻大憨都受不了。什麼食不厭精，膾不厭細，什麼君子不入庖廚，左一句禮數規矩，右一句孔子曰。用李子恆的話說，光和汪秀才吃一頓飯，他覺得自己會少活好多天。

他要是真像孟雲暉，那才怪了！

李大伯和周氏都不認可汪秀才，對方唯一能讓他們看得入眼的，是汪秀才迂腐歸迂腐，對長輩還是很孝順，與親朋好友也還和睦，就是愛說教，惹得親戚們不耐煩，嫌他窮酸。

周桃姑背地裡和李綺節說：「依我看，那四女婿活脫脫又是一個孟舉人。」

孟舉人清高傲物，不事生產，雖然能夠考中舉人，卻因為得罪學官狼狽回到故里，平時沒什麼進項，只能靠學生的束脩過活。

李家人都不看好汪秀才，可李昭節認準非讀書人或者做官的不嫁，汪秀才是符合她條件的求親者中人品最值得信任的一個，李大伯除了點頭答應之外，還能怎麼辦？

李昭節的親事確定以後，李九冬也很快訂下人家。她嫁得不遠，男方是鎮上一家賣布匹綢緞的商戶，姓陳。陳家是商戶起家，聽起來不如書香人家好，可難得那家和李家一樣人口簡單，家境富裕，而且陳家兒子生得人高馬大的，是個壯實的小夥子，品行也靠得住。

李家沒入商籍，屬於鄉紳，比陳家略微高一個門檻，李九冬嫁過去，只會被高高捧著，不至於受委屈。這也是周氏深思熟慮之後的結果。李九冬性格軟綿綿的，嫁個內宅清靜的人家更適合她。

兩個女兒前後出嫁，李大伯和周氏忙得頭昏眼花。

中秋過後，李綺節、李子恆全部被召回老宅幫忙操持婚事，連出嫁的李大姐、李二姐也回來幫忙。李大姐和李二姐都已經生兒育女，這次回娘家，兩人把孩子也帶回李宅小住。

胖胖有了玩伴，歡喜得不得了，終日領著幾個外甥上竄下跳。可惜外甥們年紀還小，不能和他一起跑跑跳跳，只能跟在他屁股後面爬來爬去。他倒是不嫌外甥們累贅，配合著小娃娃們，在鋪了一層竹蓆的廊簷底下拱過來拱過去，沒人和他應聲，他也能玩得不亦樂乎。

等李昭節和李九冬姊妹倆順利出閣，三朝回門，已經是第二年的春暖花開時節。

一下子送走兩個女兒，李大伯和周氏消沉了一段時日，好在胖胖已經長大，正是活潑愛玩的年紀，為幾位長輩帶來不少歡樂。

這天，正值四月十八浴佛節，孫天佑和李綺節從寺廟領來浴佛水，帶上提前準備好的鮮花、鮮果和一籮筐烏臼樹葉，送回李宅，預備全家一起煮烏米飯吃。

剛到門口，忽然聽到一聲聲慘叫，李子恆從院內衝出來，刺溜一下從李綺節身邊越過，抱頭鼠竄。李乙則跟在他後面，手執長門閂，一邊追，一邊罵，氣喘吁吁，臉色鐵青。

李綺節和孫天佑面面相覷：這是怎麼了？

柒之章

風雲變換訴衷腸

孫天佑和李綺節正在勸解怒氣正盛的李乙，周桃姑從裡頭迎出來，對李綺節點點頭，瞪了李乙一眼，嗔道：「都是當阿公的人了，還這麼不管不顧的！」

李乙被女兒、女婿撞見棒打兒子的情景，有些難為情，冷哼一聲，鑽回房裡。

李綺節讓下人抬走門閂，轉身在院內掃視，「大哥呢？」

李子恆腿腳飛快，一溜煙跑遠，已經不知道躲到哪兒去了。

周桃姑把父子倆的口角紛爭講給李綺節聽，說來說去，還是為了李子恆不肯成家的事。

李子恆老大不小了，李家三個女兒已經全部出嫁，他這個二房長子卻整天吊兒郎當。李乙這回發了狠話，如果李子恆還不肯娶親，他這個做父親的直接為他做主，訂下一戶人家，到了日子就把媳婦娶進門，李子恆不出面也不要緊，拜堂的時候可以捉隻大公雞代替他。

李子恆堅決反對，「娶進來我不喜歡就過不到一塊兒，阿爺何苦糟蹋好人家的女兒？」

李乙火冒三丈，走到院門前，抄起門閂，朝李子恆一頓劈頭蓋臉打下去，「孽障！你是想活活氣死我！」

李綺節聽周桃姑說完經過，忍不住咋舌。李乙平時少言寡語，年紀越大，越發嚴肅，很少在人前失態，今天竟然被李子恆氣得暴跳如雷，扛著門閂打人，看來真是氣狠了。

孫天佑出去尋李子恆，李綺節讓寶珠把浴佛水送到周氏那邊去，進屋勸解李乙。

李乙雙眼緊閉，腳上的布鞋沒脫，就這麼橫躺在羅漢床上，一看就是在裝睡。

「阿爺。」李綺節輕聲喊李乙。

李乙不動也不搭理她，繼續假寐，眼珠卻悄悄轉來轉去。

李綺節忍俊不禁，估摸著阿爺這回在女婿跟前丟臉，心裡正不自在，一時半會兒是不會開口的，只得起身出去。

她想問李子恆到底是怎麼打算的，他一直拖著不娶親，難道是對孟春芳餘情未了？

看他那大咧咧的做派，又不像是為情所傷的樣子。

這幾年李家兩房在鄉下守歲過除夕，第二天鄉里人互相拜早年，大過節的，沒那麼多忌諱，女眷也能大大方方抱著孩子出門看熱鬧。李子恆跟著李大伯、李乙一家家拜年，與婚後的孟春芳免不了會見上一兩次。李綺節有時也在場，看他二人的情形，顯然都已斬斷情絲，沒有舊情人再見的尷尬彆扭。

那李子恆為什麼不願成家呢？

想得正入神，一陣輕快的腳步聲由遠及近。

孫天佑站在月洞門前朝她招手，笑咪咪地道：「三娘，過來，我帶妳去看好東西。」

李綺節狐疑地盯著孫天佑看，總覺得他笑得不懷好意，「什麼好東西？」

「看了妳就曉得啦！」孫天佑拉起李綺節的手，出了李宅後門，來到張氏的小院後面。

白牆後長著幾叢四季竹，竹林後掩映著一排粉牆黛瓦的小房舍，牆上開花窗，一扇扇花窗鑲嵌在隨風搖曳的竹影中，窗櫺間透出院內花木扶疏的恬淡風姿。

李子恆站在一扇花窗下，正喃喃自語。

李綺節眉毛微挑：大哥這是在面壁思過？

孫天佑含笑，牽著她躡手躡腳地走到院牆下，躲在一叢四季竹後。

走得近了，李綺節發現李子恆並不是在自言自語，而是與人一問一答。

李子恆的聲音從風中傳來：「我把阿爺惹急了，得出一趟院門，大概兩三個月才能回來，最近不能幫妳看著三弟了。」

花窗之內的人顯然是個女子，聲音輕柔冷冽，「你要去哪兒？」

一根紫茉莉的花枝從窗櫺間伸到牆外，大白天的，花朵沒什麼精神，蜷縮成一個個小拳頭。李子恆扯下幾朵紫茉莉，在手心揉碎，漫不經心道：「不曉得，可能要去長沙府。」

花窗後面靜悄悄的，女子半天沒說話。

李子恆撓撓腦袋，哈哈笑道：「說真的，三弟那個人，樣貌好，才情好，性子也好，哪兒都好，可就是鐵石心腸，誰都沒法讓他動心，我勸妳還是早些為自己打算吧。」

竹叢後的孫天佑和李綺節對視一眼。

李綺節用眼神詢問孫天佑：「你什麼時候知道的？」

原來如此，怪不得李子恆突然對李南宣那麼上心，天天噓寒問暖的，不像是照看弟弟，更像是把李南宣當成小祖宗一樣供著。

孫天佑神情無辜，嘴巴張合，無聲道：「娘子冤枉我了，我是剛才不小心撞見的！」

李綺節瞇起眼睛，忽然想起大約一兩年前，孫天佑好像說過，李家即將要辦喜事，而他當時暗示的人是李子恆。

她一拳頭捶在孫天佑胸口上，眼神凶巴巴的，「你竟敢瞞我這麼久！」

孫天佑捉住她的拳頭，送到唇邊輕輕咬一口，眼角上挑，狐狸眼看起來有點像鳳眼，「小聲點，驚到妳哥哥就不好啦！」

李子恆不知道妹妹和妹婿在一旁聽壁角，還在絮絮叨叨勸說花牆內的女子：「天涯何處無芳草，妳何必對三弟念念不忘呢？」

他不通文墨，竟然能念出一句古詩來，可見這話應該是他早就想說的。

女子沉默良久，輕聲道：「那你呢？」

李子恆茫然道：「我怎麼了？」

女子頓了一下，問道：「你為什麼不願娶親？」

李子恆兩手一拍，「因為我是個男子漢啊，就算我一直不娶親，誰也不能把我怎麼樣。妳就不同啦，你們女兒家，如果不能嫁一個好夫婿，日子就難過了。」

女子似乎被李子恆的話觸動，半晌沒說話。

李子恆直起腰，「我走啦，明天妳別等我了。」

花牆內忽然傳出挽留聲：「等等！」

李子恆回過頭，「怎麼？妳想讓我轉交什麼東西給三弟嗎？那可不行！我只幫妳打聽三弟的近況，其他的我幫不了妳！」

偷聽到這裡的孫天佑撲哧一笑，朝李綺節擠擠眼睛。

李綺節氣呼呼地冷哼一聲。

花牆裡的女子喊出那一聲後，又沒言語了。

李子恆等了半天，沒聽見她開口，腳步往外挪一下，試探著道：「我……我走啦？」

花牆後一陣窸窸響動，女子似乎下了很大的決心，凜然道：「你看我怎麼樣？」

「啊？」李子恆一臉不明所以，「什麼怎麼樣？」

「我聽說李相公逼你早日成親。」女子的語氣不復剛才的忸怩躊躇，淡淡地道：「如果我們家上門求親，你願意娶我嗎？」

李子恆瞪大眼睛，嘴巴張得大大的，一臉呆滯。

李綺節和孫天佑面面相覷，也傻眼了。

……

周氏讓灶房的丫頭把李綺節帶回來的烏臼樹葉洗乾淨，搗成汁液。浴佛節之前，劉婆子已經提前把糯米足足浸夠三天三夜，泡發飽脹。將烏臼樹葉搗成的汁液摻進泡好的糯米，再裝進乾燥的木甕，用陳年松木和松枝煮熟。煮出來的烏米飯油亮清香，看起來特別可口。

其實烏米飯只是樣子好看罷了，吃起來並沒有什麼特殊滋味。瑤江縣人家不常吃，只在浴佛節這天蒸一鍋來食用，求個平安如意。

李綺節扒拉著筷子，魂不守舍地夾起幾粒碧瑩瑩的烏米飯，心裡還在為剛剛偷聽到的話感到匪夷所思：李子恆什麼時候和張桂花攪和到一起去了？

是的，那個主動開口求親的女子是張桂花。

雖然李綺節和張桂花的來往不多，不記得對方的聲音，但竹林後面那一排雅致的房舍屬於張家，張家只有一個張桂花對李南宣情根深種。

與李子恆私會的女子，顯然是張桂花無疑。

孫天佑在她耳邊低笑，「張家的門第，別人還高攀不上呢！人家願意嫁，大哥也願意娶，妳擔心什麼？」

李綺節不客氣地狠剜孫天佑一眼：你瞞著我的帳還沒跟你算呢！

孫天佑摸摸鼻尖，視線落在李綺節朱紅的雙唇上，喉頭微微發緊，忍不住笑道：「晚上我好好補償妳。」話剛說完，就被李綺節一腳踩在腳尖上，疼得齜牙咧嘴。

下午天色將昏時，一群緇衣和尚從村前路過。

今天浴佛節，這些和尚是剛從縣城回來的，寺裡的浴佛法會更盛大隆重，他們要在天黑前趕回寺廟，聽主持宣講佛經。周氏領著周桃姑和李綺節，把預備好的布施擺放在門前，讓和尚們經過時方便領取。

周桃姑如今不必拋頭露面討生活，安心待在家中照顧胖胖，閒來偶然動了閒情逸致，親手編了幾串供佛的花環，放在布施盤裡。花環和鮮果、油糕互相映襯，看起來格外漂亮。

李大伯、李乙和孫天佑、李子恆不像女眷們那樣專心，站在一旁低聲閒談。胖胖被婆子抱在懷裡，一雙烏溜溜的大眼睛轉來轉去，兩隻胖爪子蠢蠢欲動，想抓盤裡的甜糕吃。

李南宣獨自站在臺階下，眉眼沉靜。他曾在寺廟裡生活十幾年，比其他人更顯鄭重。和尚們取走布施時，打頭的中年和尚掃了李南宣一眼。

李南宣眉眼低垂，雙手合十，掌心微彎，行了個佛禮。

中年和尚目光平和，靜靜地凝視著李南宣，兩人相顧無言。旁觀的人被他們之間莊嚴的氣氛所懾，不敢發出聲響，連胖胖也乖乖地趴在婆子懷裡。

良久，中年和尚嘆息一聲，收回目光，飄然離去。

李南宣回頭，對著李大伯和周氏笑了笑，笑意淺淡，轉瞬即逝，然後轉身進屋。

眾人如夢初醒，李綺節看一眼李南宣遠去的清冷背影，再看一眼正因為孫天佑說的某個笑話而捧腹大笑的李子恆，眉尖緊蹙。

當晚，張大少奶奶登門拜訪，笑得像花一樣，「聽說府上的大郎還沒訂下人家？」

周氏受寵若驚，激動之下，差點打翻細瓷茶杯。

直到兩家換過庚帖，商定好請酒的日子，李子恆滿天下尋摸大雁，預備納徵，李綺節還反應不過來——張桂花不是喜歡李南宣嗎？

她直接找李子恆解惑，「大哥，你明明曉得張小姐愛慕三哥，怎能應下張家的親事？」

李子恆嘿嘿一笑，「桂花和我說啦，她已經對三弟死心了。」

她說你就信了？李綺節氣結，惱怒道：「那你呢？你之前可沒說過你喜歡張小姐！」

李子恆兩手一攤，「我覺得她挺好的呀，又漂亮又溫柔，還會畫畫，會寫詩，什麼都會，比我強多了。」

如果不是對張桂花有憐愛之情，李子恆不會答應幫她照顧李南宣。

李綺節悄悄翻個白眼，「大哥，我和你說正經話呢！張小姐對三哥有情，你娶了她，以後叔嫂同在一間屋簷下，豈不尷尬？你和三哥又該如何相處？」

兄弟不和，除了因為家業起矛盾之外，最常見的原因，大半出在內宅之中。李子恆把張桂花娶回家，讓李南宣怎麼自處？他們還要不要做兄弟？

與李綺節的憂心忡忡比起來，李子恆一點都不在乎，「妳想太多啦！我怎麼會因為桂花和三弟生分呢？就算妳不相信我，不相信桂花，也該相信三弟吧？」

他咧嘴傻笑，「而且，桂花性子高傲，喜歡就是喜歡，不喜歡就是不喜歡，她既然說要嫁我，以後肯定會好好跟我過日子，不會三心兩意。三娘，妳放寬心，我雖然腦殼不聰明，眼光還是有的，不會拿自己的親事當兒戲。」

可問題是，李子恆和張桂花一問一答之間訂下親事，確實很像兒戲啊！

要知道，訂親的前一刻，這倆人還在討論李南宣呢！

納徵當天，照例由男儐相出面，去張家送彩禮。

李子恆語不驚人死不休，「三弟生得那麼俊俏，他去做儐相，張家人絕對沒話說！」

李綺節差點被李子恆噎死，「三哥身子不好，騎不了馬，讓天佑給你當儐相好了。」

李大伯傾向孫天佑，覺得他嘴巴甜，比李南宣會來事。李乙更屬意李南宣，因為李南宣還沒娶親，身分上更合適些。

最後還是李南宣自己主動攬下儐相的職責，「張家是我的舅親，就由我出面吧。」

李南宣從沒主動要求過什麼，他一開口，這事基本上就定下了。

納徵是男方送彩禮的日子，新郎官不用出面。一大早，李南宣騎著馬，領著浩浩蕩蕩的隊伍，往渡口徐徐行去——兩家離得近，為了顯示男方家彩禮足，李家的納徵隊伍要坐上船，繞一個大圈，再到張家叩門，這樣沿路的鄉親們才有機會圍觀李家的豐厚彩禮。

下午，李南宣納徵歸來。

李子恆親自為他斟茶，向他作了個揖，鄭重道：「三弟，今天勞累你了。」

李南宣嘴角微彎，一口飲盡杯中茶水。

李綺節忽然放下心來，大哥和三哥都是坦蕩之人，應該不至於為張桂花生嫌隙，畢竟三哥對張桂花只是純粹的兄妹之情。

納徵之後是請期，天氣熱，新娘子臉上的妝粉容易花，張家希望能把日子定在秋天，李家自然沒有二話。李乙則暈暈乎乎的，不敢相信自己的傻兒子竟然能娶到十里八鄉中家境最富裕、容貌最秀美的張家閨女。

周桃姑說，李乙幾次半夜醒來，頭一件事就是抓住她的胳膊問她：「大郎是不是和張家訂親了？定下的是張家小女兒？」

李大伯和周氏哈哈大笑，李綺節也跟著笑。

張桂花曾經愛慕李南宣的事，只有她和張十八娘知情。張十八娘肯定不會多嘴，她更不會多事。沒有外人的風言風語，李子恆和張桂花以後未必不能過得和美順心。

可是，張桂花真的對李南宣斷情了嗎？她會不會對李南宣因愛生恨，故意嫁給李子恆，想離間李家兄弟？李綺節不敢把自己的擔憂說出口，疏不間親，李子恆和張桂花以後是要做夫妻的，她隨便揣度張桂花的意圖，有挑撥是非的嫌疑。

溽暑將消時節，張桂花請李綺節過府一敘。

她還是那麼冷若冰霜，一身紅衣，眉眼冷豔，清麗無雙。

她看到李綺節，二話不說，拔下頭上的喜鵲登梅紋髮簪，扔在地上。

髮簪是應天府買來的上等貨，品質不錯，完好如初。

丫頭們面面相覷，李綺節很是遲疑。

張桂花臉上騰起一陣嫣紅，翻出剪刀，撿起髮簪，用力一絞，髮簪終於斷開。

她凜然道：「三娘，如果我對大郎的心意不真，有如此簪！」

看著張桂花嚴肅的臉，盤繞在心頭的憂愁忽然消失得無影無蹤，李綺節忍不住噗哧一笑，說道：「嫂子，我信妳。」

信妳和大哥能互相扶持，坦誠相對！

這也是傻人有傻福，但凡換一個人，李綺節都不會這麼有信心，但新郎官是李子恆。

李子恆是真正的看得開，喜歡就認真喜歡，不喜歡就拋在腦後。經過和孟春芳的那段懵懂戀情，他更珍視兩情相悅的感情，只有他不會在意張桂花婚前的種種，只有他能理解張桂花的離經叛道。也只有他，能獲得張桂花的信任。

張桂花敢嫁給李子恆，也是冒了很大風險的，哪個新娘子敢在丈夫面前吐露對另一個男人的愛意？有了愛慕李南宣的事在先，她等於把自己一生的汙點送到李子恆跟前，以後李子恆只要隨口提起李南宣，就能牢牢控制她的一切。

這兩個人，看起來一點都不般配，卻又那麼合適。一個沒心沒肺，從不多思多想，一個高冷傲慢，卻又大膽真誠，從某種程度上來說，也是天作之合。

今年的天氣很反常，開春時忽然天降大雪，初夏連著一個月少雨。七夕前後，本是曝衣曬書的好日子，又突然晴天霹靂，天天暴雨滂沱，眼看著江水一天天漲起來，水面一日比一日寬闊，很快把鎮上幾座石橋全部淹沒。

周家村在山腳下，地勢低窪，幾場暴雨過後，山洪順著河谷灌入村莊，全村房屋都泡在洪水之中，不得不舉村搬遷。李大伯派人進山一趟，把周氏娘家人接到李宅暫住。

周老爹和周娘子在李宅住了七八天，怕給周氏添麻煩，想搬去周大郎那兒。周大郎和他媳婦如今在李綺節的茶山當管事，一家幾口住在山上。周大郎夫婦手腳麻利，幹活勤快，花錢又儉省，一年下來能攢不少銀鈔，他已經用攢下的工錢在山上蓋了好幾間大瓦房。

李綺節為表哥周大郎安排差事的時候，周老爹和周娘子誠惶誠恐，生怕周大郎把差事辦砸了。看到周大郎在茶山忙活得風生水起，老夫妻二人才鬆口氣。

之前周大郎曾想趁著農閒時把老夫妻接過去同住，周老爹捨不得故居，沒有答應。現在周家村被淹，不搬也搬出來了，正好可以投奔周大郎去。

在周老爹和周娘子看來，長孫和出嫁多年的女兒相比，當然是住在長孫家更合適。從周氏出嫁後，李大伯年年給周家送柴薪米炭、糧油菜蔬，四季新衣、雞鴨魚肉，從來沒斷過。女婿這麼孝順，周老爹和周娘子感激欣慰之餘，也恪守本分，不想一輩子都靠李家接濟。娘家不能給女兒底氣，至少可以少拖累她一點。

這個時代的人們，不論貧窮富貴，心中自有一套做人的規矩。

比如高大姐那麼愛面子的人，在楊家敗落，必須靠兒媳婦孟春芳的娘家兄弟孟雲暉拉拔兒子之後，也不得不放下身段，向兒媳婦服軟。

不完全是因為形勢逼人，而是出於良心。

受了誰的好處，當然得感懷在心，不能把別人的幫助當作理所當然。

高大姐不會因為孟春芳是自己家的媳婦，就覺得孟雲暉必須提攜楊天保，哪怕她有那麼一點點不甘心。周老爹和周娘子也不會因為周氏嫁得好，就把全家的生計壓在周氏身上，讓她從夫家拿錢回去養活娘家，或是上門打秋風，想從李家占便宜，那是會被人戳脊樑骨的。

李子恆和張桂花好事將近，家裡忙不過來，周大郎和媳婦抽空回李家幫忙操辦婚事。李大伯留岳父、岳母多住幾天，等婚禮過後，祖孫幾人剛好可以一起回茶山。

婚宴當天，賓客盈門，李大姐、李二姐、李昭節、李九冬幾人的丈夫和孫天佑坐在一塊兒。五個正值青春年少的李家女婿，一個賽一個體面，一個比一個俊俏。

來往的賓客嘖嘖稱讚：「李家的嬌客們找得好啊！」

再偷偷回頭去看屏風後面的女眷們，五個李家女兒圍坐在周氏、周桃姑身邊，一個個眉目清秀，或恬靜文秀，或矜持端莊，或溫柔羞澀，或窈窕嫵媚，每一個都明眸皓齒，雪膚花貌。當中唯一沒有纏腳的三娘，英氣勃勃，氣質與眾不同，容色隱隱在眾人之上，顧盼之間，明豔照人，就像一把青蔥，水嫩嫩，嬌滴滴的。

早飯過後，吉時將近，五個女婿起身，陪李子恆一起去張家迎親。

李子恆悄悄找到李綺節，央求她幫忙，「三娘，今天是我的好日子，妳幫老哥這一回，把老四家的留在宴席上，千萬別讓他跟著我去張家！」

李昭節挑中的汪秀才讀書讀傻了，同輩之中，除了李南宣能得到他的一兩聲讚語，其他人無不被他從頭罵到腳，偏偏他還沒有什麼惡意，只是為人呆板，本性執拗較真而已，不能真和他生氣翻臉。不想被他念叨，除了躲之外，別無他法。

李子恆最煩別人說教，每次和汪秀才多待一會兒，就生生愁白一根頭髮。現在他要去張家接娘子，這種緊要關頭，當然不能讓汪秀才在一邊敗他的興致。

李綺節含笑道：「你放心，伯娘親自出馬，保管手到擒來。」

果然，汪秀才聽說岳母召喚，立刻拍拍衣襟，撫平袖子上的皺褶，跟著丫頭步入內堂。

李昭節坐在外間的廊簷下和親戚們說笑。天氣熱，她吃不下宴席上油膩膩的大菜，讓人給她切了西瓜，她正捧著一瓣綠皮西瓜慢慢吃著，悠閒從容，丫頭站在旁邊為她打扇。

汪秀才腳步一頓，皺眉道：「岳父、岳母和眾位姊夫、姊姊今日忙得腳不沾地，妳怎麼不去幫忙？」他性子直，不知道委婉忌諱，當著外人的面開始數落李昭節。

路過的李綺節眼皮一跳，不得了，李昭節要是鬧起來，一時半會兒不會消停的。

其他人顯然也深知李昭節的脾性，面面相覷，不敢吭聲，尤其是丫頭們，隨時準備去找曹氏來救火。出乎眾人意料的，李昭節竟然忍下怒氣，站起身直接走了。

雖然她的臉色很難看，眼神很凶惡，但至少沒當眾罵人。

可能她明白，和汪秀才吵架，不僅不能找回面子，還會越吵越丟人現眼。

汪秀才不知道自己害李昭節在人前大失顏面，向一眾啞口無言的親戚們點頭示意，進屋聽候岳父岳母傳喚。

寶珠嘖嘖道：「四小姐天不怕，地不怕，終於碰到一個能制住她的人了！」

而且，這個人還是李昭節自己挑的。

李昭節出嫁後不久，汪秀才把陪嫁的曹氏送回李家。理由很正當，汪家貧苦，李昭節嫁雞隨雞，嫁狗隨狗，不能和沒出閣前一樣講究。

汪家知道李昭節嬌生慣養，不用她和婆母、妯娌、小姑們一樣下地勞作，也沒讓她幹家務，只求她能專心照顧汪秀才的生活起居。然而，李昭節自己都要婆子、丫頭們伺候，怎麼能把汪秀才照顧好？

婆婆、妯娌每天累得要死要活的，她一個做後輩的，不僅不關心一句，還頗為不屑。每天茶來伸手，飯來張口，嫌汪家的飯菜不合胃口，讓曹氏另外給她一個人開小灶。白天睡到日上三竿才起，夜裡睏了就歇覺，壓根兒不搭理公婆妯娌和鄰里街坊，嫌他們粗鄙不堪。妹妹們羨慕她的衣裳漂亮精緻，進房找她玩耍，她讓丫頭把箱籠衣櫃鎖得嚴嚴實實的，不許妹妹們碰，誰動一下她房裡的擺設，她立刻變臉，把妹妹們當成賊提防。

汪家人厚道，倒沒敢說什麼，汪家老夫婦還彼此安慰，「兒媳婦是個嬌小姐，人家能看上咱們，是咱們家的福氣。」

可是，汪秀才眼裡揉不得沙子。

汪秀才把聖人之言當成金科玉律，李昭節是他的妻子，妻子必須孝順長輩，友愛姑嫂，賢慧端莊，溫柔順從，李昭節卻一個都不符合。

汪秀才擼起袖子，決定親自調教李昭節。

第一步，他把曹氏送回李家，斷掉李昭節的臂膀。

第二步，他勒令李昭節每天必須和他同時起床，夜裡他不睡，李昭節也不准休息。

第三步，他要求李昭節每天向公婆問安，關心公婆的一日三餐。看到妯娌和小姑們要笑著問好，態度要親切，笑容要發自真心。

光是這幾個簡單的要求，就把李昭節折磨得夠嗆。聽丫頭們說，只要李昭節哪一點做得不好，汪秀才不分場合，開口就數落，直到李昭節乖乖聽話為止。

李昭節哭過鬧過氣過，還故技重施地絕食。

汪秀才不為所動。敢哭就接著罵，敢鬧就罵得更狠，敢絕食？罵得越發起勁，直將李昭節罵得狗血淋頭、痛哭流涕，哭喊著以後再不敢因為一時之氣損傷身體了，他才肯停嘴。

李家的下人們私底下議論，看李昭節不順眼的，說她是活該，惡人自有惡人磨。跟李昭節關係親近的，感嘆這叫一物降一物。

與汪秀才、李昭節三天一小鬧，五天一大吵的吵鬧生活比起來，李九冬的婚姻顯得平靜多了。她和陳女婿目前還處在彆扭尷尬的階段當中，兩個之前沒見過面的少男少女，忽然要湊在一起當夫妻，哪有那麼容易？

不過，李九冬並不著急，她從小就是這樣，做什麼事都慢條斯理，不慌不忙。李大伯和周氏知道她心裡有數，不怕她拿不下陳女婿。

這幾天冷眼旁觀妹妹們的夫妻日常，李綺節忽然覺得疑惑，為什麼自己當初嫁人的時候好像水到渠成一樣，和孫天佑沒有半點隔閡？

她想了想，決定把原因歸於自己臉皮比較厚，而孫天佑臉皮更厚上。

爆竹聲聲，鑼鼓喧天。新郎官一行人踏著鼓樂聲到張家迎親時，張大少奶奶格外興奮，叮囑丫頭們，沒看到紅包不許開門。

張大少奶奶被公公張老太爺拘束狠了，好不容易有捉弄別人的機會，豈肯輕易放過？

李子恆好說歹說，紅包跟種豆子一樣撒出去，才打動一個年紀最小的丫頭，丫頭往旁邊一站，讓出一條細縫。人高馬大的妹夫們瞅準時機，一擁而上，合力把門撞開。

新房裡鬧哄哄的，丫頭們躲的躲，叫的叫，最後一起擋在張桂花面前，逼李子恆學戲文上的駙馬，跪下向張桂花請安。孫天佑和陳女婿大聲反對，鼓吹大家搶了新娘子就跑。

周大郎沒跟進新房，捂著腦袋，在廊簷底下走來走去。他剛剛衝在最前頭，不小心把帽子擠掉了。他從來不戴帽巾，因為李子恆娶親，才讓媳婦給他買了網巾和綢帽好配衣裳，足足花了三百多文，可不能說丟就丟。

有人叫他，聲音輕柔。

「周相公。」

周大郎抬起頭，一個面容秀淨，頭戴銀絲雲髻，穿白布衫、藍布花裙的婦人看著他，手裡拿著他正在找的帽子，「這是你丟的吧？」

這些天府裡的客人多，周大郎聽媳婦念叨過，戴銀絲髻兒的婦人一般是別人家的妾室。他不敢多看，垂下眼簾，客客氣氣地道：「是我的帽子，勞煩您了。」

周大郎接過帽子，戴在頭上，走開時，忽然眉頭一皺：這個年輕婦人看起來好生面熟，不知道是不是李家的什麼親戚。

寶鵲看著周大郎頭也不回地走遠，神情愣愣的。

腦子裡像是有兩個人在撕扯她的神經，一邊是濃眉大眼、年輕憨厚的周大郎，一邊是人到中年、喜怒不定的張大官人。

周大郎肯吃苦，嫁給他只是頭幾年受窮罷了，他現今跟著三小姐做事，還怕以後掙不到錢鈔嗎？而張大官人脾氣暴躁，只對正妻張大少奶奶略有尊重，動輒打罵身邊的丫頭。張家規矩多，妾室不能上桌吃飯，不能拋頭露面，不能和外人交談。

明明離開李家沒幾年，寶鵲卻覺得自己好像在張家過了十幾年那麼長。

如果早知道今天，當初她會拒絕太太的提議嗎？

耳畔炸起一片轟鳴，新房的方向傳出一陣陣爽朗的大笑聲。

寶鵲摸了摸梳得緊繃的鬢角，轉身走進內院。

李綺節今年的生日是在李家過的，家人都準備了禮物送她，連胖胖也湊熱鬧，摘了一大把喇叭花，巴巴地送到她跟前，念出周桃姑教他的話：「祝姊姊身體常健，青春永駐！」

眾人聽了都笑，周氏把胖胖摟進懷裡，摩挲他胖乎乎的臉蛋，連張桂花也露了笑臉。

李綺節還真有些受寵若驚，張桂花出閣之前何等高冷，對誰都不假辭色，如今卻溫柔和氣，簡直像變了個人。大概是李子恆實在太傻，想和他一起生活，張桂花必須先融化自己，免得把丈夫凍成冰渣。

不過，張桂花還是那麼直接率性，喜歡誰就和誰談笑風生，不喜歡誰隨便敷衍兩句，就不搭理了。她以前和李昭節關係和睦，來往密切，李昭節簡直把她當成親姊姊一樣崇拜。不知怎麼地，兩人出閣後再度重逢，竟然變得生疏客氣不少。按理說，從閨中好友變成嫂子小姑，不是應該比以前更親密嗎？

丫頭送來剛出鍋的巧果，張桂花和李昭節同時伸筷，剛好夾到同一塊葫蘆形狀的。

張桂花立刻鬆手，李昭節冷笑一聲，把巧果咬得嘎嘣響。

張桂花竟然主動退讓？

李綺節瞇起眼睛，目光在張桂花臉上盤旋。

張桂花被她盯著看了一會兒，微微發窘，一扭脖子，側頭和李九冬說話。

李綺節暗暗發笑，恍然大悟：張桂花沒有利用李子恆報復李南宣，但她當初刻意接近李昭節，確實別有用心。後來她對李南宣死心，自然就和李昭節疏遠了。

李昭節愛使性子，張桂花脾氣衝，兩人都是嬌生慣養，不慣忍讓的，如果不是張桂花有意接近，她們根本不可能成為閨中密友。

李昭節不明白裡頭的緣故，以為張桂花反覆無常，一怒之下和她絕交。張桂花心中有鬼，不敢說出實情，所以今天才會有如此表現。

難得看美人吃癟，李綺節忍不住幸災樂禍。

至於張桂花和李昭節能不能和好如初，不關她的事。涉及李昭節，她絕不摻和。

順天府，外城。

日薄西山，雲霞輕攏，院內的丁香樹披著一身璀璨暉光，靜靜矗立。竹竿上晾了幾件男子的外袍，在晴朗的日頭下曝曬一天，衣袍已經乾透，一個梳辮子的小丫頭踮起腳跟，把衣裳一件件疊整齊，收進竹簍裡。

楊嫺貞坐在窗下，手裡正飛針走線，她想為丈夫孟雲暉做一個招文袋。

孟雲暉是文官，每天去衙署報導，少不了要隨身攜帶筆墨、文具、印章和其他零零碎碎的小東西。他不講究，不管是文具還是碎銀子，一股腦兒往衣袖裡的小兜塞，要用的時候，掏掏摸摸得翻找半天。不僅不方便，還容易遺失物件。

楊嫺貞從小苦練女紅，府裡繡房的婆子都沒她手藝好，不一會兒的功夫，她就把招文袋做好了。裡層是皮革，外面是耐磨的厚布，沒有繡花紋，樸素大方，孟雲暉應該會喜歡。

鴨蛋大的紅日漸漸墜入翠微群山之中，罩在窗前的光線越來越暗淡，楊嫺貞把招文袋放在小炕桌上，幽幽地嘆了口氣。

她是庶女，姨娘年老色衰，早被父親忘在腦後，她性情愚笨，不會嘴甜哄長輩喜歡，也不受父親喜愛。太太生了五個兒子、兩個女兒，一窩半大小子，鬧得她天天犯頭疼，實在沒有精力照管庶出的兒女，乾脆讓各房姨娘自己教養子女。

她跟著姨娘長大，學著姨娘怎麼討好太太，怎麼和府裡的管事媳婦打交道，怎麼在各房姨娘哥哥們的紛爭中明哲保身。那段日子憋屈是憋屈，但她們母女相依為命，過得很快樂。

十一歲那年，姨娘對楊嫻貞說：「貞兒，妳不能再學我了，我生來下賤，只能給大官人做妾，一輩子做小伏低，抬不起頭。妳不一樣，妳是閣老家的孫女兒，以後肯定是富貴人家的正室太太。從今天開始，妳得跟著太太學。太太是好人家的千金小姐，妳能學到她的三成本事，姨娘就放心了。」

從那天開始，楊嫻貞堅持每天去向太太請安，天天晨昏定省，風雨不輟。太太不趕她，她就厚著臉皮待在正房不走。

太太知道她年紀大了，該學些內宅的處事手段，便由著她跟在身邊學習。

十六歲時，楊嫻貞出落得眉目清秀，亭亭玉立。同輩三十多個堂姊妹中，她的容貌只是中上，不是最漂亮的，也不是最聰明的，卻是最受太太倚重的，所以大官人看中孟雲暉，想把他招進門當乘龍快婿時，太太頭一個想到的是楊嫻貞。

楊家的嫡女只會與京中的世家大族聯姻，孟雲暉出身太低，楊家看不上，但如果送出去一個庶女，就能把新晉進士拉到楊家派系中，倒也划算。

楊嫻貞從沒想過要和嫡出的姊妹相爭，能嫁給年輕俊朗的孟雲暉，她和姨娘都很滿意，甚至可以說是欣喜若狂。要知道，她的庶姊姊好幾個嫁的是四十多歲的老鰥夫。

出嫁那天，姨娘背著人抹眼淚，「貞兒，只要楊家不倒，女婿就得敬著妳。可男人和女人過日子，光有敬重根本不夠。女婿年輕，臉皮嫩，妳得耐著性子和他相處，千萬不要因為他出身低就瞧不起他。男人啊，最恨女人看不起他，尤其那個女人還是他的妻子。」

姨娘的擔心完全是杞人憂天，楊嫻貞怎麼會看不起孟雲暉呢？他那麼溫和有禮，那麼自信從容，天下的事沒有他不知道的，彷彿什麼都難不住他，什麼都困擾不了他。

與他相比，楊嫻貞除了閣老孫女這個身分，還有什麼？

她甚至聽不懂孟雲暉偶爾觸景生情時念出的幾句詩。

楊閣老自幼聰慧過人，博聞強識，也是進士出身。少年時他進京赴考，一舉得中，名動京華。直到現在，府裡的老人還會提起楊閣老當年僅用一篇文賦就名動京師的盛況。

然而，才高八斗的楊閣老，不許家中女孩兒讀書認字。

京師其他世家女，就算不讀書，也要學些歷朝歷代的聖賢故事，略微認得幾個字，楊嫻貞卻是真的大字不識一個。今早出門前，孟雲暉隨口和她交代，讓她把他平日不看的幾本書收進書匣子裡。他走得急，匆匆說完就走了，留下楊嫻貞茫然無措，羞愧無比，她根本不知道丈夫說的是哪幾本書。

好在書僮常在書房伺候，熟悉孟雲暉的習慣，已經替她把書挑好了。

楊嫻貞揉揉眉心，把丫頭喚到房裡，「點燈，把我的字帖拿來。」

丫頭把燭臺移到窗前，楊嫻貞翻開字帖，鋪紙執筆，一撇一橫，仔細描摹。

她十一歲才跟著太太學管家，十六歲時府裡幾十個庶出嬌小姐，只有她獲得太太認可。她不聰明，但有毅力有決心，只要她堅持向學，勤奮刻苦，學會讀書認字不是早晚的事？

就算她天資有限，不能達到吟詩誦句，與孟雲暉詩歌唱和的水準，至少她能看懂丈夫每天讀的是什麼書，能聽懂丈夫念的是什麼詩。

一陣歡快的鼓樂聲飄進低矮的院牆，丫頭關上門窗，把嘈雜的人聲隔絕在外，小聲嘀咕道：「天快黑了，誰家這時候迎親？」

楊嫻貞描完一張大字，抬頭看看外邊的天色。鼓樂聲盤繞在牆外，有時遠有時近，忽然混進一聲尖銳的鑼響，吵得人腦仁疼。

這座小宅院是孟雲暉租賃的，淺房淺屋，又與北京城內最喧嚷的菜市口離得近，一天到晚沒有安靜的時候。

天還沒亮時，各家貨棧店鋪開門邀客，夥計的聲音渾厚響亮。上午城外的農人挑著菜蔬鮮果，挨家挨戶上門兜售，精明的主家婆和節儉的農人為幾文錢吵得不可開交。午間兩個市井婦人因為一點口角起爭執，堵在巷口撒潑，叫罵聲和哭嚎聲裡交雜著鄰里街坊模糊不清的勸解聲。夜裡有人沿街串巷賣餛飩、湯糰，蒼涼的叫賣聲飄蕩在窄小的街巷間，午夜夢迴，彷彿還能聽見那悠揚的調子在耳邊迴旋。

官民商販雜居的市井陋巷就是熱鬧，不像楊嫻貞的娘家，深宅大院，僻靜幽深，閒雜人等不敢在閣老府邸周圍停留，晚上又有宵禁，每天都有士兵來回護衛巡邏。從早到晚，宅院裡靜悄悄的。坐在繡房內，只能聽見園子裡清脆悅耳的鳥叫聲，以及丫頭們在院外漿洗衣裳的嬉笑聲。外邊的市井再熱鬧再繁華，裡頭一點聲音都聽不見。

霞光慢慢沉入寂靜的黑夜中，巷子裡響起此起彼伏的呼喚聲，各家的婆子站在門口，橫著眉頭，喊自家兒郎回家吃飯。

楊嫻貞手握竹管筆，渾然不覺時光流逝。

丫頭在一旁小聲道：「太太，歇會兒吧，別把眼睛熬壞了。」

楊嫻貞抬起頭，「什麼時辰了？」

丫頭道：「酉時二刻。」

楊嫻貞蹙起眉頭，其實以她的嫁妝，完全可以在內城買一所更大，離衙署更近的宅院，可她記得姨娘的警告，嫁雞隨雞，嫁狗隨狗，孟雲暉是她的丈夫，她必須事事以夫為先。

孟雲暉一天不主動提出典新房，她就必須安心住下去，絕不能露出嫌棄住所的意思。哪怕孟雲暉脾性溫和，似乎不在意妻子比他富貴，她也不會傻乎乎去試探他的底線。

窗外一陣細細的沙沙輕響，楊嫻貞放下竹管筆，蹙眉道：「外頭是不是落雨了？官人今天沒帶傘具，淋著了可怎麼好？」

她正想遣個小廝帶上油紙傘出門去迎孟雲暉，丫頭走到門前，回頭笑道：「想是太太聽錯了，沒落雨。」

楊嫻貞起身，支起窗戶，往外輕掃一眼。

夜色如水，庭階寂寂，確實沒落雨。原來是夜風拂動丁香樹的枝葉，揚起簌簌輕響，聽起來就像纏綿的細雨聲一樣。

楊嫻貞笑了笑，合上窗戶。屋簷下驟然響起一陣急促的腳步聲，一個胖丫頭氣急敗壞衝進房裡，恨得直跺腳，「太太，您看！」

她手裡拎著一件半舊的雪白襴衫，往楊嫻貞跟前一遞，回頭怒視跟在身後的小丫頭，「這小蹄子熨衣裳的時候竟然敢打瞌睡，姑爺的衣裳都被她燙壞了！」

小丫頭哭天抹淚，臉上掛著兩串晶瑩的淚珠。

楊嫻貞接過襴衫細看，發現衣領上有一塊指甲大小的黃斑。

熨衣裳的焦斗是她的陪嫁之物，帶木柄把手，用的時候往裡頭裝上燒紅的木炭，熨衣裳又快又平整，比外頭那些銅焦斗好用，就是用的時候得警醒些。

小丫頭是專門管洗衣裳、曬衣裳、熨衣裳的，天天幹一樣的活計，自覺不會出差錯，今天不小心打了個盹兒，焦斗燒得滋滋響，衣裳上頓時多了個麻點。

胖丫頭氣呼呼的，轉身在小丫頭腦殼上不輕不重敲兩下，「讓妳瞌睡！讓妳瞌睡！」

小丫頭嗚咽一聲，不敢躲。

楊嫻貞待下人一向寬和，揮揮手，「算了，只是件舊衣裳罷了。」

這件襴衫是孟雲暉從老家帶到北京的，和一堆棉襪、布鞋放在一處，楊嫻貞時常見他把衣裳翻出來讓下人晾曬，但從沒看他穿上身過。畢竟是件舊衣服，仔細看，能看出衣襟前隱隱約約有幾道洗不去的油汙，袖口還有明顯的縫補痕跡。

孟雲暉現在也是做官的人了，不可能再把這件破舊襴衫穿出門。

胖丫頭還在數落小丫頭，門外傳來門房和小廝說話的聲音，楊嫻貞喜道：「官人回來了，快備麵茶！」

孟雲暉神情疲憊，踏著清冷月色緩步進屋，脫下官服，摘掉紗帽，換上一身銀泥色家常松羅道袍，走進側間。看到攤開在炕桌上的雪白襴衫，他愣了一下，腳步凝滯。

楊嫻貞笑意盈盈，捧著一碗溫熱的麵茶走到孟雲暉跟前，「官人勞累，先歇會兒再用飯？」

孟雲暉眉頭皺得越緊，幾步走到炕桌前，抄起襴衫，臉色黑沉，「怎麼回事？」

楊嫻貞的笑容凝在臉上，成親以來，孟雲暉一直和和氣氣的，從來沒有像今天這樣，用這麼嚴厲、這麼生疏的口氣和她說話，尤其是還當著丫頭們的面。

他的目光冷颼颼的，竟叫楊嫻貞心生恐懼，一個字都說不出來。

丫頭們面面相覷，不敢吭聲。

胖丫頭看一眼不知所措的楊嫻貞，狠狠心，伸手在小丫頭背後輕輕推一下。

小丫頭撲在孟雲暉腳下，一抬頭，看到一雙冷淡無情的眸子，嚇得大哭，「姑爺饒命！小姐看今天天色好，讓奴把衣裳翻出來曬曬，奴打、打了個瞌睡，不小心把衣裳熨壞了！」

孟雲暉面無表情，淡淡地掃了小丫頭一眼，「不要再有下次。」

小丫頭趴在地上，點頭如搗蒜。

胖丫頭看孟雲暉仍然怒意未消，悄悄摸到灶房，讓婆子趕緊送飯。

已經回鍋熱過兩次的飯菜送到正房，夫妻洗過手，坐下吃飯。

即使是夫妻獨對，孟雲暉依然坐得端正筆直，一板一眼，不苟言笑，夾菜的動作、吃茶的姿勢，一絲不苟，挑不出一點毛病。

楊嫻貞小心翼翼地看他一眼，柔聲道：「官人，衣裳……」

她的話還沒說出口，被孟雲暉打斷，「只是件穿舊的衣裳，妳不必在意。」話是這麼說，可吃過飯後，孟雲暉沒留在房裡安歇，轉身去了書房，「娘子先睡吧，我要抄一篇摺子。」

楊嫻貞等了一夜，搖曳的燭火映在床帳上，罩下一片朦朧的昏黃光暈。她鬢髮鬆散，合衣半倚在床欄上，從天黑等到天亮，眸光黯然。

次日，清晨鼓樓鐘聲響起，丫頭們起身灑掃庭院，隔壁人家雞鳴狗吠聲此起彼伏，孟雲暉始終沒回房。那件舊襴衫，被他鎖進書房的大衣箱裡了。

小丫頭戰戰兢兢，向楊嫻貞賠罪，「小姐，都怪我……」

楊嫻貞對著銅鏡攏攏髮鬢，淡然道：「一件衣裳罷了，以後誰也不許再提這件事。」表情是不在乎的，心裡卻翻江倒海。

她曾經天真地猜測，那件衣裳可能是婆婆為孟雲暉縫補的，所以他才會這麼重視那件舊衣。然而，他捧著衣裳出門的時候，喃喃念了句古詩，聲音壓得很低很模糊，但楊嫻貞還是聽清楚了。他念的是：風波不信菱枝弱，月露誰教桂葉香。

刻苦勤學一年多，楊嫻貞已能認得幾百字，巧的是，她前幾天剛背過這首唐詩。她明白，孟雲暉口中念的是風波菱枝，心裡想的卻是下一句：直道相思了無益，未妨惆悵是清狂。即使知道相思無益，只是徒然，他仍舊念念不忘，願意為之惆悵終生。

何方閨秀，能令孟雲暉輾轉反側，生就如此刻骨的情思？

看那件衣裳的成色，應該是孟雲暉在老家時結識的女子。

楊嫻貞攥緊梳篦，默然道：不過是少年往事而已。

三天後，楊嫻貞回娘家省親。

本來是打算住上五六天，和姨娘好好團聚的。這天，大太太忽然把她叫到正院，拉著她的手，笑咪咪道：「妳阿爺很器重女婿，任命已經下來了，妳早點回去，預備盤纏，收拾行李鋪蓋，女婿本來就是南方來的，倒是不怕他適應不了。」

楊嫻貞一頭霧水，孟雲暉是庶起士，一介文官，根本不用赴外地當差呀？還是阿爺另有打算，想把他下放到地方郡縣去？

姨娘怕耽誤她的事，催她即刻動身。

楊嫻貞回到鬧市中的小宅院時，孟雲暉已將行李等物安排好了。

他頭戴笠帽，腳踏靴鞋，衣冠齊整，匆匆和她話別，「今年天氣反常，南方多地水患頻發，我熟知長江中下游水系，朝廷命我隨工部郎中、主事南下，協助治理水患。」

年輕夫妻乍然分離，楊嫻貞忍不住眼圈一紅，「官人何時返家？」

孟雲暉看她一眼，眼眸微垂，「冬天前能趕回來。」

想了想，他又道：「我不在家時，妳小心門戶，看牢奴僕，不許他們生事。要是害怕，妳可以回娘家暫住，等我回來，再去楊府接妳。」

交代完這些，他吩咐隨行差役啟程，神情平靜，沒有一絲不捨留戀，甚至心裡還有些微的雀躍和歡喜。這一次，他不必藏頭露尾，可以堂而皇之地帶走三娘，順便取回孫天佑和金薔薇手裡的書信。

孟雲暉眼眸深處的喜悅沒有逃過楊嫻貞的眼睛。

她目送丈夫遠去，轉身進屋，吩咐丫頭關門閉戶。她哪裡也不去，這裡是她的家，她要守著這裡，直到孟雲暉回來。少年時的刻骨銘心又如何？孟雲暉還不是娶了她？

孟雲暉和楊家的男人一樣，在他心裡，仕途是第一位的。她是楊閣老的孫女兒，僅憑這一點，哪怕對方是個傾國傾城、閉月羞花的絕世美人，也動搖不了她的地位。

就算孟雲暉此次回鄉歸來時，把那女子一併帶回順天府，楊嫻貞也不怕。

她在太太身邊當了五年的學生，耳濡目染，學會的不僅僅只是管理內務的本領，知道該怎麼對付妾室姨娘。

七月十五，於信奉道家的人來說是中元節，對篤信佛理的人來說，則是盂蘭盆齋會。

瑤江縣人既拜菩薩，也信符水能治病救人，和尚道士在他們看來是一家，乾脆中元節、盂蘭盆法會一起過。白天挎著提籃去山邊燒包袱祭祀祖先鬼神，夜裡划著小船在江上放河燈祈福消災。都是為感懷逝去的親人，也算殊途同歸。

吃過早飯，李綺節和寶珠坐在院子裡的樹蔭下疊金元寶。把粗糙的紙錢捲起來，兩頭往中間一塞，輕輕一捏，就摺出元寶的大致形狀了，這是預備傍晚送出去燒給先人們的。除了紙錢、金元寶，還要剪幾件冥衣，然後把紙錢、金元寶和冥衣封進一個個獨立的紙袋裡——紙袋是和紙錢冥幣一塊兒出售的——最後在紙袋封面上寫下逝者的名姓。人們認為這樣先人們就能收到子孫的供奉，不用在地底下挨餓受凍。

老百姓們不會念誦感懷傷悲的詩句，不能書寫情意悱惻的悼文，他們對亡者的哀思單純而又直接：只盼著他們在另一個世界也有錢花，有衣添，有果腹的祭品食用。

孫天佑頭戴芝麻羅帽，從月洞門走進來，腳步匆忙，一邊走，一邊命阿滿套馬備行李，他要出一趟遠門。

李綺節放下小銀剪子和疊了一半的金元寶，「今天還得燒包袱呢，怎麼這麼急？」

燒包袱的人必須是各家直系男丁，一是七月陰氣重，男人火力壯，不怕被鬼煞上身。二是人們堅信只有血緣親人燒的包袱，先人才能順利收到。三是燒包袱必須去野外的山路旁，回來時差不多是黃昏時候，男人去更方便。

孫天佑摟住李綺節，緊緊擁抱一下，鬆開她，歉疚道：「讓進寶替我去吧。北邊有條船被水寨扣下了，我得親自去和老六談談。」

李綺節眉頭皺起，「無緣無故的，老六敢扣咱們的船？」

老六是東湖水寨的六當家，往來武昌府和瑤江縣的商隊想要順順利利通過東湖水域，得先向東湖水寨上繳「買路錢」，老六是水寨裡嘴皮子最利索的，水寨一般派他和兩地船隊、商會打交道。東湖水寨剛好處在一個十分偏僻的荒島上，兩地官府來回踢皮球，不想把剿匪的重任攬上身，堅決不承認治下有水匪賊禍，都對東湖水寨的存在視而不見。

東湖水寨還算講道義，只要船家識時務，通常不會堵截商隊，而且只求財，從不傷人性命。如果有其他水匪膽敢朝客商下手，他們還會幫客商趕走那些亡命之徒。客商們為求旅途平順，私下裡和東湖水寨達成協議，敢去衙門告狀的，會被踢出行會。

商旅們只求安穩，不論其他，反正管他是官是匪，都要靠銀錢開路。如果寧折不彎，不肯妥協，那乾脆別出門了，老老實實待在家中當個田舍翁。

一來二去的，東湖水寨在夾縫中生存壯大，漸漸成了東湖一霸。

像孫天佑這樣長年南來北往的商人，想要路上走得平穩，免不了要結識一些三教九流的人物。他常常和東湖水寨打交道，老六和他也算有幾分交情。

按理說，孫家的船應該能在兩地之間暢通無阻，怎麼會忽然被水匪扣下？

孫天佑覺得東湖水寨裡可能出了點變故，因為水寨從來不會做出這種違反江湖道義的事情。如果他們不遵守規矩，商旅們也不會心甘情願看他一家獨大。

不知為什麼，李綺節有些心神不寧，「路上小心，別和那些江湖人硬碰硬。」

孫天佑朗聲大笑，「妳放心，我什麼時候莽撞過？」

李綺節目送孫天佑出門，孫天佑跨上白馬，回頭朝她揮揮手，「回去吧。」

馬蹄踏在乾燥的泥地上，濺起一蓬灰塵。

剛出巷口，孫天佑忽然勒緊韁繩，掉轉馬頭往回走。

李綺節站在門檻後面，抬頭看他。

孫天佑眉眼微彎，酒窩若隱若現，「洞庭和黃山的茶葉送到武昌府了，等我回來時給妳帶些好茶葉。妳有沒有什麼想吃的，想玩的？」

李綺節輕笑一聲，「我想吃洗馬長街老瘸子家的桂花八寶鴨。」

洗馬長街，東倚長江，西靠龜山，和對面山腰上的黃鶴樓隔江相望。據說當年關羽屯兵於漢陽時，常在江邊洗馬，故而得名洗馬長街。

老瘸子無名無姓，因為天生腿腳不便，小時候被人呼作小瘸子，到老了就成了老瘸子。他曾在應天府當地最有名的鹵鴨店幫工，學成歸來，在洗馬長街開了家鹵鴨店。他家的桂花八寶鴨香酥細嫩，肥腴鮮甜，秋冬時色味最佳，吃時佐上一盅桂花酒，更是回味無窮。

「行，我記住了。」孫天佑揚起馬鞭，催馬前行。

馬蹄聲漸行漸遠，直到主僕一行人的身影看不到了，李綺節才轉身回屋。

是夜，華燈初上，孤月高懸。

進寶陪同李綺節和寶珠去河邊放河燈，丫頭婆子隨行，人人拎一個提籃，裡頭放供盤、河燈、蠟燭、甜糕，角黍，和各種精緻小巧，繡有吉祥紋樣的荷包。

官府在街巷間開設水陸道場，各寺僧人雲集，說法誦經，超渡亡靈。

老百姓們圍在一旁觀看，有單純看稀奇的，也有虔心跟著誦經念佛的。

這邊莊重威嚴，悲天憫人，另一邊則鑼鼓喧天，歡樂喜慶。

那是金家請來的戲班子，火把熊熊燃燒，將長街照得恍如白晝。

藝人們在江邊欄杆上扯幾條麻繩，圈出一大塊空地，為老百姓們表演節目。

舞龍的，耍獅子的，戲猴子的，耍大旗的，各式雜耍，應有盡有。

圍觀的老百姓看得目不暇接，一會兒看看這邊的猴子向人作揖，一會兒看看那邊的藝人口吐火龍，一會兒又被朝自己肚皮上插刀子的壯漢嚇得驚叫。

江面繁星點點，數千朵璀璨河燈漂浮在漆黑的水面上，宛如盛開在仙境中的蓮花。

李綺節一行十幾個人，還沒走到河邊渡口，便被洶湧的人潮擠散。

寶珠緊緊跟在李綺節身邊，不住張望，「人都跑到哪兒去了？要不要等他們找過來？」

進寶抱著提籃，亦步亦趨跟著兩人走，「不行，這裡實在太擠啦！放完河燈再回頭找人，這會兒叫破嗓子，他們也聽不見！」

寶珠不放心，仍然踮著腳回頭看，眼前黑壓壓一片，無數個身影堆疊在一起，壓根兒分不清誰是誰。忽然，她臉色一變，神色驚恐，抓住李綺節的手，「三娘，快，往回走！」

李綺節正走神，想著不知道孫天佑是不是到武昌府了，沒聽見寶珠的叫嚷。

寶珠滿臉驚懼，手腳發涼，幾乎能聽見自己撲通撲通的心跳聲。她一手拉著李綺節，一手攥住進寶，艱難地轉過身，逆著洶湧的人流，一頭鑽進小巷子裡。

快，要快點跑到地勢高的地方去！

然而，還是遲了。

洪水猶如雷霆萬鈞，排山倒海而來，人的腿腳再快，終究快不過奔湧的浪濤。

李綺節聽到身後響起一陣鋪天蓋地的奔雷聲，摧枯拉朽，氣勢磅礴。

她心頭一凜，頓覺毛骨悚然。汙濁渾水不知何時漫上堤岸，岸邊嬉鬧的人群仍舊沉浸在歡樂之中，沒有察覺腳下已經一片泥濘。

李綺節回頭，看到天邊由遠及近的浪濤，一開始只是一條近乎平直的水線，如閃電般襲向河岸。不過幾息間，水線猛然拔高，變成一條立體的、縱貫南北的水浪，浪頭挾裹著排山倒海的氣勢，足足高出江面五六丈。

怎麼會？李綺節幾乎肝膽俱裂，有江堤保護，洪水怎麼會來得這麼突然？

寶珠和進寶急促壓抑的喘息聲在她耳邊迴蕩。

三人緊緊拉著對方的手，飛快往前跑。沒人說話，一旦停下，就可能會被洪流捲走。

中元當夜，洪水決堤，大雨瓢潑，澎湃動地，呼號震天。

不過一眨眼的功夫，安逸寧靜的瑤江縣，頓成一片汪洋澤國。

江水決堤，倒灌入城之時，正值戌時，夜幕之下，湍急的洪水呼嘯而至，沖毀一座座城鎮、村莊，來不及逃生的老百姓皆在睡夢之中枉送了性命。

瑤江縣城毀人亡，護城牆、內城牆、城中房屋瓦舍全被沖垮。

風浪狂嘯，圓月似乎也畏懼洪水之威，悄悄躲進雲層之中。

火把燈籠早被飛濺的水浪澆滅，伸手不見五指，水浪滔天，江邊幾如人間地獄。

有手腳靈活的，攀登高樹，浮木乘舟，僥倖逃生，大部分人卻是根本來不及反應。

剛剛還是一團和樂太平景象，一轉眼，江洪狂吼，處處悲聲。

李綺節醒來的時候，已在江面上漂浮了一天兩夜。

焦陽把她的雙頰曬得滾燙，她低頭端詳身下趴著的木片浮板，發現木板上刻有一幅朱筆畫，畫的是一位敞著肚皮、彎眉微笑的大肚佛，可能是盂蘭盆法會上僧人們做法事用的。

她苦中作樂，用濕答答的袖子擦去大肚佛臉上的汙泥，「你也算是救了我一命，沒浪費我供奉的香油錢。多謝你了，回頭等我上了岸，找三哥問問你的名號，年年給你供香。」

大肚佛眉眼帶笑，亦嗔亦喜，沒搭理她。

李綺節抬頭環顧四周，浮板順流而下，水勢太急，她只能緊緊抓著浮板，隨波逐流。早知道就跟著大哥學鳧水了，從小長在水邊，她卻不會游泳，說出去也沒人信。

日光灑在寬闊的江面上，水流湍急，浪花攜著浮木、浮板、衣物、各種破碎的家具、被連根拔起的樹木撲向岸邊，轟隆隆的水聲震耳欲聾。

李綺節試著在水中蹬腿，眉頭一皺——她的小腿可能被刮傷了，動一下就疼得鑽心。

她嘴唇青烏，臉色蒼白，趴在浮板上偷偷詛咒先人：白天才送紙錢鈔票給你們，你們就是這麼回報後代子孫的？

彷彿是為了打她的臉，不遠處忽然傳來幾句模糊的人聲：「那邊有人！」

李綺節抬起頭，一臉驚喜。

發出喊聲的人繼續指揮身邊的人划船。

聽聲音，怎麼那麼像阿滿？

還真是阿滿！

李綺節想叫住他，張嘴虛喊了兩下，發現嗓子又乾又澀，只能發出虛弱的嘶嘶聲。

「噗通」一聲，有人躍入水中，向頭昏目眩、渾身乏力的李綺節游來。

「三娘！」一句從胸腔中發出的呼喊，彷彿用盡了力氣。青年的吶喊聲中飽含恐懼和悲痛，又似枝頭喜鵲啼鳴，有清晰靈動的驚喜歡悅。

李綺節心頭一顫，為這一聲呼喚，更為呼喚中悲喜交加的似海深情。

是孫天佑！

她懷疑自己是不是太過疲憊，以致於出現了幻覺，還沒來得及回應，人已經如浮萍般，被無情的洪水沖向下游。水流迅猛，小船只能勉強順著風向漂流，根本沒法控制方向。人在洪水中更加無力抵抗，哪怕是和魚兒一樣靈活的善水者，也只能隨著水流沉浮。

孫天佑面色黑沉，眼瞳裡怒火熊熊燃燒，幾欲噬人。

他在搖搖晃晃的小船上，李綺節在湍急的洪流中，雖然僥倖認出對方，但只是眨眼間，一人一船已相隔一里開外。

等他跳入水中，水面上波濤洶湧，哪裡還有李綺節的身影？

連船都會被風浪掀翻，想在奔湧的洪水中救起一個人，哪有那麼容易？

眼前的形勢不容孫天佑猶豫，他解下繫在腰間的粗繩，義無反顧游向江心，身影匯入渾濁的洪水中。阿滿在他身後大叫，船伕們想把孫天佑拉回去，拚命叫道：「大官人，人已經沖走了，救不回來的！」

一條纜繩拋到他身後，「大官人，快抓住！」

「大官人，您別想不開啊！」

孫天佑根本聽不見船伕驚恐的叫聲，他眼裡只有那個越漂越遠的單薄身影。

他的三娘在水上漂了十多個時辰，不知道有多累，多害怕。

他要去救她，要是救不了，兩人就做一對淹死鬼，一起喝孟婆湯，一起過奈何橋，來世說不定還能夠再續前緣。

……

有人在輕輕拍她的臉，慢兩下，快兩下，循環往復，拍得李綺節心頭火起，忍不住睜開眼睛，怒瞪對方，「誰打我？」

映入眼簾的，是一雙盛滿狂喜的眼眸。

長髮披散，眼圈青黑，額頭上有數道擦痕，血跡斑斑。

李綺節差點認不出他來，「天佑？」

孫天佑喉頭腥甜，聲音哽咽，緊緊抱住她，額頭挨著她的額頭，溫柔廝磨，「是我。」

兩人還在洪水中漂浮，李綺節靠在孫天佑懷裡，能感覺到他冰涼緊繃的肌膚。

舉目四望，洪水氾濫，波浪起伏，濁白的水花在江面上打著旋兒。

不知他是怎麼找到自己的，李綺節微微一嘆，伸手摟住孫天佑的胳膊，把蒼白如紙的臉貼在他厚實的胸膛上。這一刻，雖然還沒脫險，她心裡卻異常的平靜。

水勢仍然沒有減緩，孫天佑幾次試圖游向淺水處，都被浪頭重新打回江心。

李綺節知道自己是累贅，嘆口氣，「你先放開我，游到岸邊去，再回頭想辦法救我。」

孫天佑深深地看她一眼，看得她臉頰像火燒一樣，「現在放開手，不知道還能不能再抓住妳，我不想冒險。」

一放手，可能就是咫尺天涯，天人永隔。

李綺節當然知道洪水的厲害，所以才越發不想拖累孫天佑。

孫天佑看出她的心思，把她擁得更緊。

肆虐的洪水繼續奔騰，眨眼半個白天過去。日暮西山，連綿起伏的巒峰披著萬丈霞光，俯視著腳下如猛獸一般怒吼的濁浪。

孫天佑忽然低笑一聲，指著天邊淡似輕煙的山巒，「三娘，妳看，這是我當年唱情歌給妳聽的地方，妳還記得嗎？」

李綺節愣了一下，抬起頭，眼前只有起伏的黃濁江水。

記得那時湖光山色好，雲樹籠紗，落英繽紛。英姿勃發的少年郎，頭戴斗笠，身披蓑衣，立在船頭，放聲歌唱。

歌聲美，人更俏。

她斜倚船舷，春風撲面，看著波光粼粼的江水，聽著清朗纏綣的情歌，心境霍然開朗，於無言的沉默中，向他許下一個心照不宣的允諾。

不久之後，他離開楊家，他們訂下婚約，他給予她最大限度的尊重和自由，直到如今。

現在展目環視，哪裡還能找得到當初的田連阡陌、桃紅柳綠？

李綺節沒想笑，但笑意不自覺綻放在眼角眉梢，「那時候我想，九表哥怎麼這麼難纏呢？趕又趕不走，嚇又嚇不退，真煩人，我才不要嫁他呢！」

孫天佑悶聲笑，「我早就對妳說過，你們家的女婿茶我吃定了，怎麼可能會被妳隨便糊弄幾下就輕易放棄？」

他親吻李綺節的眉眼，「小時候，那惡婦不許人讓我吃飽，我天天餓肚子。有一次我餓壞了，偷偷跑進灶房，胡亂抓了幾塊燒得香噴噴的肉往嘴裡塞。管家鬍子氣歪了，讓人把我按在地上，抄起門閂劈頭就打。我死也不鬆口，想著就算被他打死，也要把燒肉嚥下肚。」

他的語調輕而慢，猶如水浪翻騰間揚起的清風，「後來，我被打得鼻青臉腫，晚上不敢翻身，起床喝口水都全身疼。」

李綺節喉嚨微繃，忍不住抱緊他。

孫天佑灑脫一笑，「可那又怎麼樣？我終於吃飽了一次！從那時候起，我就明白，想要什麼東西必須自己想辦法爭取，得到以後一定要牢牢抓住，哪怕被人亂棍打死也不能鬆手。」他看看李綺節，目光戲謔，「所以，妳那些輕飄飄的勸說警告，根本動搖不了我的決心。」

心臟彷彿被人握在手裡揉捏，酸甜苦辣，諸般滋味，說不出是感動還是其他。

李綺節擁著孫天佑，默然良久，接著一揚眉，額頭輕輕撞在孫天佑的下巴上，「你竟然把我和幾塊肉相提並論！」

孫天佑放聲大笑，「娘子莫要著惱，妳比燒肉好吃多了，又香又軟，又嫩又滑……」

兩人又往東漂了幾里，水勢仍然洶湧澎湃。

孫天佑嘗試抱住浮木支撐，水勢太急，兩人連著浮木一起，被水流捲回浪中。一個浪頭當頭打下來，耳邊淨是喧譁的水浪聲。

李綺節心口一窒，忽然一陣毛骨悚然。

她記得離堤岸不遠，山腳拐彎的地方，往東幾里處，橫亙著一道小瀑布。往年風平浪靜時，上游順流而下的千盞河燈、枝葉浮萍漂浮到小瀑布前，無一例外會被瀑布下的漩渦絞得粉碎。如今洪水襲來，江面比平時更加寬闊，瀑布的落差更大，順流漂下去，只會更危險。

孫天佑顯然也想到了那道瀑布，神情一凜，抱著李綺節，在浪花中間尋找生機。

他在江水中泡了大半天，為了找到李綺節的身影，中途逆著水流上下沉浮，四處搜尋，已然筋疲力盡，還被洪水中的浮木撞了幾下，頭上身上全是擦傷，腰腹間還有撕裂的傷口，現在全靠一口氣強撐著。

李綺節看出孫天佑的力不從心，推推他的胳膊，「天佑，放手！」

如果只有孫天佑一個人，可能還有一線生機，帶著她這個大累贅，兩人只會落一個葬身魚腹的下場。

孫天佑猛然抬起頭，雙眼血紅，目光狠厲，「不，我不放！」

瀑布越來越近，浪濤席捲著可以壓碎世間一切的可怖力量，帶走江流中的所有生物，活著的或者死去的。

洪流奔湧呼嘯而至，雷霆萬鈞，萬物顫慄，彷彿整個天地都在震動。

「放開我！」眼看瀑布越來越近，李綺節有些氣急敗壞，「別傻了，放開我！」

「不！」孫天佑把她抓得更緊，「要麼一起活，要麼一起死！」

多麼美好的誓言，聽別人說時，感動萬分，但輪到孫天佑說給自己聽，李綺節只覺得痛苦無奈。她還想再勸，孫天佑忽然扣緊她的頭，低斥一聲：「閉嘴！」

冰涼的唇緊緊咬住她的，唇舌交纏，堵回她的任何言語。

天旋地轉，耳鳴目眩。瀑布之下，水聲轟隆。從上游席捲而下的浪濤在此處彙聚，飛濺的雨幕下捲起一個個漩渦，水浪沖刷著岸邊的亂石灘，在光滑的石頭上留下水波的痕跡。

漂出瀑布下的幽潭，水流陡然放緩。

李綺節抱著一塊木板浮出水面，低頭間，忽然覺得浮木有些眼熟，暗紅的漆層上，雕刻著一個敞肚微笑、慈眉善目的大肚佛。

「又見面了。」她和大肚佛打了個招呼，摟住昏迷的孫天佑，兩人重重壓在浮木上。

從瀑布墜落而下的時候，孫天佑拚盡最後一絲力氣，把她護在懷中，她方能安然無恙，保持清醒。託浮板的福，不會游泳的李綺節，也能勉強踩水前行。

她摸摸孫天佑冰冷的臉，怕他被浪花捲走，便脫下緊貼在身上的褙子擰細，將兩人緊緊綁在一起，「不是想吃肉嗎？等上了岸，讓你吃個夠。」

她抬頭張望，看到遠處隱隱約約橫著一條青黑曲線，覺得大概是南岸，當下奮力划水。眼看離岸邊越來越近，她按捺不住激動之情，簡直想高歌一曲，卻在此時聽到背後有鼓點聲。一艘威風凜凜的大船由遠及近，從她身邊駛過。

那是一艘起碼有三層的大船，船身用鐵皮加固，船上旗幟飄揚，隱隱約約有甲光閃爍，那是身著鎧甲的兵卒。船上有人看見她，甲板上的兵卒來回走動，不一會兒，兵卒放下一條繫著纜繩的小舟。

小舟漂到李綺節面前，她費力抓住船舷，先把孫天佑送上小舟，這才爬上去。

想了想，她順便把大肚佛木板也撈起來。

撿回兩條命，本應該滿心歡喜才對，可李綺節陡然覺得脊背一涼，頭皮發麻。

耳邊乍然響起一道尖銳的破空之聲，一枝箭矢閃著雪亮寒芒，如電一般，在煙霧蒸騰的空氣中撕開一條口子，疾馳射向小舟。箭鏃深深陷進船舷之中，尾羽晃動，錚錚作響。

這一箭是衝著昏迷不醒的孫天佑來的。

李綺節猛地轉頭看去。

放出冷箭的男人慢慢收起長弓，站在船頭的陰影當中，靜靜地俯視著她。

烏紗帽，綠色小雜花紋官袍，眉眼端正，相貌堂堂。

是孟雲暉！

一別經年，世事變換。

當年，李綺節和孟雲暉共乘一艘渡船前往縣城，途中碰到了金家的樓船，金雪松以勢壓人，故意讓奴僕為難他們，差點掀翻他們的小船。

那時孟雲暉和她一樣，只能忍耐。如今，孟雲暉屹立在船頭，以文弱之身，指揮數百軍士。李綺節劫後餘生，恰逢昔日故人解救。故人卻手執彎弓，想把她的丈夫當場格殺。

是的，即使看不清孟雲暉的表情，李綺節仍然能感覺到他身上凜冽的殺氣。

衣袍摩擦，發出簌簌輕響，甲板之上的孟雲暉一言不發，從身旁兵卒的箭囊中又抽出一枝長箭，再次彎弓搭弦，揚手勁射。

一聲脆響，羽箭離弦，劃破江上重重薄霧，扎在小舟上。

這一回，箭尖離孫天佑更近。

兩箭射出，孟雲暉不慌不忙，再次搭箭上弦，冰冷的箭尖準確對準孫天佑的面門。

前兩箭只是試手，第三箭才是他的最後目的。

當年那個性情溫文、隱忍堅韌的孟四哥，與眼前冷漠狠辣的孟雲暉漸漸重疊在一起。

李綺節咬牙，拔下箭矢，擋在孫天佑跟前，把箭鏃壓在自己雪白的脖頸上，頸項一陣刺痛，血珠順著她的手腕流淌而下。

孟雲暉看到那一絲血紅，沒有絲毫猶豫，立刻放下長弓。

緊繃的弓弦反彈回去，他的掌心立刻多出一條深刻的傷口，鮮血淋漓，落在甲板上。

船上的其他士卒搭著弓箭，對準小舟。

只要孟雲暉發號施令，他們便會毫不猶豫地放出箭矢，屆時萬箭齊發，兩人根本無處可逃。即使是跳進水中，也會被船上的士卒們抓住。

李綺節很快做出決斷，冷聲道：「孟雲暉，我跟你走，放了九郎！」

終之章

逍遙四海任徜徉

夜幕低垂，繁星點點。

李綺節登上船頭，注視著遠方，朦朧的夜色中，兩個兵卒駕著小舟，把昏迷的孫天佑送上岸。腳步聲在她身後響起，一件溫暖的披風罩在她身上，「妳也是被孟大人救出來的？」

李綺節回頭，一個頭梳圓髻、眉眼細長的婦人站在她面前，摸了摸她冰涼的手，嘖嘖地道：「作孽喲，妳是哪個寨出來的？」

看她不說話，婦人毫不客氣地攬住她的肩膀，柔聲勸道：「年輕女孩別這麼想不開，就當是嫁了個病癆鬼，現在男人死了，咱們自由了，回去找個體面的男人嫁了，還不是能好好過下去？別跟那些整天哭哭啼啼的人學……」

她的話說到一半，突然頓住。

孟雲暉走到李綺節跟前，衣袍翻飛間，露出了粗糲的雙手，右手手掌有著明顯的包紮痕跡，「回艙吧。」

細眼婦人心頭一顫，「孟、孟大人！」

孟雲暉向婦人頷首示意，眼神仍然停留在李綺節身上。

婦人張大嘴巴，眼睛裡閃爍著好奇八卦的光芒。

李綺節後退一步，轉身走回船艙。

一路上，三步一崗，五步一哨。兵卒來回巡查，氣氛肅殺。

小丫頭送來換洗的衣物給她，銅盆裡的熱水輕輕晃蕩，偶爾會有幾滴濺在木桌上。

大船在寂靜的黑夜中乘風破浪，孤獨前行，一連經過幾個渡口，沒有停下靠岸休息。

李綺節已經認不出船外的山巒村落了，「這是去哪兒？」

小丫頭神情古怪，「姊姊不曉得嗎？咱們這是去九江府啊！」她頓了一下，壓低聲音道：「船底那些良家女大多是湖廣本地人，大人本來要把她們送回家鄉的，可她們尋死覓活，說寧死不肯返家。大人沒辦法，只好把她們帶到九江府去安置。」

小丫頭性情活潑，天真懵懂。

李綺節沒費什麼力氣，就從她口中打聽清楚事情的來龍去脈。

孟雲暉本是隨工部郎中、主事南下協助當地官員治理水患的，誰知辦差途中，工部主事忽然接到一封密報，道是有人膽大包天，竟然想私自挖斷河堤，開閘洩洪。

往年上游水患嚴峻、沿岸河堤告急時，官府會專門提前劃出一片洩洪區，讓當地百姓遷移到其他安全的地方居住，然後通過精確計算，控制開閘的次數和時間，在河堤適當的地方炸開一個缺口，把洪水引向荒無人煙的洩洪區域。

如此才能夠保護下游人口密集的繁華市鎮，以淹沒荒野鄉村為代價，降低洪水的危害。事後朝廷會對家宅田地被淹的當地百姓給予一定數額的賠償。

因為這種疏導排洪的洩洪方法已經持續好幾個朝代，老百姓們習以為常，一旦接到官府通知，就會立刻收拾行李，搬到高地去。

老百姓們願意積極回應官府號召，但攜家帶口遠行不便，一般從通知洩洪區的老百姓搬遷，到開始開閘洩洪，少說也要準備七八天，所以上游的人如果不經批准，私自挖斷河堤，下游上至官府，下到黎民百姓，根本來不及反應，連示警的時間都沒有。

工部郎中和主事覺得此事非同小可，決定暗中前去調查。為防打草驚蛇，郎中和主事微服簡裝，避人耳目。這事他們沒跟孟雲暉提起，讓他繼續南下，趕往九江府勘察水情——這也是為了麻痹地方官員。

結果蛇沒驚到，卻不小心踏入水寨範圍，郎中、主事，連同隨行的二十幾個小吏奴僕，被到處宰肥羊的水匪給一鍋端了。

主事的僕從擅長閉氣，藏在水中僥倖逃過一劫，拚死趕回衙署，求知府發兵救人。

知府生性膽小，手足無措，孟雲暉擔心同僚，臨危受命，領兵前去剿匪。

他乾淨俐落，一路以摧枯拉朽之勢，連拔三座水寨，救出郎中和主事的同時，也救下數十個被水匪擄到寨中的良家女。

剿匪完畢，他想將良家女們送回各自家鄉，結果那些婦人一個個上吊的上吊，投水的投水，說是無顏回家，不如一死了之。

細眼婦人以為李綺節也是從水寨中獲救的良家女，才會說出那幾句勸告。

小丫頭是照顧工部主事的侍女，郎中、主事和隨行小吏在水寨中受了重傷，如今全部躺倒在床，暫時由孟雲暉主事。

李綺節握緊雙拳，幾乎把一口銀牙咬碎：中元節當夜那場突如其來的洪水竟是人為的！

瑤江縣人生在水邊，長在水邊，從小到大不知見過多少回洪水。每年夏秋季節，長江都要鬧鬧脾氣，今年淹這塊，明年淹那塊，沒有哪年是安生的。

江邊長大的兒女，早對洪水習以為常。往年洪水淹到縣城外，李綺節和李子恆還曾成群結隊去看熱鬧。有人在身上繫一條纜繩，下河堵截從上游漂下來的牲口和值錢的財物。水流湍急，船隻無法下水，那些人卻能在水中來去自如。

岸邊的人用崇敬的眼神瞻仰那些在狂捲的浪濤中尋寶的壯漢，一顆心七上八下，隨著他們的動作，時不時發出陣陣驚嘆。人們之所以如此鎮定，是因為人人都明白，洪水再大，也不會淹到瑤江縣。從古至今，武昌府被淹過，李家村被淹過，小鎮被淹過，湖廣一大半城鎮被淹過，唯獨瑤江縣始終能獨善其身。

瑤江縣從來沒被規劃成洩洪區，因此洪水趁夜襲向縣城時，李綺節還以為自己在做夢，歲月靜好間，忽然降下一道晴天霹靂，差點讓她和親人天人永隔。

誰能想到，這一場災禍，居然是人為引起的？

李綺節憤怒至極，一時倒把孟雲暉給忘了。

等小丫頭走後，她才慢慢冷靜下來。

知道前因後果，一切就都能解釋得通了，難怪好端端的會突發洪水，難怪遠在京師的孟雲暉會突然出現在江面上，也難怪他敢在大庭廣眾之下放冷箭。

他是為剿匪而來，一個暗中勾結水匪的罪名扣到孫天佑身上，孫家哪怕傾家蕩產，也洗不脫罪名，畢竟瑤江縣大大小小的茶商都和東湖水寨有牽涉。說不定老六已被孟雲暉扣下，答應指證孫天佑。

所以，船上之人把孫天佑當成匪徒，細眼婦人才會以為李綺節是從水寨逃生的良家婦。

李綺節曾經認為孟雲暉是和自己一樣的人，他們都知道自己想要什麼。

她想要自在，為了自在，她放棄融入這個時代。

孟雲暉追求仕途，為了仕途，他連親生父母都可以放棄。

他們對各自的選擇心領神會，不必開口問，李綺節明白孟雲暉不會因為幼時的感情耽誤自己的前途，孟雲暉也知道她不會做一個委曲求全的小女子。

但是，他們其實並不相同。

李綺節一旦放棄，就不會回頭。

孟雲暉得到想要的一切，還想轉身抓住根本不屬於他的東西。

魚與熊掌，他都想要。

李綺節聽著潺潺水浪聲，輾轉反側一夜。

翌日，大船忽然靠岸，年輕婦人陸續下船，兵卒們盡忠職守，依舊牢牢看守各層艙房。

小丫頭為李綺節換藥，絮絮叨叨，說個不停，「那些婦人真難纏，一會兒要這個，一會兒要那個，昨天還尋死覓活，今天就想著要買脂粉，說變就變！」

李綺節撩起眼皮，看到一雙淺底皂色靴子，目光往上，是一角茶褐色袍衫。細膩的南繡針法，繪出精緻的雄雞牡丹紋。

雄雞代表功名，牡丹寓意富貴，他都得到了，可他還是不滿足。

「孟大人今天怎麼沒穿官服？」李綺節語帶譏誚。

孟雲暉掃了小丫頭一眼，小丫頭立刻噤聲，端著茶盤出去。

「妳可以放心，寶珠和進寶安然無恙，世伯們也很安全，我已經把他們送到武昌府妥善安置。」孟雲暉面容冷峻，一開口，說的卻是安撫的話。

「孫府呢？」

孟雲暉眉頭輕皺，「我答應過妳，不會為難孫天佑。」

「如果你的話能信，我怎麼會在這兒？」李綺節拍拍脖子上的傷口，提醒孟雲暉，「你猜五嬸曉得你這麼對我的話，會怎麼辦？」

孟雲暉眼眸微垂，受傷的右手輕輕顫抖。

兩人相顧無言，李綺節眼眸黑沉，打破沉默，「魏先生什麼時候去世的？」

孟雲暉愣了一下，半晌，方聲音沙啞地道：「去年冬天。」

魏先生死的時候，不肯合眼。

他花了那麼多精力，準備了三十多年，失敗過，氣餒過，絕望過，結果卻無意間在一個窮鄉僻壤中發現一棵好苗子。他把所有符合標準的男童接到身邊親自教養，辛苦多年，終於大浪淘沙，培養出和年輕的自己如出一轍的孟雲暉，供他實現自己夭折的政治理想。

然而，當他終於把孟雲暉帶到京師，終於幫孟雲暉娶到楊閣老的孫女，眼看離目標越來越近，近到一抬手就能摘到勝利的果實時，他卻一病不起，撒手人寰。

出師未捷身先死，魏先生終其一生費盡心血，最後卻沒能等到心願達成的那一天。再多的恨意，隨著先生的逝去，已然煙消雲散。

孟雲暉聲音乾澀，「先生不是我殺的。」

李綺節相信這句話，孟雲暉雖然和魏先生有矛盾，但絕不至於喪心病狂到為此弒師。

魏先生不該走得那麼匆忙的。他死得太早了，孟雲暉年輕氣盛，才剛剛嶄露頭角，原先有魏先生掌控遏制，他還能忍受清苦，默默耕耘。現在魏先生走了，沒有人能壓制住他，他開始沉不住氣，像一把衝破束縛，脫鞘而出的寶劍，鋒芒畢露，野心勃勃，渴飲人血。

這樣的孟雲暉，看起來凶狠，其實不難對付。

李綺節轉移話題，「你知道私自挖開河堤的人是誰嗎？」

問出這句話，她立刻盯住孟雲暉的臉，觀察他的表情。

孟雲暉搖搖頭，「不知道，等我救出兩位大人的時候，河堤已經被挖開。我迅速趕回瑤江縣，只來得及救助逃出來的人，進寶和寶珠就是那個時候被我救上船的。」

確認他和人為造成洪水的人沒有關聯，李綺節沒有繼續追問其他。

倏忽又是幾個白天黑夜過去，他們離九江府越來越近。

孟雲暉知道她看似灑脫，實則寧折不彎，便沒有逼她做什麼，一路上只偶爾走下船艙，問問她的傷口，關心她的身體，大部分的時間都待在甲板上，和士卒們討論著什麼。

李綺節按兵不動，等待機會。

這夜，大船停靠在一處荒涼的渡口前。

吃過飯後，李綺節立刻吹滅燈燭，躺下歇覺。

孟雲暉在她的船艙門前站了半天，看她睡得香甜，抬起的手重又垂下，轉身離開。

月半中天，更闌人靜。

水鳥從江面上振翅起飛，腳爪踏著水波，劃出一圈圈漣漪。

寂靜中，驟然響起一聲聲古怪的呼哨聲，火光四起，喊殺震天。

李綺節猛然睜開眼睛，抓起事先託小丫頭找來的藍花布，包住烏黑繁密的髮髻，躡手躡腳走下床，穿上草鞋。

她站在門後，耐心分辨船上嘈雜的人聲。

直到一群婦人帶著驚喜的叫罵聲遙遙傳來，她才打開艙門，摸黑爬上舷梯。

兩天兩夜的洪水之旅也不是沒有好處，至少她急中生智，被迫學會游泳了。

李綺節順著之前探好的路，偷偷摸摸找到那群婦人，混在其中，順利逃下船。

孟雲暉不喜歡和婦人打交道，救下被水匪劫走的良家女，以為只要把她們送到一個安全的地方，還她們自由，就萬事妥當。殊不知這群婦人裡，有人包藏禍心，早就和潰敗的水匪暗中勾連，準備裡應外合，讓他腹背受敵。

孟雲暉高估了那些婦人的覺悟。

她們之中的多數人，渾渾噩噩，因為失去清白，不敢回鄉，只想找個陌生的地方了此殘生。而有些人一開始被迫委身賊人，對賊人恨之入骨，但隨著時間流逝，每天享受著水匪帶給她們的榮華富貴，她們早已忘掉從前的貧苦生活，把水匪當成她們的丈夫，她們的家人。

孟雲暉命令士卒殺死所有水匪，其中包括那些婦人的丈夫、兄弟，甚至孩子。

細眼婦人和小丫頭將孟雲暉視為救苦救難的青天大老爺，而那幾個婦人卻是恨不得吃孟雲暉的肉，喝他的血。

李綺節跟著這幾個婦人逃下船，士卒們忙著和水匪廝殺，顧不上她們，而水匪知道她們是水寨的家眷，不僅不阻攔，還為她們指明道路。

雙腳踏進蘆葦叢的那一刻，李綺節輕輕呼出一口氣，總算是逃出來了。

婦人們躲在密密麻麻的蘆葦叢中，商量下一步該怎麼辦。其中一個闊臉婦人惡聲惡氣地道：「跟我走，三當家一定能幫我們手刃那狗官，為咱們的兒郎報仇！」

另一個婦人道：「不等三當家？」

闊婦人一揮手，「咱們留下也是拖累，到了地方再說。」

婦人們不愧是從水寨出來的，迅速退走。

李綺節藏在一人高的蘆葦叢中，屏氣凝神，她一路上沒怎麼吭聲，婦人們忙著逃命，根本沒注意到她。果然，婦人們沒時間清點人數，直接跑了。

李綺節鬆了一口氣，不急著出去，蹲坐在泥濘的草地上，默默數著數字。

數到兩百下時，岸邊忽然飄來一條躍動的火龍。火龍越來越近，馬蹄陣陣，響徹雲霄。

那是無數個燃起的火把，火把下是幾百個威武壯實的士兵。

火龍彙聚成一團，衝向停靠在渡口邊的大船。水匪們發現自己中了埋伏，急忙退走，但是已經來不及了。水中竄起數十條黑影，撲向試圖趁夜借水遁走的水匪。

震天的喊殺聲中，一人一騎和士卒們背道而馳，衝進茂盛的蘆葦叢中。

馬蹄踏過泥濘，泥水飛濺。衣袍獵獵，發出颯颯聲響。

馬上之人輪廓分明，雙眸幽黑，眉頭輕皺，隱隱有幾分抑鬱之色，頰邊一個若隱若現的酒窩，在夜色中深深凹陷。

李綺節掀起唇角，步出蘆葦叢，向來人伸開雙臂。

孫天佑看到她，眼睛一亮，眉宇間的鬱色化為潮水，頃刻間消失得無影無蹤。

他不等馬停穩，飛身躍下蘆葦叢，緊緊抱住李綺節，恨不得把她揉進自己的骨頭裡。

李綺節笑著捶他的胸口，「你很準時。」

孫天佑捉住她的拳頭，目光落在她還纏著紗巾的脖子上，眼底怒意洶湧，「如果不是知道妳心裡有數，我早衝過來了。」他輕吻李綺節的眉心，「下次不要這麼冒險。」

李綺節微微一笑，從袖中摸出幾枚小印章，「沒有下次了。」

箭鏃劃破李綺節頸項的時候，孫天佑是醒著的。他在第二枝羽箭扎到船舷時醒來，剛剛睜開眼睛，李綺節撲在他身前，擋住他的目光。

李綺節知道，如果孫天佑處於昏迷中，孟雲暉或許還能放過他，一旦發現他是清醒的，一定會當場把他格殺。

夫妻兩人在眼神轉換間迅速達成默契，孫天佑上岸後，想方設法擺脫士卒監視，去搬救兵。李綺節主動示弱，迷惑孟雲暉。

既然那幾封書信嚇不走孟雲暉，那只能一勞永逸，徹底把他打下雲頭。

不需要言語交流，他們在眨眼間商定好計畫，原本可能需要費些周折，但有水匪搗亂，倒是間接幫了他們的忙。

李綺節一路上留下記號，讓孫天佑可以確認她的安全，不會衝動之下打亂計畫。

說來可笑，她的記號是孫天佑教她玩花牌的時候記牢的。

李大伯喜歡玩花牌，可他不會玩花牌，每把必輸，輸了喜歡生悶氣，生悶氣還接著玩，玩了更氣。偏偏李大伯看得出來別人是不是在讓牌，發現有人讓牌給他，他更生氣。

李綺節和孫天佑沒辦法，只好商量出一套暗號，陪李大伯打牌的時候，用暗號交流，幫李大伯順氣。結果，昔日的夫妻小情趣，竟然也能派上用場。

孫天佑把李綺節抱上馬，夫妻兩人共騎一騎，在無邊的廝殺聲中慢慢遠去，拋下身後熊熊燃燒、血肉騰飛的荒涼渡口。

夜風微涼，夾雜著濃重的泥土腥氣。

拐過岔路前，李綺節回過頭，發現拚殺已經結束，孫天佑領來的官兵身手矯健，擒拿住賊首，當場審問其他同夥在哪裡。

船上的士卒沒料到婦人們會幫著水匪對付他們，猝不及防下受了點損失，在當地官兵們的幫助下，很快扭轉局勢，受傷的士卒大多數沒傷到要害，沒有性命之憂。

李綺節握緊藏在袖子裡的印章，這是從孟雲暉身上偷來的。他想狙殺她的丈夫，強行把她擄上船，卻又對她放心得很，任由她出入他的房間，翻動他的書匣。

李綺節轉過頭，安安心心地躺靠在孫天佑的臂彎之中。

孟雲暉是朝廷命官，他為治理水患南下，解救了數萬百姓，他不該死在水匪手上。

他對不起的人是她，那麼，也該由她親手了結他。

因為河堤是被人為鑿開的，所以洪水來得快，退得也快。

孫天佑和李綺節一路西行，路過的市鎮已然恢復往日繁華，唯有少數村莊還浸泡在一片汪洋中。他們連夜疾馳，沒有停下休息。趕回瑤江縣時，在洪水中沖毀的數座石橋已經重建好，人群牛馬往來其間，完全看不出石橋剛建成還沒兩天。

不是老百姓們處變不驚，不把洪水放在眼裡，而是世事多變，不管發生什麼，生活仍要繼續，一味沉浸在傷痛中，於事無補。

街巷兩邊的夥計抬著木桶進進出出，沖洗洪水留下的汙泥。婦人們揮舞著竹枝製成的掃把，清掃牆壁屋瓦縫隙處的穢物。差役們穿著厚厚的布衣，臉上罩著布巾，沿街噴灑著石灰水，預防疫病。

藥鋪門前支起兩口大鍋，木柴熊熊燃燒，小藥僮滿頭大汗，攪動鍋裡熬煮的褐色藥水。濃烈清苦的藥香盤繞在市井街巷間，老百姓們端著自家的鍋碗瓢盆，排隊站在大鍋前等候。摻了十幾種草藥的濃湯，能通竅祛濕，清暑止嘔，治腹痛霍亂，一大碗只要一文錢。

洪水退去後，李大伯、李乙、李子恆等人從武昌府坐船返回瑤江縣，一家人劫後餘生，抱頭痛哭一場。周氏和周桃姑尤其害怕，摟著李綺節不肯鬆手。倒是張桂花從容淡定，知道親人們大多安好，就坐在一邊吃茶。李子恆還在哭天抹淚呢，她比丈夫冷靜多了。

進寶和寶珠愧疚萬分，一人一邊攥著李綺節的胳膊，直淌眼淚。被浪頭沖散後，他們幾天幾夜沒合眼，生怕李綺節有個好歹。

李綺節沒空傷春悲秋，匆匆安撫好心有餘悸的親人，問孫天佑：「河堤是誰挖開的？」

官場上派系林立，忌諱頗多，犯下惡事的官員不一定會受到懲處，但民間百姓知道哪個是好官，哪個是蛀蟲。孫天佑把阿翅派出去暗中打聽，這時候應該找到線索了。

孫天佑道：「是知州陸保宗。」他冷笑一聲，「據說他令人炸堤，是為了保護陸家的農田和私人莊園。」

陸保宗是皇親國戚之後，所以他有膽子幹這種大逆不道的惡事。他不怕老百姓揭發他的罪行，因為私自炸堤的事並非頭一次發生，隨便找個冠冕堂皇的藉口，象徵性賠點錢財，他就能把自己摘出去。再不行，找個信任的下屬當替死鬼，他頂多被判一個「識人不清」。

李綺節翻出小印章，「陸家給都督僉事送過禮嗎？」

孫天佑挽起袖子，為李綺節鋪紙研墨，「當然送過，不止都督僉事，陸家的長隨還常常出入府君前衛指揮使在京中的宅邸。」

李綺節秀眉微揚，這還真是意外之喜。

都督僉事孫忠是孫貴妃的父親，他本名叫孫愚，女兒得寵後，改名孫忠。

府君前衛指揮使則是孫貴妃的兄長。

歷朝歷代，冊封後宮時，皇后授金冊金寶，貴妃有冊無寶。朱瞻基為了安慰不能封后的孫貴妃，特意為孫貴妃破例，賜她金寶，使孫貴妃成為史上第一個獲得金寶的貴妃。

宣德二年，朱瞻基最為寵愛的孫貴妃為他生下長子朱祁鎮。

心愛的寵妃為自己生下長子，朱瞻基欣喜若狂，朱祁鎮不滿百日，他就迫不及待下旨，將兒子立為皇太子。縱觀明朝歷代君主，朱祁鎮是獲封太子時年紀最小的。

朱瞻基之所以這麼早定下皇太子，一是因為他對孫貴妃寵愛備至，二是朱祁鎮是他的長子。其實最重要的原因是，朱瞻基在為廢后做準備。

胡皇后是山東濟寧州百戶之女，永樂年間從選秀中脫穎而出，被冊封為皇太孫妃。朱瞻基繼位後，她順理成章登上皇后寶座。

胡皇后貞靜柔順，賢慧通達，和後宮嬪妃們的關係十分融洽，已經為朱瞻基生下兩女，除了暫時無子之外，實在挑不出任何差錯。

朱瞻基想改立孫貴妃為后，苦於沒有廢后的理由，只能從皇后無子這點著手。立朱祁鎮為皇太子，他才能以「太子之母必須是正宮主位」為藉口，廢掉胡皇后。

朝中大臣堅決反對朱瞻基廢后，奈何朱瞻基義無反顧，鐵了心要把孫貴妃送上后位。以楊閣老為首的內閣大臣在苦勸無果之下，只能默許朱瞻基廢后的決定。

聽說敕書已經草擬好了，只等找個合適的時機昭告天下。

胡皇后知道事情不可逆轉，為求自保，決定出家修道，以保全顏面——保全她自己的，也是保全朱瞻基的。

等敕書頒布，孫貴妃將母憑子貴，得到夢寐以求的皇后尊榮，都督僉事孫忠和兒子也會雞犬升天，獲封爵位，成為名正言順的勳貴王侯。

李綺節原來沒打算招惹孫貴妃的父兄，她一開始的打算是讓孟雲暉和楊閣老離心。

失去楊家的姻親襄助，能把他引見給重臣的魏先生又不在人世，孟雲暉將寸步難行。

可後來細細一想，孟雲暉還年輕，他已經進入天下士人最為嚮往的翰林院，沒了楊家這座靠山，以後說不定還會有孫家，有胡家，有張家。只要他選擇一個派系投靠過去，以他的進士出身，終有出頭之日。

所以，李綺節必須一勞永逸，徹底擊碎孟雲暉的青雲路，讓他永遠沒有翻身的可能。

離間孟雲暉和楊閣老不難，但用處有限。

為什麼不乾脆一點，讓孟雲暉徹底得罪穿龍袍的那位呢？

假如朱瞻基對孟雲暉懷恨在心，孟雲暉還有可能得到重用嗎？

這個念頭一起，李綺節立刻想到孫貴妃身上。

朱瞻基為廢后一事謀劃多年，摩拳擦掌，躍躍欲試，連冊封孫貴妃的敕書都準備好了。

這個時候忽然有人捅出孫貴妃娘家父兄的醜聞，廢后的事還能順利進行下去嗎？

廢后如果真的被迫推遲，朱瞻基必將惱羞成怒，孫貴妃和孫忠、孫指揮使也會把孟雲暉視作眼中釘。李綺節對孫忠的了解不多，唯一記得的是孫忠是個老壽星，從洪武年一直活到景泰年，八十多歲時才去世。

孫貴妃後來成為孫太后，歷經土木堡之變和英宗復辟等諸多波折，始終安然無恙。孫指揮使繼任爵位，是英宗復辟的大功臣，這一家都不是短命的。

只要孫家還是外戚，孟雲暉永無翻身之日。

得罪朱瞻基，得罪孫貴妃，得罪尚在襁褓之中的英宗朱祁鎮，得罪楊閣老……只要李綺節把血書送到京師，孟雲暉這個名字必會響徹朝野，代價是他會把所有位高權重的人全部得罪光，包括宣宗朝的，還有英宗朝的。

兩任帝王唾棄輕視他，孟雲暉縱有滿腹才華，也只能渾渾噩噩，鬱鬱而終。

李綺節要告御狀，但告狀的人不是她，而是孟雲暉。

孫天佑讓阿滿想辦法收集一碗猩紅血液，為了逼真，必須用人血。

想要震動朝野，就得把事情鬧大，越大越好，最好全天下的百姓都開始議論這封狀紙，那李綺節的計畫才能順利進行。

夫妻兩人決定好章程，親自去請李南宣。

「三哥，我有事求你……」李綺節的話剛出口，李南宣放下書本，回頭看她一眼，溫潤的眉眼透出一抹飄逸，「我答應妳，說吧。」

李綺節在書房東翻西找，最後翻出壓在書匣子最底下的幾張淨邊紙，幾年前的舊物，紙頁已經發黃，但字跡仍然清晰。

當年，為了接濟孟雲暉，也因為欣賞他的才華，李綺節曾雇孟雲暉為自己撰稿。孟雲暉生性謹慎，從不留下底稿，寫完稿子之後，會讓別人謄抄一遍，然後毀去底稿。

可是，事有例外，李綺節這裡就留著三四份沒被毀掉的原稿。

那時只是覺得好玩才留下的。

「三哥，你能模仿孟雲暉的筆跡和行文風格，這封狀紙恐怕得由你來寫。」李綺節把原稿抹平，鋪在桌案上。

李南宣沒有猶豫，也沒多問，拿起原稿，匆匆流覽一遍。

一刻鐘後，他放下那幾張書稿，提筆一揮而就。

血紅的大字在紙上盛開，字字珠璣，擲地有聲，和孟雲暉平時撰文的口吻如出一轍。

「三哥不問我想做什麼嗎？」

既然把李南宣拉下水，李綺節覺得自己必須坦誠相告。

李南宣卻搖搖頭，飄然離去。

李綺節立刻在紙上蓋下孟雲暉的私印。

她已經記下孟雲暉書寫奏章的習慣，這一封摺子，足可以假亂真。

當然，前提是趕在孟雲暉折返之前，把摺子送到京師。

李綺節讓阿滿和阿翅去找孟舉人。

孟舉人清高傲物，不懂官場規則，只知道憑自己的喜好行事。他已經聯合本地十數位剛直不阿的士人，撰文抨擊陸保宗，叱罵他尸位素餐、草菅人命。

這事被官府壓下來了，孫天佑卻告訴孟舉人，他能幫瑤江縣人伸冤，把這場洪水的緣由公諸於世，上達天聽。

孟舉人十分振奮，不僅親自撰寫狀書，還號召街坊鄰里在萬民書上簽下自己的名字，一起向陸保宗討回公道，但老百姓們習慣隱忍，不敢多事，簽名的人很少。

孫天佑用眼神示意阿滿。阿滿心領神會，勸告眾人：「孟家四郎現在是響噹噹的京官，每天給萬歲爺起草奏章，是天子近臣，萬歲爺上個月還賞他一把好扇子呢！有孟家四郎給咱們撐腰，報仇的機會就在眼前，你們還畏手畏腳做什麼？難道我們就只能任人魚肉嗎？」

老百姓們有些意動，尤其是那些在洪水中失去家人的人，立刻被激起血性，握拳擼袖，憤恨地道：「老子跟他們拚了！」

簽字的人越來越多，剩下的人覺得法不責眾，朝廷就算要怪罪，也只會拿帶頭的人作伐子，牽連不到自己身上，何況還有孟大人在呢！

孟雲暉前些天在洪水中救下數千名被圍困的百姓，這時候正是名聲最響亮的當頭。老百姓對「青天大老爺」抱有幻想，總希望能碰到一個剛正不阿，視權勢如糞土，一心一意為老百姓謀福祉的好官，孟雲暉剛好符合他們的想像，而且他還是本地出身的進士。

有孟雲暉的名號引領，越來越多的百姓在萬民書上蓋上自己的指印或留下自己的名姓。

李綺節讓阿滿和阿翅即刻上路，「進京以後，你們兵分幾路，分別去找胡皇后的家人、與楊閣老不睦的內閣重臣、翰林院的吳編修，把這封萬民書送上去。」

阿滿和阿翅背起行囊，趁夜出發。

等孟雲暉處理好水匪賊患，追到瑤江縣時，順天府已經炸開鍋了。

新科進士，庶起士，楊閣老的孫女婿孟雲暉，以血書泣告都督僉事和府君前衛指揮使縱容知州陸保宗私挖河堤，淹死庶民無數，哀鴻遍野。

一時之間，朝野震驚，舉世譁然。

莫名其妙一口大鍋扣下來，孫忠和孫指揮使莫名其妙，陸保宗是和他們打過交道，但那只是官宦之家的普通來往罷了。陸保宗私挖河堤，關他們什麼事？他們孫家是山東人，在河南為官，和瑤江縣根本扯不上關係啊！

宮中的孫貴妃氣得七竅生煙，眼看就要當上一國之母，突然蹦出一個血書泣告，這不是成心給她添堵嗎？

朱瞻基也很憤怒，好你個孟雲暉，知道你要為家鄉人伸冤，但是你沒事把國丈和國舅爺罵進去幹什麼？不識時務，可惡至極！

楊閣老也不高興，本以為孫女婿是個人才，只要加以培養，日後必定堪為大用，沒想到他竟如此目光短淺，眼高手低，簡直不知所謂！

唯有楊閣老的政敵，及已經換上道裝的胡皇后冷眼旁觀。

此時孫天佑已經將人手分派出去，在各地宣揚孟雲暉堅強不屈，不畏強權，寧願得罪朝廷大員和皇親國戚，也要為民伸冤的光榮事蹟。

輿論造勢一直影響到南方的應天府，那些個同情胡皇后、厭惡孫貴妃的皇族趁機火上澆油，把孫家死死拖住，不許他們輕易脫身。

在各方勢力的攪和之下，無辜的孫忠和孫指揮使成了罪人。

誰讓他們從前仗著孫貴妃受寵就囂張跋扈，欺壓百姓呢？孫家族人圈田占地、驅趕良民的前事歷歷在目，證據確鑿。老百姓們認定孫貴妃的娘家人蠻橫，根本不相信他們的自辯。

孫家猶如被人架在火上烤一樣，有苦說不出。

百姓們有時候很精明，有時候又很糊塗。隨著一首首傳唱孟雲暉事蹟的順口溜流傳開，孟雲暉儼然成為百姓心中嫉惡如仇、秉公執法的代表。

連工部郎中和主事也以為血書和萬民書是孟雲暉祕密送到京師的——他的字跡，他的文風，他的印章，難道還能造假不成？

再者，寫下萬民書的人是孟雲暉的父親，簽字的是孟雲暉的鄰里街坊。這更證明孟雲暉和送血書的人肯定有關係。

最重要的是，現在百姓把孟雲暉拔高到和戲文上的包青天一樣的高度，兩方印證，兩方呼應，輿論甚至影響到朝廷的決策，孟雲暉百口莫辯。

工部主事惋惜道：「你同情家鄉百姓的苦楚，情有可原，可還是太年輕，行事太過莽撞！咱們私下查訪，徐徐圖之，未必不能抓到陸知州的把柄，如今你把事情捅到天下人面前，雖然能為鄉民們報仇雪恨，也把自己的前途葬送了啊！」

他的目光落在孟雲暉纏著紗布的右手上，「血書泣告，振聾發聵，可之後呢？」

工部主事是楊閣老的學生，這次他主動提出要孟雲暉做自己的助手，是為了回報楊家的恩德，讓孟雲暉可以憑藉治理水患的功勞往上更進一步，誰能想到，孟雲暉竟然衝動之下，毀了自己的前途。

工部主事搖搖頭嘆息，「如今民間對此事議論紛紛，為了平息輿論，朝廷肯定會處置陸保宗。至於你，經過此事之後，雖然性命暫時無憂，但難保日後不會遭人構陷。切記，要謹言慎行，方可保住性命。等我進京以後，為你籌謀一番，幫你求一個外差，屆時你走得遠遠的，好好和十一小姐過日子，永遠不要再回順天府。」

最後一句，決定了孟雲暉這輩子的走向。

孟雲暉垂眸靜立，一言不發。

這時候說什麼都遲了，沒人會相信他的話，信了也沒用，李綺節已經藉著他的名頭，把孫貴妃一派得罪徹底，連皇上也對他失望至極，對身邊人說他是「狂妄之徒」。

民間百姓越推崇他，皇上和孫貴妃派系的大臣越對他恨之入骨。

總是眉眼帶笑，和和氣氣的三娘，動起真火來，竟然如此乾脆狠辣，不留一絲餘地。

她不惜以民女之身，攪動整個朝堂，把天下百姓、皇上、孫貴妃、胡皇后、楊閣老和他們各自的姻親、政敵全部算計進去，鬧出這麼大的動靜，織出一張密密麻麻的天羅地網，只是為了報復他一人而已。

孟雲暉輸了，輸得心服口服。

他利用剿匪對付孫天佑，他派人暗中監視金家和藩王府，但從頭到尾，他根本沒想過要提防李綺節。與她的手段比起來，他只是小打小鬧，仗勢欺人而已。

李綺節才是斬草除根，完全不留給他活路。

孟雲暉看向漫天雲霞的南方，喃喃道：「三娘，妳這是要活活逼死我啊！」

三娘在他眼裡，永遠是那個亦步亦趨跟在他身後，一口一個「孟哥哥」的李家妹妹。

他知道三娘不肯委曲求全，但總覺得只要把人搶到身邊就足夠了。

或許，他心底總存有一絲幻想，以為三娘會和小時候那樣，每天可憐兮兮被他打發走，第二天又心無芥蒂，跟在他身後打轉。

她一次次原諒他，從沒真正對他生過氣。

多年不見，他沒變，三娘早變了。

幼年的蓮花之約，終究是空許。

……

正如工部主事猜測的那樣，朝廷為了平息眾怒，下令將陸保宗削職為民。都督僉事和君府前衛指揮使在朝堂之上痛哭流涕，堅決和陸保宗撇清干係，朱瞻基警告二人日後不可和奸佞之人結交，罰二人一年俸祿。

不是朱瞻基軟弱，而是同情胡皇后的官員隱隱有想趁機把孫家拉下馬的意思，為了控制局勢，朱瞻基不得不做出這樣的決定。

沒有哪個皇親國戚是真靠俸祿過活的，這點懲罰對父子二人來說，根本不痛不癢。可他們何其無辜，明明什麼都沒做，只因為民意難違，就得忍氣吞聲，認下這一場無妄之災。

這天，退朝之後，孫忠和孫指揮使堵住楊閣老的去路，皮笑肉不笑地道：「聽聞孟家小兒是府上嬌客？等他回京，我們倒想會會這位孟青天。」

楊閣老雖然惱怒孟雲暉自作主張，但是他歷經三朝而屹立不倒，簡在帝心，權勢滔天，還不至於被兩個外戚恐嚇兩下就驚慌失措，聞言，只是淡淡一笑。

孟雲暉南下的時候，意氣風發，奴僕如雲。

回京那天，卻是意志消沉，形單影隻。

工部郎中和工部主事感激他的救命之恩，沒有對他落井下石，可底下那些小吏差役卻最慣見風使舵，這些天來他不知聽到多少風言風語，人人都在等著看他會落到什麼樣的下場。

菜市口仍舊熙熙攘攘，喧譁熱鬧。

驢車慢慢拐進小巷子，孟雲暉坐在車板上，目光掃過沿街的店鋪小樓。

從前他經過里弄時，路旁的人都會主動和他打招呼，今天他一路走來卻冷冷清清，無人問津。到底是天子腳下，即使只是升斗小民，也懂得趨利避害，捧高踩低。

楊嫻貞領著小丫頭，站在門前迎候。

孟雲暉說冬天回來，果然趕在落雪前回家了。

驢車越來越近，楊嫻貞忍不住踮起腳跟，看到憔悴的孟雲暉時，心猛地揪成一團。

官人從家鄉回來，沒有帶上那個讓他念念不忘的女子，她本該慶幸的。

雖然她不怕妾室和自己爭寵，但當發現孟雲暉真的是獨自一人歸來時，她心中還是免不了偷偷雀躍。可這一點慶幸和歡喜，在看到孟雲暉頹喪的眼眸後，全部化為痛苦和憐惜。

不管孟雲暉選擇汲汲鑽營，還是甘於清寒，楊嫻貞都會傾盡全力，幫他管好內院家宅，讓他沒有後顧之憂。雖然她其實並不在乎孟雲暉能不能平步青雲，不在乎他可不可以為她掙來誥命。她只希能和丈夫舉案齊眉，白頭到老，做一對人世間最平凡最庸俗的小夫妻。

孟雲暉不快樂，她也笑不出來。

下人們沉默著搬運行李，孟雲暉走到正堂前坐下，忽然道：「嫻貞，妳收拾好嫁妝，趁著現在我的任命還沒下來，回楊家去吧。」

楊嫻貞猛然抬起頭，眼圈通紅，「官人這句話是什麼意思？是想休了我嗎？」

孟雲暉微微一笑，「妳是楊閣老的孫女，再嫁也不難。我自身難保，何苦再拖累妳？」

以前魏先生每天耳提面命，讓他放棄這個，放棄那個，為了仕途，他一次次剖肝挖肺，自斷臂膀。現在魏先生死了，他的仕途之路被李綺節攪和得翻天覆地，這輩子註定要遠離朝堂中心，做一個默默無聞、鬱鬱不得志的芝麻小吏。

本該絕望瘋狂的，可不知為什麼，孟雲暉竟然一點也不憤怒。

事實上，早在魏先生死去的那刻，他便茫然無措，失去前進的方向。彷彿一枕黃粱，醒來時忽然發現自己的人生彷彿沒有任何意義，回顧從前種種，只覺意興闌珊，索然無味。

要做人上人的理想是魏先生灌輸給他的，在沒讀書認字之前，他的理想是什麼？已經想不起來了。

所以，他急著得到李綺節。

事到如今，一切成空，他才找回真正的自己。

「我對不住妳。」孟雲暉垂下眼眸，望著腳上的布鞋，那是親娘的手藝，他一直不敢穿出來，但是現在不用管那些忌諱了，「妳還年輕，不該為我這個失意之人浪費青春。」

楊嫻貞冷笑一聲，「官人太小看我了！」她昂首站在孟雲暉面前，「我雖然沒讀聖賢書，不會吟詩作賦，可至少懂得做人的根本道理！我們楊家女兒，豈是那等嫌貧愛富的小人？官人不畏權貴，為民請命，是頂天立地的大英雄大豪傑！我是你的妻子，自當與你同甘共苦，共同進退！你若再敢提起休妻之語，我立刻去衙門擊鼓鳴冤，讓天下人來評評理，不是我楊氏女涼薄，是官人你看不起我！」

這些話，孟雲暉在北上途中已經聽過無數次。

沿岸的老百姓爭相為他送行，他們跪在岸邊，齊聲口呼孟青天，各種花朵、手帕、香包像落雨一樣，飛落在甲板上，那是老百姓們最誠摯的祝福。

到達武昌府時，孟舉人、孟五娘子和孟五叔領著孟氏族人和瑤江縣其他宗族的族老，結伴到碼頭為他送行。爺娘為他的剛直不阿感到欣慰自豪，讓他不要氣餒，家人永遠支持他的決定。其他宗族說他不愧是瑤江縣的水土養出來的俊傑，一身正氣，對得起無辜枉死的百姓。

孟舉人勉勵他，要他勿忘聖人教誨，堅持與權貴抗爭。

一面是上層權貴不遺餘力的打壓和皇上明顯的厭棄，一面是老百姓們的歌功頌德。

孟雲暉已經麻木，但此時此刻，聽著嬌弱溫和的妻子在自己面前侃侃而談，他忽然覺得心頭發熱，沉睡在心底深處的野望和抱負再次被喚醒。

大丈夫在世，就算不能立功建業，也不能與草木同腐。

當提三尺劍，立傳世之名！

做不了青雲直上的人上人，何不放開手腳，和權貴抗爭，當一個青史留名的真青天呢？

感覺到胸腔裡躍動的熱血和重新煥發的活力，孟雲暉不由苦笑：三娘，這就是妳為我挑的未來嗎？讓我不得不踏進妳的陷阱裡，剪除所有羽翼，拋棄所有不切實際的野心，做一個真正為民請命，關心百姓的清官？

清官難做，想在史書上留名，必須做出一番驚天動地的成就，而這些成就就是拚死撕下一個個權貴的偽善面孔。

做一個青史留名的清官，必將得罪所有同僚知交，落得一個六親不認，孤寡一生。

除了這條路外，他別無選擇。

孟雲暉抬起頭，眼裡迸射出懾人的光芒，「嫻貞，跟著我，妳可能永遠沒法和其他官太太一樣呼奴使婢，一輩子清苦度日，妳受得了嗎？」

楊嫻貞察覺到孟雲暉的變化，這一刻，她發現自己的丈夫就如一把劃破長空的寶劍，重劍無鋒，蓄勢待發。

她伸手拂去眼角淚珠，柔聲道：「官人是怕我吃不得苦嗎？我雖是富貴出身，卻沒荒廢本領，我能針線縫補，能造湯水，能漿洗衣裳，未必不如那些市井婦人。此生我嫁雞隨雞，嫁狗隨狗，絕無怨言，官人莫要辜負我的真心！」

孟雲暉長嘆一口氣，握住她的手。

……

轉眼又到桃紅柳綠、春暖花開時節。

翠柳如煙，和風撲面。

煙花三月，孟雲暉帶著妻子楊嫻貞南下，在故居小住幾日，前往廣西。

朱瞻基隨便找了個理由，把他打發到窮山惡水的偏遠郡縣去當差，這輩子如果沒有什麼意外，孟雲暉的歸宿就在廣西的密林深山之中。

瑤江縣人感懷孟雲暉的正直不屈和他治理水患的恩德，結伴趕往岸邊為他送行。

李大伯邀李綺節同行，李綺節沒去。

除了金薔薇、李南宣和阿滿、阿翅，沒人知道孟雲暉從天之驕子，頃刻間被打落塵埃，淪落到近乎流放，完全是由李綺節和孫天佑一手策劃的。

事已至此，孟雲暉見識到夫妻二人的魄力和決心，不敢再來打擾他們的生活。

只有孟十郎意氣上頭，上門為孟雲暉打抱不平。

那天，他哭得上氣不接下氣，「妳……妳好狠的心！妳害了四哥一輩子！」

李綺節淡然一笑，「一報還一報，他差點殺了我的丈夫。」

她沒有斷絕孟雲暉的所有生路，經過血書泣告事件後，他儼然成為清流代表，民間百姓心中的正義使者。如果他能認清本心，沿著這條道路接著走下去，雖然路途艱難，卻未必不能夠實現他的抱負。

李綺節只是一個普通的小老百姓，身邊有好人，有壞人，有不好不壞的人，沒有大奸大惡，沒有風生水起，他們只想安安生生過自己的小日子。

孟雲暉非要橫插一腳，打亂她平靜安穩的生活。

她不能永遠活在恐懼之中，只能快刀斬亂麻，徹底剪斷對方騰飛的可能。

孟雲暉和楊嫻貞離開的那天傍晚，孟春芳給李綺節送來一枝枯萎發黃的荷花。

李綺節接過葉梗，「這時節，哪裡來的花苞？」

孟春芳神色茫然，笑著道：「我也奇怪呢，不曉得四哥從哪裡得來的，嫂子說本來花苞會打開的，在路上耽擱了些時候才乾枯了。」

她忽然蹙起眉，「三娘，四哥還讓我給妳帶句話。」

李綺節雙眉輕揚。

孟春芳躊躇半晌，「他想跟妳說一句對不起。」

李綺節勾起嘴角，沒有應答。

孟春芳接著道：「四哥也讓天保代他向九郎道歉，我想他既然同時向你們夫妻賠不是，那幫他轉達這句話應該沒什麼妨礙。」

確實沒妨礙，孟雲暉對他們來說，只是一段突兀的波瀾，等漣漪散去，他們的生活依然平靜和順。人生漫漫，他們還有很長的路要走，用不著為一個孟雲暉耽誤光陰。

「你們準備什麼時候出發？」孟春芳提起李綺節和孫天佑南下的事，「路上會不會經過開封府？聽說那裡的饅頭很好吃。」

李綺節失笑，「開封府在北邊，我們南下，怎麼可能經過開封府？」

撇開孟雲暉，兩人閒話家常。

三月豔陽從搖曳的竹簾一點一點篩進房裡，恍如閃碎的流金。

等孫天佑回府時，孟春芳已經告辭離去。

孫天佑摘下羅帽，發現枯萎的荷花落在腳踏上。

問過丫頭，知道荷花是孟春芳帶來的，他不動聲色，走到羅漢床邊，靴子踩過花苞。

清明掃墓，夫妻回鄉和家人團聚，還沒進門，就聽到李昭節和汪秀才爭吵的聲音。

李九冬和女婿在一旁勸解。

李昭節脾氣上來，推開李九冬，跑回房間，找到一把棕櫚葉扇子，劈頭蓋臉地抽向汪秀才，叫罵道：「這裡是我家，你滾回汪家去吧！」

汪秀才一臉震驚，「妳竟然毆打自己的相公！」

說完這一句，他臉上被抽了一下，留下一道窄窄的鮮紅痕跡。

李綺節和孫天佑站在門檻後邊，倚著門，淡定旁觀。

汪秀才自詡是個讀書人，不能欺負弱女子，只能一味躲閃。

可惜他舉袖子擋臉的動作沒有李昭節手裡的扇子快。

孫天佑搖搖頭，嘖嘖道：「四妹妹這一下抽得可真狠。」

不用他點評，李綺節光是聽到那脆響就替汪秀才覺得疼。

中午吃飯時，因為臉上有傷，汪秀才覺得有辱斯文，拒絕出席。

他捂著浮腫的臉，躲在房裡數落李昭節。等回汪家後，他要罰妻子抄寫《女則》，不管有多難，他一定要把李昭節教導成一個溫順知禮的賢妻。

李昭節打人的時候，要多痛快有多痛快，真看到汪秀才鼻青臉腫的，又覺得心疼，但當著家人的面時卻梗著脖子，堅決不肯向汪秀才賠不是。

李大伯和周氏勸了幾句，見李昭節實在不肯放下身段，怕勸多了反而會激起她的逆反之心，只能由著她去。

吃完飯，大家默契散開，各自回房。

寶珠笑嘻嘻道：「四小姐剛剛去灶房了，說是要親手煮龍鬚麵給四姑爺吃。」

李綺節搖頭失笑，李昭節要強又自卑，家人越勸她服軟，她越不肯服軟。當初那個嬌滴滴的小姑娘，雖然依舊偏執，但也不得不收斂脾氣，主動為汪秀才洗手作羹湯。

大概她清楚，汪秀才和汪家人不會永遠讓著她、捧著她，她如果不做出一點改變，等汪秀才真正和她離心，說什麼都晚了。

和家人短短團聚兩三天，交代完大大小小的瑣碎雜務，孫天佑和李綺節準備啟程。

早在剛成親時，夫妻倆就打算到處走走逛逛的，可惜一直沒能如願。

現在終於抽出空來，孫天佑不想再錯過時機。

想想路上只有夫妻兩人朝夕相處，不知會是何等的快活肆意。

春天去看花，夏天去遊湖，秋天賞紅楓，冬天觀雪景，白天下船閒逛，累了坐在船上釣魚捉蝦，夜裡相擁靠在窗前，看江心月夜，天上繁星如織，人間流螢點點……

孫天佑決定，不在外面逍遙個兩三年，絕不回鄉。

胖胖滾在地上撒潑耍賴，鬧著要和姊姊、姊夫一起去南方看稀奇。

周桃姑還沒吭聲，周氏先紅了臉，讓丫頭把胖胖拉起來。

一個穿短衫的少年走到胖胖身邊，伸手把他拽起來，大大咧咧道：「表叔，別嚷啦！」

胖胖很聽他的話，立刻收聲。

少年是周大郎的兒子，周氏的侄孫。

李綺節讓周大郎把兒子送到李家，和胖胖一起上學讀書。李家人口簡單，想開枝散葉，並不一定非要靠直系血脈。將親近的姻親牢牢捆綁在一起，兩代過後，他們李家照樣能成為一個別人不敢輕易欺負的大宗族。

周小郎從小長在山間田野，活潑皮實，上樹能掏鳥，下水能摸魚。胖胖雖然是長輩，卻特別崇拜表哥的兒子周小郎。

他的撒潑打滾大概也是從周小郎身上學到的，所以周氏才會臉紅——周氏很怕自己的侄孫會帶壞胖胖。

李綺節許諾會給胖胖帶一船好吃的，胖胖纏著她拉鉤，得到她和孫天佑的雙重保證後，還不放心，一直跟到渡口船上，抱著船舷不鬆手，「姊姊、姊夫，別忘了給我帶板鴨！」

旭日初升，灑下萬丈金芒，漫天雲霞黯然褪去。岸邊柳色青青，繁花似錦，開敗的花瓣飄落在清澈的水面上隨波逐流，徒留一陣幽幽暗香。

村莊從朦朧的朝暉中甦醒，漸漸喧鬧起來，雞鳴狗吠聲此起彼伏。

穿褂子衫褲的孩童騎在老牛背上，引著老牛到河邊飲水。婦人披散著頭髮，腰間紮一條花布裹肚，打著哈欠，蹲在青石板沿捶洗衣裳。男人們背著鋤頭，沉默地走向田間地頭。

清越的鳥鳴聲中，李子恆和張桂花將依依不捨的胖胖拉下船，在渡口朝他們揮手。

孫天佑和李綺節攜手並立船頭，江風吹過，兩人的髮絲纏繞在一起，分不清你我。

一個俊秀飛揚，氣宇軒昂；一個綠鬢朱顏，俏麗明媚。

李子恆追著船走了老遠，高聲喊道：「路上小心，別忘了寫信回來，每天都寫！」

孫天佑揚起明亮的笑容，摟住李綺節，柔聲低語：「想先去哪兒？」

李綺節眉眼微彎，笑靨如花，「總聽人說，煙花三月下揚州，咱們不如就效仿古人，先去揚州走一趟？」

孫天佑輕吻她的眉心，「好，去南直隸！」

江流滾滾，大船漸漸融入江心蒸騰的水霧當中，慢慢消失在碧空盡頭。

（全文完）

漾小說 189

明朝小官人（下）

國家圖書館出版品預行編目資料

明朝小官人/ 羅青梅著. -- 初版. -- 臺北市：
晴空, 城邦文化出版：家庭傳媒城邦分公司發行,
2018.03
冊； 公分. --（漾小說；189）
ISBN 978-986-95528-6-8（下冊：平裝）

857.7 106023892

原著書名：《明朝小官人》，由北京晉江原創網絡科技有限公司授權出版。

城邦讀書花園
www.cite.com.tw

作者 羅青梅
封面繪圖 畫措
責任編輯 施雅棠
國際版權 吳玲瑋 蔡傳宜
行銷 艾青荷 蘇莞婷 黃家瑜
業務 李再星 杻幸君 陳美燕
編輯總監 劉麗真
總經理 陳逸瑛
發行人 凃玉雲
出版 晴空
城邦文化事業股份有限公司
104台北市中山區民生東路二段141號5樓
電話：（886）2-2500-7696 傳真：（886）2-2500-1967
發行 英屬蓋曼群島商家庭傳媒股份有限公司城邦分公司
104台北市中山區民生東路二段141號2樓
客服服務專線：（886）2-25007718；25007719
24小時傳真專線：（886）2-25001990；25001991
服務時間：週一至週五上午09:00~12:00；下午13:00~17:00
劃撥帳號：19863813；戶名：書虫股份有限公司
讀者服務信箱：service@redingclub.com.tw
晴空部落格 http://blog.yam.com/readsky
香港發行所 城邦（香港）出版集團有限公司
香港灣仔駱克道193號東超商業中心1樓
電話：852-25086231 傳真：852-25789337
E-mail：hkcite@biznetvigator.com
馬新發行所 城邦（馬新）出版集團【Cite (M) Sdn Bhd】
41, Jalan Radin Anum, Bandar Baru Sri Petaling,
57000 Kuala Lumpur, Malaysia.
電話：(603) 9057-8822 傳真：(603) 9057-6622
Email：cite@cite.com.my
美術設計 洸譜創意設計股份有限公司
印刷 沐春行銷創意有限公司
初版一刷 2018年03月13日
定價 250元
ISBN 978-986-95528-6-8